사라진 왕비

# 사라진 왕비

명성황후 시해 사건에서 모티브를 얻어 창작된 소설입니다.

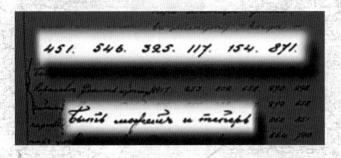

러시아 대외정책 문서보관소에서 발견된 문서. 주한 러시아 대사 웨베르는
조선 왕비의 생존 가능성을 숫자 암호로 작성해 러시아 황제에게 보냈다.

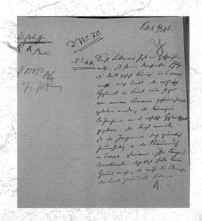

1896년 2월 6일 러시아 주재 독일 대사 후고
라돌린이 독일 총리 실링 스퓌르스트 호엔로에
앞으로 보낸 비밀 문서.
"러시아 외교부 장관 로바노프가 자신의 정보
에 따르면 죽었다고 이야기되는 한국의 왕비가
아직 살아 있다고 나에게 말했다. 서울 주재 러
시아 공사(웨베르)는 왕비가 러시아 공사관으
로 피신할 수 있는지를 한 명의 한국인으로 부
터 아주 비밀리에 요청받았다고 한다."

서울 주재 영국 총영사 월터 힐리어가 1896년
2월 15일 베이징 주재 영국 대리 공사 뷰클럭
에게 보낸 문서.
"왕(고종)은 여전히 왕비(명성황후)가 살았는
지 죽었는지를 말하지 않고 있다."

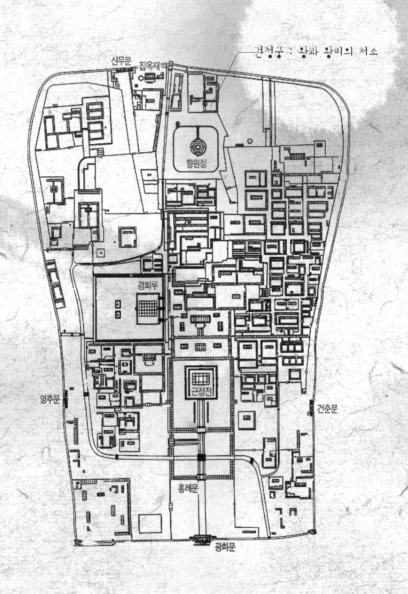

신무문　집옥재

건청궁 : 왕과 왕비의 처소

향원정

경회루

영추문

근정전

건춘문

홍례문

광화문

광화문 도면

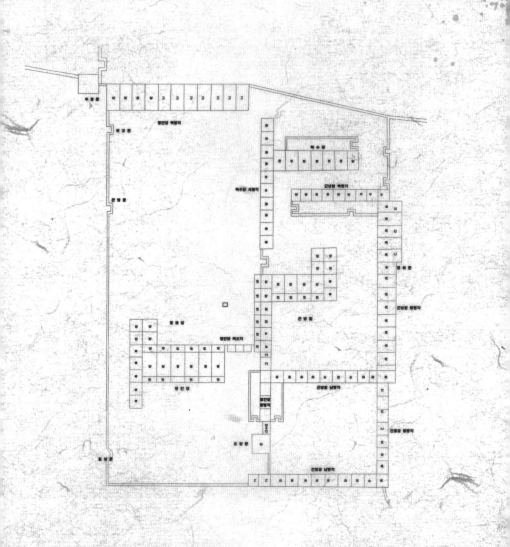

건청궁 도면

# 목 차

사

라

진

왕

비

1884년, 도망자

노루 꼬리만큼 짧아진 동지섣달 해가 인왕산 범바위 너머로 모습을 감추고 있었다. 저녁 빛이 어스레 지자 누빔 외투를 걸친 한성 주재 외국 공사와 귀빈들이 견지동 우정국 연회장으로 모여들고 있었다. 우정국 문 앞에서 역관들이 누비버선을 동지헌말(冬至獻襪)로 나눠 주고 있었다. 풍요와 다산을 기원하는 동짓날의 풍습이었다.

말의 해에 태어난 독일 공사 크레인은 하얀 무명천 위에 수놓은 말발굽 문양을 따라가다, 버선코에 매달린 말 장식을 보고는 환하게 웃었다. 어린 시절 할머니에게 크리스마스 선물로 받은 손 장갑을 떠올리며 누비버선을 가방 깊숙이 찔러 넣었다.

한 달 전 벨기에에서 온 젬브쉐는 파란 눈의 사람들에 둘러싸여 있었다. 파란 눈의 사람들은 젬브쉐를 둘러싸고 고국의 소식을 묻느라 바빴다. 박수를 치며 소란스럽게 웃고 떠드는 모습이 마치 젬브쉐의 환영식 같았다.

청나라 대신은 우정국 안으로 발을 들이자마자 민영태를 찾았다. 민영태가 청나라 대신 앞으로 가 고개를 숙였다. 청나라 대신은 민영태에게 누비버선을 내밀며 동지헌말은 원래 송나라에서 유래된 풍습이라고 훈수를 두었다. 민영태가 사람 좋은 웃음으로 답을 대신했다. 침방, 수방 나인들이 이레 밤낮을 웅크리고 앉아 만든 누비버선은 금세 동이 났다.

그믐밤의 하늘은 밤바다를 비춰 놓은 듯 검었다. 김옥균은 혹시 모를 변수를 위해 밤이 가장 길다는 동지를 거사 일로 택했다. 연회의 마지막을 알리는 삼현육각의 연주가 시작되자 김옥균은 밤하늘을 올려다보았다. 김옥균은 중요한 물건을 잃어버린 듯 별빛 한 점 보이지 않는 하늘을 이리저리 두리번거렸다. 그런 김옥균에게서 시선을 떼지 않는 이가 있었는데, 사관생도 임진수였다. 김옥균이 자리에서 일어나 연회석 뒤쪽으로 이동하자, 임진수의 시선이 김옥균을 따라갔다. 김옥균은 연회석 뒤편으로 가 우정국 건물을 올려다보았다. 서까래를 지나 용마루 끝에서 멈춘 김옥균의 눈빛이 뜨겁게 끓어오르고 있었다. 삼현육각의 연주가 중반부로 넘어가고 있었다. 연주가 끝나면 연회도 끝이 난다.

민영태는 아침상을 물리고 우정국 연회에 가지 않아도 되는 이유를 세는 것으로 부질없이 시간을 보내다, 오후 늦게 집에서 나왔다. 왕실을 대신해 의전 나온 민영태는 연회 내내 청나라 대신 옆에서 그의 끊이지 않는 훈수를 웃는 낯으로 받아 주었고, 그런 민영태를 청나라 대신은 마음에 들어 했다.

청나라 대신과 나란히 연회석에 앉아 있던 민영태는 연회석 뒤편에 서 있는 김옥균을 몰래 훔쳐보다, 김옥균의 눈빛과 한 점으로 부딪쳤다. 민영태와 눈이 마주치자 뜨겁게 달아오르던 김옥균의 눈빛이 차갑게 식어 갔다.

그런 두 사람을 임진수가 지켜보고 있었다.

대금 소리와 북소리가 앞마당으로 나직이 울리며 담장을 넘어갔다. 장구, 해금, 향피리 소리가 차례로 그 뒤를 따라가면서 삼현육각의 연주가 마지막 장으로 넘어가고 있었다.

김옥균은 우정국 뒤뜰로 들어가고 있었다.

"가라."

김옥균이 뒤따라오는 임진수에게 말했다.

김옥균이 임진수를 처음 본 건 3년 전, 우의정 박규동의 집에서였다. 박규동은 자신의 북촌집 사랑방을 청년들의 공부방으로 내주었는데 그곳에 임진수가 있었다. 박규동은 제자인 김옥균을 불러 이따금 청년들의 교육을 맡겼는데 그 시기는 김옥균이 개화파를 만들어 고군분투하던 시기였다. 김옥균의 열정과 의지는 청년들에게 무차별적으로 파고들었고, 사랑방 청년들은 개화파의 사관생도가 되었다. 김옥균과 임진수의 인연은 그렇게 시작되었다.

"내가 마무리할 테니 너는 가거라."

김옥균은 만일의 사태를 대비해서라도 사관생도를 주동자로 끌어들일 수 없었다. 남자 두 명이 포탄 앞에서 미적대는 것을 보며 임진수가 말했다.

"아무래도 포탄에 익숙지 않은 것 같습니다."

임진수는 주저 없이 포탄 앞으로 갔다. 죽통을 열어 보니 폭발 시간을 조절하는 도화선 줄이 길게 뒤엉켜 있었다. 임진수는 도화선 줄을 짧게 잘라냈다.

삼현육각의 연주가 해금 독주로 바뀌자 민영태는 집으로 돌아갈 시간이 가까워 오는 것에 마음이 동하여 하늘을 올려다보았다. 치장하지 않고 만들어 낸 해금의 단단하고 야무진 소리에 민영태는 두 눈을 감으며 악기 소리에 집중했다. 민영태가 눈을 뜰 때 눈 안에서 불꽃이 번쩍였다. 민영태가 고개를 갸웃거리며 밤하늘을 두리번거리는데 용마루 끝에서 불꽃이 튀어 올랐다. 이어 땅이 꺼지는 소리와 함께 용마루에서 화염이 솟구쳐 오르며 지반이 크게 흔들렸다.

우정국 앞마당으로 삽시간에 불이 번졌고, 악기를 챙기던 악사들이 악기를 버리고 허둥지둥 우정국을 빠져나갔다. 하나밖에 없는 출입문 앞에서 사람들이 먼저 나가려고 몸싸움을 벌였다. 민영태가 청나라 대신을 버리고 제일 먼저 우정국에서 달아났다.

우정국 밖에서는 매복하고 있던 병사들이 민영태를 기다리고 있었다. 우정국을 나간 지 얼마 되지 않은 민영태가 온몸에 피 칠갑을 하고 우정국으로 들어오는 것을 김옥균이 지켜보고 있었다. 김옥균과 민영태는 한때 동문수학하며 둘도 없는 친구로 지냈지만, 우정국 문 앞에서 생면부지의 사람처럼 서로를 스쳐 지나갔다.

김옥균이 뒤따라오는 임진수를 보며 말했다.

"너는 오늘 밤 여기 없었던 거다. 나를 만난 적도 없는 거야. 그러니 아무 일 없었던 것처럼 집으로 돌아가라. 연락하마."

"계획대로 진행되고 있지 않습니까?"

김옥균은 말이 없었다.

임진수는 김옥균의 흔들리는 눈빛을 보며 더 이상 말을 걸지 않았다. 김옥균과 임진수는 모두 달변이었지만 둘의 대화는 언제나 간단명료했다. 그런 두 사람을 보고 누군가는 길게 말하지 않아도 서로의 마음을 읽는 길이 있다고 했고, 누군가는 20년 차를 두고 태어난 쌍둥이일 거라고 했다.

김옥균이 한참을 걸어가 걸음을 멈춘 곳은 일본 공관 앞이었다. 김옥균은 공관에 들어간 지 얼마 되지 않아 공관에서 나왔다. 김옥균의 표정은 공관에 들어가기 전보다 더 굳어 있었다.

왕은 초저녁 인정전 마루 밑에서 화약이 폭발했다는 소식을 듣고 저녁을 거른 채 집무실에서 나오지 않았다. 왕이 머무는 공간에 화약을 설치할 수 있는 자가 누구일까. 왕은 집무실 안에서 집무실 밖을 정찰했다. 내관들에게서는 특이점을 찾을 수 없었다.

"전하, 동남 제도 개척사 김옥균이 찾아왔습니다."

"들라 해라."

대조전으로 들어서는 김옥균의 표정이 까칠했다.

"이 시간에 어인 일이냐?"

"전하, 우정국에서 변란이 발생했습니다. 시급히 안전한 곳으로 대피하셔야 합니다."

"변란이라니, 그게 무슨 말이냐?"

"자세한 이야기는 추후에 올리겠습니다. 지금 당장 이곳을 떠나셔야 합니다."

김옥균이 밀지를 꺼내 왕 앞에 펼쳤다.

국가의 명운이 위급할 때
모든 조처를 경의 지모에 맡기겠다.

왕의 필체였다. 한 달 전, 김옥균은 조선 독립을 위한 개혁안을 가지고 왕을 찾아갔다. 김옥균의 정치적 역량을 진작에 알아본 왕은 김옥균이 가지고 온 개혁안에서 조선 독립에 대한 강한 열의를 읽을 수 있었고, 왕은 그 자리에서 밀지를 내렸다. 개혁안의 핵심 내용은 대략 이러했다.

　－ 청에 잡혀간 대원군을 환국시키고 청에 대한 조공을 폐지한다.
　－ 문벌을 폐지하고 능력에 따라 인재를 등용한다.
　－ 조세제도를 개혁하여 관리의 부정을 막고 가난한 백성을 보호하여
　　국가 재정을 늘린다.
　－ 탐관오리 중에서 그 죄가 극심한 자는 처벌한다.

　이외에도 십여 개의 정령이 개혁의 정당성을 뒷받침했는데, 밀지는 예상보다 빠르게 왕 앞에 놓여 있었다.
　'인정전에 화약을 설치한 것이 김옥균이구나.'
　"전하."
　말이 없는 왕의 얼굴 위로 커다란 굉음이 울렸다. 내관이 놀라 편전을 뛰쳐나갔다. 복도를 뛰어다니는 궁인들의 불규칙한 발소리에 왕은 불안해하고 있었다.
　대조전 뒤뜰에서 나온 궁녀가 급히 인정전을 빠져나가는 것이 보였다. 김옥균이 포섭한 궁녀였다.
　"시간이 없습니다, 전하! 저들이 곧 공격해 올 것입니다. 이곳은 제가 지키고 있겠습니다."
　김옥균이 왕을 몰아붙였다.


　지밀상궁과 나인들에 둘러싸인 왕비는 그믐밤의 어둠에도 장옷으로 얼굴을 꽁꽁 감추고 있었다. 왕비의 피난길 맨 앞에 임진수가 있었다. 왕비가 경우궁에 도착하고 얼마 지나지 않아 왕이 도착했다.

김옥균은 조선을 지독히도 괴롭혀 온 청으로부터의 해방이 조선 독립의 첫 길이라고 생각했다. 그러기 위해선 왕실과 청의 유착 관계를 끊어야 했는데, 누군가의 도움 없이는 불가능했다. 김옥균은 그 힘을 일본에 빌리려 했고, 그런 김옥균을 일본은 두 팔을 벌려 환영했다. 하지만 왕실이 어떤 곳인가, 죽음을 눈앞에 두고도 교활함을 발휘해 대를 이어 온 곳이 아닌가. 김옥균의 반역을 눈치챈 왕실은 경우궁에 숨어 비밀리에 청에 도움을 요청하고, 궁에서 나온 지 삼 일째 되는 날 청의 군대가 도성을 향해 진군하고 있었다.

그 시절은 별나게도 일본이 청 앞에서 힘을 쓰지 못하던 시절로, 청의 군대가 출동한다는 소식에 일본은 청으로부터 조선을 보호해 주겠다는 김옥균과의 약속을 파기하고 경우궁에서 일본군을 철수시켰다.

제아무리 비상한 재주와 정치적 역량을 지닌 김옥균이라지만 어리석게도 빌려 쓰는 권력의 허망함을 몰랐고, 왕실보다 일본을 믿은 배신의 대가가 얼마나 처절하고 참혹할지 내다보지 못했다. 우정국에 불이 난 지 사흘 만에 김옥균은 도망자가 되었다.


바다는 먹을 풀어 놓은 듯 캄캄했다. 이틀 전, 일본에서 입항한 배들 대부분은 아침에 하역을 끝내고 출항했는데, 오래되어 낡은 이츠로의 배만이 인천항에 남아 있었다. 이츠로는 저녁 전 출항을 점치고 있었다. 일몰이 가까워지는 시간, 일본 공관 직원이 이츠로를 찾아왔다. 하역을 끝낸 이츠로는 인천항을 떠나지 못하고 있었다.

이츠로는 어디가 하늘이고 어디가 바다인지 알 수 없는 곳을 바라보다 잠이 들었다. 꿈속에서 이츠로는 깃털처럼 가벼운 몸으로 쪽빛 바다 위를 거닐고 있었다. 쪽빛 바다 위를 나는 하얀 나비의 날갯짓을 보며 이츠로는 어깨 뒤에 감춰 둔 날개를 펼쳤다. 그러고는 한쪽 발을 바다에 디디며 공중으로 날아오르려는데, 잔잔하던 바닷물이 소용돌이치면서 이츠로의 발목을 잡아당겼다. 이츠로가 놀라 두 팔을 허우적대며 눈을 떴다. 몸서리치는 이츠로의 등 뒤로 갑판 위로 뛰어오르는 둔탁한 소리가 쿵— 하고 들려왔다. 이츠로는 천천히 뒤를 돌아보았다. 승냥이처럼 벌겋게 충혈된 눈의 사내가 어둠 속에서 다가오고 있었다. 밤새도록 기다리던 사내가 도착한 것을 알 수 있었다.

김옥균이 살길은 망명 외에는 없었다.

일본 공사는 청의 군대가 출동한다는 소식에 일본군을 경우궁에서 철수시킨 뒤 김옥균의 망명을 준비했다. 김옥균과의 친분보다는 김옥균을 통해 일본이 얻어야 할 것이 남아 있다는 판단에서였다.

김옥균은 갑판 아래로 내려가면서 더 내려갈 곳이 있다는 현실을 자각해야 했다. 바닷물이 출렁거릴 때마다 갑판 하부가 따라서 출렁거리며 김옥균의 속을 들쑤셨다. 김옥균은 울렁거리는 속을 진정시키려고 두 눈을 감았다. 눈을 감았을 때 제일 먼저 떠오르는 건 가족이었다. 죄 없는 가족을 죽음으로 내몰고 살아남기를 바라는 자신이 참을 수 없이 비루하고 참담하여 김옥균은 두 팔에 얼굴을 묻었다. 흐느끼는 김옥균의 등짝을 세게 내리치듯 갑판 문이 삐걱 소리를 내며 열렸다. 고개를 드는 김옥균의 눈물로 얼룩진 얼굴은 어둠에 묻혀 보이지 않았다. 사다리를 타고 내려오는 무심한 발소리가 갑판 하부의 정적을 깨웠다. 갑판 하부에서 발소리가 멈추자 다시 정적이 흘렀다. 그리고 귀에 익은 목소리가 들려왔다.

"접니다."

어둠 속에서 임진수의 얼굴이 희미하게 드러났다.

# 1895년, 사라진 왕비

## 도화서 김 씨

근정전을 비추던 한낮의 태양이 서쪽 하늘로 어깨를 낮추자 근정전 박석에 머물러 있던 소슬바람이 담을 넘어 경회루로 흘러갔다. 오후 햇살이 내려앉은 경회루 연못의 잔물결이 은빛으로 반짝거렸다. 나뭇가지에 간신히 매달려 있던 가랑잎은 근정전에서 건너온 소슬바람에 떠밀려 나뭇가지에서 떨어졌다. 땅으로 떨어지기가 아쉬웠던 가랑잎은 소슬바람의 등에 내려앉아 공중그네를 타며 놀았다. 등을 간지럽히는 가랑잎이 성가셨는지 소슬바람은 향원정으로 날아갔다. 가랑잎이 땅 위로 내려와 얕은 바람을 타고 나부끼는데, 어디선가 큼지막한 발이 불쑥 들어와 가랑잎을 짓이기며 지나갔다.

도화서 김 씨는 양손에 화구를 들고 경회루 연못에서 향원정으로 이어진 길로 들어서고 있었다. 도화서에 입소한 지 일 년도 안 된 김 씨는 왕비를 만날 생각에 가슴이 뛰고 있었다.

건청궁에 도착한 김 씨는 현판을 올려다보며 호흡을 가다듬었다. 곤녕합으로 들어서자 가을하늘 아래 펼쳐진 무채색 건물이 한눈에 들어왔다. 건물은 소문으로 듣던 왕비의 화려함과 달리 검소하고 소박했다. 빠르게 뛰던 김 씨의 심박수가 진정되고 있었다. 김 씨는 앞마당을 종종걸음으로 오가는 나인들을 보며 금남의 구역에 들어온 걸 실감할 수 있었다. 이마가 반듯한 나인이 다가와 김 씨를 뒤뜰로 안내했다.

나인을 따라 뒤뜰로 들어간 김 씨는 순간 자신의 눈을 의심했다. 조금 전 앞마당에서 보았던 곤녕합의 단아하고 수수한 인상은 오간 데 없고, 곤녕합의 돌출된 침방을 마주하고 두 개의 건물이 좁은 뒤뜰에 난해하게 들어서 있었다. 김 씨는 건축가의 미학적 의지에 의심을 품지 않을 수 없었다. 나인은 무질서하게 배치된 건물을 빙 돌아 곤녕합과 연결된 ㅅ자 건물로 들어갔다.

건물로 들어서자 세로로 길게 뻗은 복도가 먼저 눈에 들어왔다. 그리고 격자 문양의 방문이 지그재그로 복도를 휘감으며 길게 이어져 있었는데, 그 형상이 마치 어릴 적 형과 함께 산속에서 반나절의 사투 끝에 잡아 온, 그물 무늬 비단뱀을 연상케 했다. 김 씨는 독이 묻은 뱀의 아가리 속으로 들어가듯 조심스럽게 걸음을 뗐다.

동일한 격자 문양의 방에는 아무런 표식이 되어 있지 않아 어디가 어딘지 알 수 없었고, 꼬리에 꼬리를 물고 이어진 복도는 한 번 들어가면 다시는 빠져나올 수 없는 곳으로 끌려가는 것 같은 불길한 느낌을 주었다. 나인은 자신의 발끝을 보며 총총걸음으로 걸어 들어가다 심 봉사가 눈을 뜨듯 걸음을 멈췄다. 생각 없이 따라가던 김 씨가 뒷걸음치며 걸음을 멈췄다. 김 씨 앞에 서 있던 나인이 방문을 열기 위해 옆으로 비켜서자 김 씨의 눈으로 길게 뻗은 두 갈래의 복도가 눈에 들어왔다. ㅅ자 복도의 중간 지점이었다.

임오년, 왕비는 군인들의 반란으로 도망치듯 궁을 떠나야 했다. 청의 도움으로 다시 궁에 돌아올 수 있었지만, 2년 뒤 김옥균이 일으킨 정변으로 다시 한번 궁을 떠나야 했다. 이번에도 왕비는 청의 도움으로 궁에 무사히 돌아올 수 있었지만, 친가 식구들은 세상을 떠나야 했다. 비로소 왕비는 적들이 원하는 것이 정치적 탄압이 아닌 육체의 기습이라는 것을 깨달을 수 있었다. 그때부터 왕비는 가까운 친인척을 제외하고는 외부 노출을 극도로 꺼리면서 자신의 존재를 숨기기 시작했다. 왕비의 초상화가 불태워졌다는 말이 내명부에서 흘러나왔고, 내명부에 있는 궁인들조차 왕비의 얼굴을 알지 못했다. 왕비 초상화가 정말 불태워졌는지 아닌지 확인할 길은 없었지만, 그즈음 왕비의 초상화를 그린 화원들이 도화서를 떠났다. 왕비의 초상화가 세상에 나올 일은 다시 없어 보였다. 그로부터 십 년이라는 시간이 흘러 도화서에 왕비의 초상화 의뢰가 들어왔다. 도화서의 내로라하는 화원들이 전자관 앞에 줄을 섰지만, 도화서에 들어온 지 일 년도 채되지 않은 김 씨가 발탁되었다. 그 이유에 대해 아는 사람은 없었다.

세로로 길게 뻗은 마루 결을 따라 하얀 버선발이 붉은 치맛단 사이를 나왔다 들어가기를 반복하며 걸어오고 있었다.

"중전마마 들어가십니다."

먹을 갈던 김 씨가 몸을 납작 엎드렸다. 김 씨는 자기도 모르게 문 쪽을 힐금거리다, 문턱을 넘는 하얀 버선발이 보이자 두 눈을 질끈 감았다. 바스락거리는 명주 천 부딪히는 소리에 김 씨의 가슴은 다시 뛰기 시작했다.

지밀상궁의 목소리가 들려왔다.

"시작하십시오."

바닥에 이마를 묻고 있던 김 씨가 천천히 고개를 들었다. 붉은색 대례복 치맛단을 따라 김 씨의 시선이 왕비의 얼굴로 향하고 있었다.

## 십 년이 흘렀지만 제자리

갑신년, 김옥균을 따라 일본으로 건너간 사람은 임진수만이 아니었다. 왕이 보낸 여러 명의 자객이 밤낮을 가리지 않고 김옥균을 물귀신처럼 따라다녔다. 쫓는 자는 지칠 일이 없었고, 쫓기는 자는 시간이 흐를수록 지쳐 갔다. 김옥균은 임진수에게 귀국을 종용했다. 임진수는 혼자 갈 수 없다고 했다.

그해 겨울, 김옥균과 임진수는 자객들을 피해 북해도 최북단 와카나이에 있었다. 바다 건너 사할린에서 불어오는 극한의 바람은 겨우내 실성한 귀신 울음소리를 내며 와카나이 구석구석을 난폭하게 휘저었다. 혹한을 견디지 못하고 떠나는 사람들 자리로 살 곳을 찾아오는 사람들이 있었다. 술이 아니고서는 실성한 겨울을 견디는 것이 힘들어 김옥균은 매일 밤 술집을 찾았다. 파도에 떠밀려 온 빙하가 선착장을 무례하게 나뒹굴며 행패를 부리다 술집 문을 거세게 들이박았다. 가게 문짝이 부서지면서 빙하가 술집 안으로 날아 들어왔다. 두 팔에 얼굴을 묻고 있던 김옥균이 미간을 찡그리며 고개를 들었다. 그의 두 눈은 조선을 떠나던 날 밤처럼 붉게 충혈돼 있었다. 임진수는 박규동의 사랑방에서 밤새 열변을 토하던 청년 김옥균을 생각하다 술잔을 들이켰다. 뜨거운 사케가 목구멍을 할퀴며 내려갔다.

"나는 아직 나의 뜻을 포기하지 않았다."

김옥균의 목소리는 취해 있었지만 담담했다.

"다만 네가 가야 할 길이 나에게 있지 않으니 너는 네가 있던 곳으로 가 너의 길을 가거라."

"제 길은 제가 결정합니다."

"너에게 하는 처음이자 마지막 부탁이니 제발 떠나란 말이다."

김옥균은 주체할 수 없는 과거 자신의 과오에 몸서리치고 있었다.

"조선은 마음만 먹으면 언제든 갈 수 있는 곳입니다."

"돌아갈 곳이 있다는 것이 얼마나 큰 희망이고 축복이냐."

안쓰럽게 일그러지던 김옥균의 얼굴은 흐느끼고 있었다. 실성한 듯 몰아치는 바닷바람에 손님들이 진저리를 치며 가게를 떠났다. 가게 안에는 김옥균과 임진수만 남아 있었다.

닷새 뒤 임진수는 김옥균과 작별 인사를 했다. 최북단 와카나이를 떠나 시모노세키에 도착했을 땐 선착장의 벚나무에서 새순이 꽃망울을 틔우고 있었다. 조선을 떠난 지 오 년 만에 임진수는 고국으로 가는 배에 몸을 실었다.

조선에 도착한 임진수는 그날 저녁 한성을 떠났다.

오 년 뒤.

까맣게 그은 얼굴에 허름한 차림의 임진수가 도성으로 들어서고 있었다. 오 년 전 일본에서 돌아왔을 때와는 다른 사람이 되어 있었다.

"아저씨, 같이 가요."

남장 차림의 혜주가 임진수 옆으로 다가왔다.

"이래서 한성, 한성 하는 갑네요. 사대문 안은 완전 딴 세상이네요!"

"내 어쩔 수 없이 너를 여기까지 데려오기는 했다만… 눈 뜨고도 코 베이는 곳이 한성이라는 거 잊지 마라.”

“아우, 헌 말 또 하고 헌 말 또 하니, 귀에서 아주 그냥 피가 날라 그래요. 그만 좀 혀요.”

“네가 살던 곳에서처럼 막무가내로 행동했다가는 관에 잡혀간다는 거 명심해야 한다!”

혜주가 두 손으로 귀를 틀어막으며 도리질을 쳤다.

오일장이 열리는 배오개 장터는 무허가 상인들이 벌여 놓은 좌판에 사대문 밖에서 찾아온 손님들까지 섞여 누가 장사꾼이고 누가 손님인지 구분되지 않았다.

파란 눈의 외국인이 골동품 가게에서 아이 주먹만 한 불상을 손바닥에 올려놓고 구석구석 뜯어보고 있었다.

“크리스, 눈이 보배야, 보배! 그분은 금동소상 중에서도 으뜸가는 보살님이셔. 모시고 있으면 든든할 거야.”

“얼마야?”

“여덟 냥인데… 크리스 안목을 내가 또 높이 사니까, 닷 냥만 줘.”

“두 냥!”

승용이 물건을 정리하다 말고 크리스 앞으로 손가락 다섯 개를 펴 보였다.

“닷 냥이라고!”

그러고는 엄지부터 약지까지 손가락을 하나하나 가리키며 말했다.

“하나, 둘, 셋, 넷, 다섯. 다섯 냥!”

“비싸, 두 냥!”

승용이 피식거리며 하던 일을 이어서 했다.

“크리스! 크리스가 여덟 냥을 준다고 해도 크리스한테는 팔 생각이 없어졌어. 그러니까 가.”

크리스가 승용이 미간에 생긴 주름을 보며 입을 삐죽거렸다. 흥정이 뜻대로 되지 않을 때 나오는 버릇이었다. 크리스가 아쉬운 듯 불상을 원래 있던 자리에 내려놓고 떠나자 불상을 들어 올리는 또 다른 손이 보였다.

“여덟 냥짜리를 두 냥으로 깎으니 도둑놈의 심보가 따로 없군. 왜놈이든 양놈이든 조선 땅에 믿을 만한 외인 하나 없으니 큰일이야.”

“누가 아니랍니까?”

승용이 맞장구를 치며 돌아보았다. 임진수가 환하게 웃고 있었다.

“도련님!”

“신분제 폐지된 지가 언젠데 아직도 도련님이냐?”

“오신다는 날이 한참이 지나도 안 오시길래 무슨 일이 생겼나 했습니다.”

“괴산에서 불이 나 사흘 동안 발이 묶여 있었다. 내가 혹 늦은 것이냐?”

“아니요, 마침 맞게 잘 오셨습니다.”

크리스 때문에 구겨진 승용의 얼굴이 말끔히 펴지고 있었다.


갑신년, 우정국 화재가 있던 날 밤 임진수는 집에 들어오지 않았다. 다음 날 임진수의 아버지 임은회는 종친회에 갔다가 임진수가 정변에 가담했다는 이야기를 듣고 황급히 자리에서 일어났다. 그 말이 사실이라면 아들이 살 수 있는 길은 어디에도 없었다. 임은회는 민영태를 비롯한 고위 관직에 있는 사람들을 밤늦게까지 찾아다녔다. 임은회를 만나 주는 사람은 없었다.

임은회는 밤늦게 아들이 정변의 중심에 있다는 사실을 알게 되었다. 아침에 집을 나간 임은회는 십 년은 노쇠한 모습으로 집에 돌아왔다. 임은회의 안색에 식솔들이 수군거렸고, 임은회가 들어간 방에서는 오랫동안 기척이 없었다. 자정이 넘은 시간, 임은회는 승용을 불러 가족들을 차례로 방에 들이라고 했다. 임진수의 형 임경수가 먼저 방으로 들어갔다.

"한성을 떠나 최대한 멀리 떨어진 깊은 곳으로 들어가 네가 가진 모든 것을 버리고 살아라. 가족이 어디에서 무엇을 하며 어떻게 지내는지 궁금해하지 마라. 가족을 그리워하는 순간 가족의 목숨이 위태로워진다는 것을 명심해야 한다."

임경수는 촛불에 비친 아버지의 파리한 얼굴 위로 태어난 지 백일 된 아들의 얼굴이 겹쳐져 고개를 떨궜다.

"오늘 밤 안에 떠나야 한다. 시간이 없으니 아랫사람들 눈에 띄지 않게 조용히 떠나거라."

방에서 차례로 나오는 가족들의 낯빛에서 식솔들은 집안에 들이닥칠 환란을 눈치챌 수 있었다. 관에 신고하면 거액의 포상금을 받을 수 있다고 누군가 말했지만 호의호식하던 주인이 자신들보다 못한 처지로 살아간다는 것이 마음에 걸렸는지, 아니면 코앞에 닥친 자신들의 앞날이 걱정이었는지, 관에 신고하는 사람은 없었다.

승용이 임진수 모친을 도성 밖까지 배웅했다. 모친은 혼자 떠나서 미안하다고 눈물을 보였다. 승용은 다시 만나는 날까지 몸 건강하셔야 한다고 말하면서 산만 한 덩치를 들썩거렸다. 승용이 다시 집으로 돌아왔을 때 집 안엔 임은회 혼자였다.

"승용이 밖에 있냐?"

승용이 방으로 들어갔다. 임은회가 밤늦게 몰고 온 찬바람이 방 안에 그대로 남아 있었다.

"방이 많이 찹니다. 불을 더 때야 할 거 같습니다."

승용은 임은회의 집 머슴 아들로, 임은회의 집에서 태어났다. 승용은 말문이 트이면서 삼 년 먼저 태어난 임진수를 형이라고 불렀다. 동생이 없었던 임진수는 승용을 친동생처럼 예뻐했지만, 승용의 부모는 말귀도 트이지 않은 어린 승용에게 도련님을 도련님이라 부르지 않고 계속 형이라고 부르면 벼락을 맞아 죽는다고 겁을 주었다. 죽음이 뭔지 모르는 어린 승용은 그 뒤로도 임진수를 형이라 부르며 따랐고, 임은회가 모른 척 눈감아주었다.

승용이 다섯 살 되던 해 승용은 더 이상 임진수가 형이 될 수 없다는 것을 알았다. 그때부터 승용은 임진수를 상전으로 깍듯하게 대했지만, 친형처럼 따르는 마음은 놓지 않았다. 그런 승용의 마음을 임은회는 오랫동안 눈여겨보았다.

"너희 할아버지가 나를 참 예뻐하셨다. 네 아버지와 내가 같은 해에 이 집에서 태어났고, 진수와 네가 이 집에서 태어났으니 너희 집안과 우리 집안은 피가 섞이지 않았을 뿐 가족이나 다름없다."

애당초 족보라는 것이 없는 상놈에게 주인이 할아버지, 아버지를 끌어들이자 승용은 덜컥 겁이 났다. 임은회가 승용의 앞으로 봉투를 내밀었다.

"도성 밖에 자투리로 흩어져 있어 관에 신고하지 않은 집문서와 땅문서다. 가족들이 이곳에 다시 올 일은 없을 테니 이제부터 이것은 너의 것이다."

역모죄로 도망가는 주인을 신고해 포상금을 탔다는 종복 이야기가 잊힐 만하면 흘러나왔고, 오지에 숨어 사는 주인을 종복이 모질게 찾아내 관에 신고했다는 말이 떠돌았다. 아비를 닮아 이치에 밝은 승용은 임은회가 하려는 말을 단번에 알아들었다. 임은회는 가문을 멸하게 한 아들을 원망하기보다 아들이 살아 돌아오기를 바라고 있었다.

"도련님이 돌아오실 때까지 제가 잘 보관하고 있겠습니다."

다음날, 임은회는 자결로써 가문의 운명을 받아들였다. 식솔들은 장물로 내놓을 수 있는 것을 모조리 챙겨 도성을 떠났다. 승용이 홀로 남아 임은회를 선산에 묻었다.

승용은 장터로 나가 짐꾼 일을 시작했다. 배오개에서 청계천으로 포목을 나르던 승용은 배나무 아래서 이도철을 만난다. 이도철은 갑신년 임진수와 정변에 가담한 생도로, 임진수의 소식을 알고 있었다. 승용은 임진수가 살아 있다는 소식을 듣고 다음 날 임은회가 준 자투리땅 가운데 하나를 팔아 청계천에서 골동품상을 시작했다. 임진수가 일본에서 돌아오기 전에 팔판동의 집을 찾을 계획이었다.

그로부터 십 년이 흘렀다.

"그래, 그사이 팔판동 주민의 꿈은 이루었느냐?"

임진수가 불상을 제자리에 내려놓으며 물었다.

"말도 마십시오. 십 년 전, 팔판동 집을 사서 들어간 놈이 사대문에서 알아주는 상놈이었단 말입니다. 생각해 보십시오. 역모로 운이 다한 집엘 누가 들어갈라 하겠습니까?"

승용이 아차 하면서도 말을 멈추지 못했다.

"근데 말입니다. 팔판동 집에 멸문의 기운이 도사리고 있을 거란 사람들의 예상과 달리, 그 집에 들어간 상놈이 하는 일마다 날개를 달더니 급기야 동네서 제일가는 갑부가 되지 않았겠습니까."

"…?"

"신분 세탁하는 놈이 세고 센 세상이지만 그 상놈이 성을 임 씨로 바꿨다는 얘기를 들었을 때는 참을 수가 있어야 말이지요. 그래 빚을 내서라도 그 집을 사겠다는 심산으로 찾아갔는데…."

승용이 말꼬리를 내리며 한숨을 쉬었다.

"나 같은 상놈이 만날 수 있는 분이 아니라나 뭐라나. 나라 꼴이 어찌 될라고 그런 사기꾼 같은 놈이 날뛰는지 모르겠어요."

장사꾼이 다 된 승용을 보며 임진수가 쓴웃음을 지었다.

그나저나 잘 따라오던 혜주가 보이지 않았다.

혜주는 비단 가게 앞에서 구인 글을 보고 있었다.

"월급이 서 냥이면 한성서 자립하고도 남는 돈 아닌가…."

혼잣말하는 혜주를 향해 아이들이 깡충깡충 뛰어오고 있었다. 토끼처럼 뛰어오던 아이들은 혜주를 지나쳐 달려갔다. 혜주가 호기심을 참지 못하고 따라갔다.

두 평 남짓한 무대에서는 가면극이 한창이었다. 혜주는 아이들 옆에 나란히 앉았다. 아이들이 가면을 쓴 배우들의 과장된 몸짓에 낄낄거리며 웃었고, 혜주는 왕실을 풍자한 이야기에 푹 빠져 넋을 잃고 보고 있었다. 그런 혜주의 뒷덜미를 잡아당기는 손이 보였다. 입을 벌리고 보던 혜주가 우스꽝스러운 모습으로 질질 끌려 나왔다.

"한성에 오기를 잘했네요. 신세계가 따로 없네. 신기한 것투성이야. 아, 아, 아파요! 살살 좀 당겨요. 아악~!"

임진수를 흘겨보는 혜주의 입가에 한성의 첫인상이 미소로 번지고 있었다.


이도철과 장병훈이 승용의 집으로 급히 들어서고 있었다.

"이게 얼마 만이야? 남도 밥상이 좋긴 좋나 보군! 일본에서 돌아올 때는 몰라보겠더니, 건강해 보여."

"그런가?"

"그렇다니까!"

"우금치 전투로 농민들 사정이 말이 아닌데… 나 혼자 호의호식했다는 말로 들려 면목이 없군."

"아! 그런 뜻이 아니었는데. 미안하네. 적절치 못했어."

장병훈이 허둥지둥 뱉은 말을 수습하는데 임진수가 혜주를 소개했다.

"인사하게, 이쪽은 익산 지역을 관할하는 나준용 접주의 따님 되는…."

"나혜주입니다."

혜주가 직접 통성명을 했다.

임진수가 일본에서 돌아올 수 있었던 건 김옥균의 권유도 있었지만 농민군에 가담해야겠다는 결심이 서서였다. 망명 시절 임진수는 바다 건너 일본에서 농민군의 위세를 전해 들을 수 있었는데, 농민군이 추구하는 조선과 갑신년 개화파가 이루고자 했던 조선이 크게 다르지 않았다. 조선으로 돌아온 임진수는 곧바로 농민군에 합류해 빠르게 안정을 찾아가는 것처럼 보였지만 오래가지 못했다.

일본에게 농민군은 눈엣가시였다. 힘없고 부패한 왕실 조정이 지금처럼 무능하고 무지한 채로 있어 줘야 했는데 농민군이 방해하고 있었다. 농민군 뜻대로 조선이 개혁된다면 일본의 계획은 또다시 늦춰져야 했다.

일본은 농민군이 한성으로 북상한다는 정보를 입수하고 조선군을 앞세워 우금치로 향했다. 이십 일간의 피비린내 나는 전투는 농민군의 압도적인 패배로 끝이 났다. 농민군 시체가 산을 새까맣게 덮었고, 시체에서 흘러나온 피가 산골짜기를 타고 내려와 실개천을 피로 물들였다. 시체를 찾지 못한 가족들의 곡소리가 산과 들에서 밤낮으로 끊이지 않고 흘러나왔다. 지난해의 일이다.

일본은 조선을 지배하기 위한 책략으로 조선의 좌우, 상하가 서로를 죽도록 증오하고 미워하다, 결국에는 스스로 파멸하게 만드는 것이었다. 우금치 전투에서 패배한 전봉준이 사형되면서 농민군은 해체 위기를 맞았다. 그즈음 임진수는 한성에 있는 이도철로부터 전보를 받았다.

십 년 전에 못다 한 일을 끝내려고 한다.
함께하길 바란다.

십 년 전이라면 갑오년의 정변을 말하는 것이었다. 전봉준을 밀고한 김병천이 한성으로 도망갔다는 정보가 들어왔을 때였다. 임진수는 나준용에게 김병천을 처단하고 오겠다는 말을 남기고 한성으로 떠났다.

"김병천을 찾았네."

"어디 있습니까? 그 새….."

장병훈의 말이 끝나기도 전에 혜주가 끼어들었다.

"올 초, 친위대 소대장으로 한성에 왔다고 합니다. 한 지붕 아래 있는 것도 모르고 밖에서 찾느라 초반에 좀 헤맸습니다."

장병훈이 임진수를 보며 말을 이어갔다.

"일터와 집을 오가는 거 말고는 특별한 동선이 없는 사람이더군. 김병천은 내가 조용히 처리하겠네."

임진수가 고개를 끄덕였다.

"자네들이 도모한다는 일은 뭔가?"

임진수가 물었다.

갑신정변에 가담한 스무 명의 생도 중 살아남은 사람은 임진수와 이도철, 장병훈뿐이었다. 임진수는 일본으로 건너가 목숨을 부지할 수 있었고, 이도철과 장병훈은 강력한 부친의 영향력으로 무혐의 처분을 받았다. 이

후, 이도철은 의금부 참의로 장병훈은 훈련대 대대장으로 일하고 있었다.

안온한 삶을 살기에 부족함이 없는 이도철과 장병훈이었지만 그들의 성정은 그들이 속해 있는 환경만큼 안정적이지 못했다. 일본에서 돌아온 임진수가 농민군에 합류하는 것을 보며 이도철과 장병훈의 마음은 편치 않았다. 그러던 중 일본 공사 요시이에가 조선을 떠난다는 소식을 들은 이도철과 장병훈은 요시이에 암살을 계획했다.

"요시이에면 일본에서 온 능구렁이 영감 말씀이십니까?"

혜주가 물었다.

"맞습니다."

"천년만년 조선에 살 것 같더니 떠나는군. 신임 공사는 누군가?"

"미우라라는 염불대사야."

"염불대사?"

"군인 출신이라는데 매일 불경을 외우면서 수도승 같은 생활을 한다고 해서 그렇게 부르네."

수도승이라는 말에 임진수는 일본이 공사에게 씌운 수도승 탈의 이면을 알아야 한다고 생각했다. 하지만 지금은 요시이에를 암살하는 것이 먼저였다.

"불러줘서 고맙네. 요시이에를 순순히 보낼 수는 없지."

혜주가 눈을 반짝거리며 듣고 있었다.

# 손가락 두 개가 잘린 남자

조선에 대한 일본의 계획은 늘 왕비로 인해 좌절됐다. 그런 이유로 일본은 판단력이 좋은 외교관을 조선으로 보냈지만 소용이 없었다. 일본은 일본에서 가장 유능한 정치인이자 내무대신 출신 요시이에 백작을 조선 공사로 임명했다. 조선에 온 지 십 년, 요시이에는 고국으로 돌아갈 준비를 하고 있었다.

메이코는 중요한 물건을 빠뜨릴 뻔했다면서 조선인 식모를 불러 아침 일찍 집을 나갔다. 이삿짐이 빠진 집 안은 적막했다. 일본식으로 개조한 거실 문 사이로 가을바람이 맑은 소리를 내며 들어왔다. 바람 소리가 맑은 건 하늘빛이 맑아서였다. 마당 정원에서는 여름꽃이 진 자리에 국화와 방울꽃, 분꽃, 각시취가 꽃망울을 달고 가을볕을 쬐고 있었다. 조선의 정원은 일본의 정원만큼 화려하지 않았지만, 자연미를 살린 정경이 조선의 여인을 닮아 있었다. 요시이에는 아름다움을 배에 실을 수 없는 것이 못내 아쉬웠다.

조선에서의 마지막 일정은 왕을 만나는 일이었다. 요시이에는 왕을 만난 자리에서 준비해 간 작별 선물을 꺼냈다.

"전하, 본국에서 논의 중이던 차관을 지급하기로 결정했다는 전보가 어제 도착했습니다. 돌아가는 대로 조속히 처리하겠습니다."

왕은 감사하다고 짧게 말했다. 작별 인사를 마친 요시이에가 자리에서 일어나지 못하는 것을 보며 왕이 물었다.

"하실 말씀이 더 있으신가 봅니다."

"조선에 십 년을 머물며 정이 많이 들었습니다. 이렇게 떠나면 언제 다시 조선에 오게 될지 모르고…. 하여 중전마마께도 작별 인사를 드리고 싶습니다."

일본이 요시이에를 조선에 보낸 데는 그의 뛰어난 정무적 능력도 있겠지만 진짜 이유는 그의 아내 메이코에게 있었다. 남녀가 유별하던 시절, 메이코는 남편 못지않은 외교술로 일본 정가(政街)에서도 인정하는 인물이었다. 조선에서 일본의 영향력을 키우기 위해서는 조선의 왕비를 설득해야 했는데, 일본은 사람의 마음을 사는 데 재능이 있는 메이코를 통해 왕실에 접근하려 했다.

조선으로 건너온 메이코는 대부분의 시간을 외국 공사 부인들과 친분을 쌓는 데 보냈고, 조선에 온 지 3개월 만에 왕실 다과모임에 초대받을 수 있었다.

왕비는 말하기보다 듣기를 즐겼는데 왕비가 말을 할 때는 대개 궁금한 것이 있을 때였다. 왕비의 질문은 한 번으로 끝나는 법이 없어 질문이 질문의 꼬리를 물었는데 그럴 때면 부인들이 답을 찾느라 진땀을 빼야 했다. 메이코는 왕비의 질문에서 그녀의 해박한 지식과 통찰력을 읽을 수 있었다.

한번은 이런 일이 있었다.

왕비의 질문이 거듭되면서 질문의 난이도가 높아졌고, 답을 찾지 못한 공사 부인이 말을 급조했다. 옆에서 듣고 있던 이웃 나라 공사 부인이 별뜻 없이 잘못된 답을 바로잡아 주었고, 의도치 않게 방 안의 분위기가 싸늘해졌다. 부인들이 아무 말 못 하고 서로의 눈치를 살피는데 왕비가 자신의 탓이라고 사과하면서 분위기가 수습되었다. 김옥균에게 들은 왕비의 일화가 떠올랐다. 김옥균이 동료들과 함께 자신의 의견을 개진하기 위해 왕비를 찾아간 적이 있다고 했다. 김옥균의 동료들로 말할 것 같으면, 기지와 계략으로는 조선에서 따라올 자가 없어 그들이 뭉치면 못 할 것이 없다는 말이 나올 정도였는데, 그런 그들이 기세등등하게 왕비를 만나러 방에 들어갔지만, 방에서 나올 때는 모두 머리를 긁적여야 했다고 했다. 많은 일본 공사들이 일 년을 채우지 못하고 조선을 떠난 이유를 메이코는 알 것 같았다. 김옥균의 말대로 왕비는 잔인한 적들마저 사로잡기에 충분한 매력을 지녔다고 메이코는 생각했다.

메이코가 조선에 들어온 이듬해 다과모임은 사라졌다. 미국 공사 부인도, 영국 공사 부인도 그 이유를 모른다고 했다. 그 후로도 메이코는 왕비를 만날 수 없었다.

"중전이 고뿔로 며칠째 누워 있습니다. 안 그래도 직접 인사드리지 못해 송구하다는 전갈을 아침 일찍 보내왔는데 제가 깜박했습니다."

왕이 미우라에게 예를 갖춰 말했다.

"그렇습니까. 하루빨리 쾌차하시길 바랍니다."

요시이에는 더 이상 자리를 차지하고 있을 이유를 찾지 못하고 자리에서 일어났다. 내관이 기다렸다는 듯 집무실 문을 열었다.


이도철은 전빈을 통해 요시이에가 조선을 떠나는 날 아침, 왕을 만난다는 정보를 입수했다.

"점심 접대가 없는 걸 보면 작별 인사만 하고 궁에서 나올 가능성이 크네. 일본으로 떠나는 배가 저녁에 있으니 인천으로 바로 가지는 않을 거야."

"그럼?"

임진수가 물었다.

"사교장!"

"사교장?"

"영국에서 유학한 요시이에는 영어에 능통해 어울려 지내는 서양인이 적지 않다고 해. 공관 직원들과도 작별 인사를 끝냈고…. 집에서 나와 다시 집으로 가지는 않을 거야. 인사차 사교장에 들를 가능성이 크네."

"사교장에서 기회를 못 찾으면 어떻게 되는 겁니까?"

"인천항으로 가야지."

승용의 말에 이도철이 답했다.

"사건의 파급력을 생각한다면 사대문 안에서 작전을 성공시켜야 하네."

임진수가 말했다.

"내 생각도 그래."

혜주가 같이 가겠다고 밤새 고집부리는 것을 임진수가 떼 놓느라 애를 먹었다.


요시이에를 태운 가마가 광화문에서 나오고 있었다. 밖에서 대기하고 있던 승용이 가마 안에 있는 임진수에게 출발한다는 신호를 보냈다. 요시이에는 가마 창을 들어 올려 창밖을 내다보았다. 한성의 거리 풍경은 십년 전 부임했을 때 모습 그대로였다. 요시이에는 머지않아 일본처럼 변하게 될 조선을 머릿속에 그리고 있었다. 조선에서의 십 년이 헛되지 않았다는 생각에 요시이에의 마음은 한결 가벼워졌다. 광화문에서 나와 직진하던 요시이에의 가마가 정동 골목으로 우회전하고 있었다.

"사교장 방향으로 가고 있습니다."

승용이 가마 안에 있는 임진수에게 바깥 상황을 알렸다.

사교장은 정동 골목의 후미진 곳에 있었다.

선발대로 도착해 있던 이도철과 장병훈이 골목으로 들어오는 가마를 예의주시하고 있었다. 요시이에가 시간 안에 오지 않아 인천항으로 떠날 준비를 하던 참이었다. 가마에서 요시이에가 내리고 있었다. 그 뒤로 임진수를 태운 가마가 사교장 골목으로 들어오고 있었다. 평소 한적하던 사교장 골목은 누가 행인이고 누가 활빈당인지 알 수 없는 사람들로 북적였다.

"활빈당이 우릴 도울 거네."

"활빈당?"

꽃샘추위 속에 매화가 꽃잎을 틔우던 날이었다. 장병훈은 이도철을 만나러 가는 길에 훈련대원복을 입은 훈련대원에게 서찰을 건네받았다.

청과 일본에 흔들리던 조선의 등불은
서구 세력이 가세하면서 내일 당장 불이
꺼져도 이상할 것이 없는 게 현실입니다.
갑신년으로부터 십 년이 지났습니다.
숨어서 하는 반성 따위가 무슨 의미인지
두 분께 묻습니다.

서찰을 보낸 사람은 이도철과 장병훈에 대해 잘 알고 있었다. 다음 날 장병훈은 훈련대에서 서찰을 전한 대원을 찾았지만, 장병훈이 찾는 사람은 훈련대 안에 없었다. 장병훈은 사람을 사서 배후를 수소문했다.

보름이 지났을까, 30대 초반의 남자가 찾아왔다.

"활빈당이라고 들어 보셨습니까?"

"처음 듣는다."

"화적떼와 농민군이 뜻을 합쳐 만든 조직이라는데 활빈당이라고 부른답니다. 지하에서 점조직으로 움직이고 보기보다 덩치가 커 누가 우두머리고, 누가 조직원인지는 당사자만 안다고 하네요."

"너도 활빈당이냐?"

"아니요. 여기저기서 주워들은 얘깁니다."

"여기저기서 주워들은 얘기를 지금 우리 보고 믿으라는 것이냐? 그리고 활빈당이 아니라면서 활빈당에 대해 상세히도 알고 있구나?"

"아니, 저기요… 선생님들! 사대문 밖에 있는 사람들도 다 아는 얘기를 지금 상세하다고 하셨습니까? 그리고 제가 활빈당이면… 사실 확인도 안 하고 그냥 제 말을 믿으려고 하셨어요? 그러면 안 되는 분들이 손도 안 대고 코를 풀려 그러시네."

장병훈이 겸연쩍은 표정을 보이자 남자는 의기양양하게 말을 이어갔다.

"저기, 저 사람이요!"

이도철과 장병훈의 시선이 남자의 턱 끝을 따라갔다.

"지게에 포목 싣고 가는 짐꾼 보이시죠. 저이한테 들은풍월이 좀 됩니다. 그리고 맞은편에서 장바구니를 들고 오는 키 작은 아낙이요… 갓난애 업은."

이도철과 장병훈의 시선이 갓난애를 업은 키 작은 여자에게 이동했다.

"저 아낙이 또 보기와 다르게 활빈당에 대해 많이 알고 있더라고요. 사람은 겉만 봐서는 모른다니까요."

남자는 이도철과 장병훈을 조련하듯 턱 끝을 이도철과 장병훈의 어깨너머로 넘겼다.

"이번엔, 두 분 뒤로 보이는… 저분!"

이도철과 장병훈이 등을 돌려 뒤를 보았다.

식사를 마친 손님이 주인 남자에게 다가가 밥값을 치르고 있었다.

"아니요, 주인 남자 말고 그 뒤쪽이요!"

부엌에서 일하다 말고 나온 주인 여자가 국자를 손에 쥐고 하늘을 올려다보며 허리를 펴고 있었다.

"저 둘이 부부란 말입니다. 고로 둘이 한방을 쓰는데, 남편은 안사람이 활빈당인 걸 모른다, 그 말입니다."

장병훈이 말장난하지 말라는 듯 남자를 돌아보았다. 남자는 그러거나 말거나 자기 할 말을 이어갔다.

"아직도 이해가 안 가십니까? 배울 만큼 배운 분들이 말귀를 이렇게 못 알아들어서 나랏일은 어떻게 하시는지 참."

"본론만 말하라고."

장병훈이 짜증을 냈다.

"활빈당은 기밀 유지와 조직원의 안전을 위해 지하에서 점조직으로 움직인다고 좀 전에 말씀드렸잖습니까. 그 말뜻이 뭐겠어요? 저들은 자신의 신변을 위해서라도 누가 우두머리고 누가 조직원인지 알려고 하지 않는다 그 말입니다. 그러니 자기가 한 일을 떠벌리지도, 어떻게 됐는지 알려고 하지 않는 게 저들의 암묵적 규칙이라고요. 저같이 겁 많은 놈들이나 이러 쿵저러쿵 지질하게 떠들고 다니는 거예요."

남자는 자기 주제 파악 정도는 한다며, 활빈당이 있는지 없는지부터 확인하라는 훈수를 둔 뒤 자리를 떠났다.

활빈당의 존재는 그렇게 확인이 되었지만 우두머리는 찾을 수 없었다. 서찰의 배후가 활빈당이라면 어떤 형태로든 모습을 비춰야 했는데 우두머리는 끝까지 모습을 드러내지 않았다. 이도철과 장병훈은 서찰의 배후가 활빈당이 아닐지도 모른다는 잠정 결론을 내렸다.

그로부터 두 번의 계절이 바뀔 무렵, 이도철과 장병훈은 요시이에가 조선을 떠난다는 소식을 듣게 된다. 이도철과 장병훈은 요시이에를 암살하기로 결심하고 국밥집 주인 여자를 찾아갔다. 국밥집 주인 여자는 끈이 닿는 조직원과 자금을 총동원해 우두머리와의 접선을 시도하지만 허사였다. 주인 여자는 조직원을 해체시켰다. 조직원을 해체시킨 다음 날 국밥집으로 서찰이 전해졌다. 이도철과 활빈당의 밀회는 그렇게 시작되었다.

요시이에가 사교장에 들어간 지 얼마나 지났을까, 사교장 문이 열리면서 요시이에가 모습을 드러냈다. 가마 안에서 대기하고 있던 임진수가 총을 꺼냈다. 총은 농민군이 서양 권총을 본떠 만든 것으로 밤송이처럼 가늘고 짧은 침을 탄알 대신 썼다. 침 끝에는 독이 묻어 있어 침이 살갗에 닿기만 해도 체내로 독이 퍼지면서 한 시간 안에 죽게 되었다. 다루기 까다로워 효율성이 떨어졌지만, 현장에서 사람이 죽지 않아 사건을 은폐할 수 있었다.

임진수는 관에서 일하는 이도철과 장병훈에게 생길지 모르는 빌미를 고려해 독침을 쓰자고 했다. 문제는 작전을 도우러 온 활빈당원이 예상보다 많아지면서 애먼 사람이 변을 당하지 않을까 임진수는 신경이 쓰였다. 총을 다뤄 본 자신이 작전을 빨리 끝내야 한다고 생각했다.

"가마를 목표물 가까이 대거라."

"위험해서 안 됩니다."

요시이에가 가마에 오르기 전에 일을 끝내야 했다. 임진수는 시간이 없다고 승용을 다그쳤고, 승용은 하는 수 없이 가마를 틀었다.

사교장에 들어갈 때 혼자였던 요시이에는 제복을 입은 사람들에 둘러싸여 있었다. 사교장 앞에 잠복해 있던 장병훈이 권총을 들어 올리며 한쪽 눈을 감았다. 장병훈의 활 솜씨는 궁에서 따라올 자가 없어 매의 눈이라 불렸다. 총구는 요시이에 경추의 관절 기둥을 겨누고 있었다. 장병훈이 방아쇠를 힘주어 끌어당겼다. 독침은 예상보다 멀리 가지 못하고 낙하했다. 요시이에와의 거리를 좁히기 위해 장병훈이 사람들 속으로 들어갔다.

승용은 요시이에와의 거리를 유지하며 임진수가 사격하기 좋은 위치를 살피고 있었다. 사교장에서 걸어 나오던 요시이에가 보좌관을 돌아보며 주춤거리자 승용이 가마를 세웠다. 임진수가 재빨리 방아쇠에 걸어두었던 검지를 가슴 쪽으로 힘껏 끌어당겼다. 요시이에 목덜미를 향해 날아가던 독침은 요시이에 목덜미를 스치며 지나갔다. 임진수는 몸의 불필요한 호흡을 내뱉으며 다시 총을 들어 올렸다. 총구 너머로 사교장 문이 열리면서 서양 여자가 걸어 나왔다. 임진수의 시선이 흐트러지면서 독침이 날아갔다.

장병훈도 요시이에를 향해 방아쇠를 당겼다.

임진수와 장병훈이 쏜 독침은 각기 다른 방향에서 요시이에를 향해 날아가고 있었는데…. 요시이에를 보좌하던 군인이 한쪽 무릎을 꿇으며 주저앉았다. 보좌관은 벌에 쏘인 것처럼 따끔거리는 목덜미를 손으로 문지르고 있었다.

"괜찮나?"

요시이에가 물었다.

"네."

보좌관은 별일 아니라는 듯 자리에서 일어났다.

임진수는 보좌관이 독침에 쏘였다는 것을 알 수 있었다.

"보좌관이 맞은 거 같습니다."

승용이 가마에 대고 임진수에게 속삭였다.

"나는 아니다. 내 침은 빗나갔어."

임진수의 말에 승용이 장병훈을 돌아보았다. 장병훈은 고개를 저으며 자신은 아니라고 신호를 보냈다. 임진수도 장병훈도 아니면 누구란 말인가? 장병훈이 맞은편 건물 위에 숨어 있는 이도철을 올려다보았다. 두 사람은 같은 생각을 하고 있었다. 활빈당은 작전에 개입하지 않는다고 약속했지만, 대의명분을 앞세운다면 언제든 파기될 수 있는 것이 그들이 말하는 약속이었다.

장병훈의 눈빛이 흔들렸고, 이도철의 시선이 빠르게 인파 속을 훑었다. 누가 행인이고 누가 활빈당원인지 알 수 없었는데 임진수가 가마에서 내리고 있었다. 임진수는 인파 속을 다급히 파헤치며 걷다 걸음을 멈췄다. 이도철은 임진수의 시선이 멈춰 있는 곳을 따라갔다. 인파 속에 숨어 있는 여자의 뒷모습이 보였다. 혜주였다. 혜주는 저고리 소매에서 총을 꺼내며 요시이에를 향해 걸어가고 있었다. 임진수와 혜주, 요시이에가 삼각대형으로 좁혀지고 있었다. 임진수와 혜주, 모두 위험했다.

"저놈이다."

이도철이 작전을 강제 종료시켰다.

이도철의 외침과 동시에 사교장 앞은 순식간에 아수라장이 되었다. 작전 내용을 모르고 온 사람들이 총소리에 놀라 흩어졌고, 일본군의 진로를 방해하는 활빈당원이 있었다. 혜주는 골목을 빠져나가는 사람들에 휩쓸려 가면서도 강물을 거슬러 헤엄치듯 요시이에를 향해 걸어갔다. 그런 혜주의 목덜미를 끌어당기는 손이 보였다. 승용이었다. 임진수는 혜주가 사교장 골목에서 멀어지는 것을 보며 요시이에를 돌아보았다. 사람들이 자발적으로 길을 터주었고, 임진수는 몸의 불필요한 힘을 호흡으로 내뱉으며 총을 들어 올렸다. 그러고는 목표물에 온 신경을 집중하는데….

임진수의 귓불을 스치며 서늘한 바람 한 점이 지나갔다. 잘 벼린 칼날이 가르는 바람 소리는 임진수의 귓불을 스치며 번개처럼 빠른 속도로 회전해 일본 장교의 가슴에 가 박혔다. 손도끼였다. 벼락처럼 내리치는 손도끼의 위력에 임진수는 하마터면 총을 놓칠 뻔했다. 임진수가 정신을 차리고 뒤를 돌아보았다. 말을 탄 남자가 사교장 골목을 빠져나가고 있었다.

오랜 망명 생활로 쫓기는 일에 이력이 붙은 임진수는 민가로 숨어 들어 갔다. 일본군이 따라 들어와 총을 쏴 대자 민가는 벌집을 쑤셔 놓은 듯 난장판이 되었다. 임진수는 다시 거리로 나왔다. 일본군은 임진수의 몸이 무거워진 걸 확인하고 총을 들어 임진수의 다리를 정조준했다. 그리고 방아쇠를 끌어당기는데 등짝이 반으로 갈라지는 충격에 고꾸라졌다. 일본군 등에 손도끼가 찍혀 있었다. 뒤따라오던 일본군이 놀라 뒤를 돌아보았다.

사교장에서 말을 타고 달아난 남자가 임진수를 향해 달려오고 있었다. 남자는 일본군을 지나쳐 임진수 옆으로 가 손을 내밀었다. 곡예사가 아니고선 달리는 말 위에 올라타는 것이 불가능해 보였는데, 남자는 말의 속력을 늦춰 가며 임진수에게 뻗은 손을 거두지 않았다. 말이 속력에 적응하지 못하고 달아났다. 남자는 다시 돌아와 임진수에게 손을 내밀었고, 말이 제 성질을 이기지 못하고 달아나기를 반복했다.

남자는 임진수에게 다시 돌아와 손을 뻗었다. 이번엔 임진수도 남자를 향해 있는 힘껏 손을 뻗었고, 불처럼 강한 힘이 임진수를 끌어당겼다. 임진수는 남자의 힘에 압도당하는 걸 느꼈다. 남자는 임진수를 안정적인 힘으로 끌어 올렸고, 임진수가 한쪽 발을 말안장에 걸치려는 순간 두 사람의 균형이 흔들렸다. 임진수를 잡고 있던 남자의 손이 풀리면서 임진수가 땅으로 굴러떨어졌다. 그러고는 남자가 뒤따라 말에서 떨어졌다. 임진수는 남자를 돌아보았다. 불처럼 강한 힘을 뿜어내던 남자의 손이 힘없이 늘어져 있었다. 남자의 손가락은 두 개가 잘려 나가 세 개뿐이었다. 임진수는 순간 현기증과 이명을 동시에 느끼며 자리에서 꼼짝하지 못했다. 일본군이 쏜 총알이 얼굴을 스치며 지나갔다. 남자를 위해서라도 살아야 했다.

임진수는 자리에서 일어나 뛰기 시작했다.

멀리 서양식 건물이 보였다. 임진수는 혼신의 힘을 다해 건물로 돌진해 들어갔다. 밖으로 나가려던 직원들이 괴한의 습격을 받은 듯 놀라 뒷걸음 질 쳤다. 아라사(俄羅斯, 러시아) 공관이었다. 현관 앞에 서 있던 조선 여인이 임진수를 보고는 황급히 장옷으로 얼굴을 가리며 안으로 들어갔다. 그제야 직원들은 임진수를 밖으로 끌어내려 했다. 임진수는 조선 여인을 따라 등을 돌리는 조선 남자를 불렀다.

"도와주시오, 일본군에 쫓기고 있소."

조선 남자가 걸음을 멈추며 돌아보았다. 통역사였다.

"요시이에를 암살하려다 쫓기는 중이요."

임진수의 말에 통역사는 눈을 가늘게 찢었다.

"… 요시이에라 하면 일본 공사를 말하는 것이오?"

"그렇소."

"성공하시었소?"


일본군이 요시이에 가마를 빙 둘러싸고 있었다. 사교장에서 나온 요시이에는 곧장 인천항으로 출발했다. 계획대로라면 메이코와 조선인 식모를 만나 함께 인천항으로 가야 했지만, 따로 움직이기로 했다. 사교장에서부터 요시이에를 보좌하던 군인은 입안에 독을 머금은 듯 납빛으로 변한 얼굴로 거칠게 숨을 몰아쉬었다. 초점 없는 눈으로 식은땀을 흘리던 그는 오래가지 못해 말에서 굴러떨어졌다. 목 언저리에서 시작한 검푸른 멍은 심장으로 번지고 있었다.


아라사 공관 문 앞에 불청객처럼 앉아 있는 임진수 앞으로 조선인 통역사가 다가왔다. 그는 공관 구조에 익숙한 듯 임진수를 공관 내부로 안내했다. 통역사의 걸음이 멈춘 곳에서 방문이 열렸다. 조금 전 현관문 앞에서 장옷으로 얼굴을 가리며 급히 등을 돌리던 여인이 방 안에 있었다. 임진수가 방으로 들어가자 문이 닫혔다. 탁자 모서리 끝에 시선을 고정하고 있던 여인이 고개를 들어 임진수를 보았다.

"일본 공사를 암살하려 했다 들었다. 사실이냐?"

"그렇습니다."

"… 어디서 온 누군지 궁금하구나."

"… 그게 왜 궁금하십니까?"

임진수의 목소리에 날이 서 있었다.

"일본 공사를 암살하려 했다는데 어찌 궁금하지 않을 수 있겠느냐?"

"적이 같다고 동지가 될 수는 없지요."

"이름을 물었을 뿐인데 멀리도 가는구나."

"저도 궁금합니다. 뉘신데 여인의 몸으로 이런 곳에 계시는지요?"

서로를 읽던 눈빛이 탁자 위에서 짧게 충돌했다.

"들자 하니 농민군들 기상이 대단하다지! 한성에도 그들을 지지하는 자들이 꽤 있다 들었다."

"그래 봤자 오합지졸들밖에 더 되겠습니까?"

"승패와 상관없이 목숨을 내놓고 싸우는데 그런 자들을 이겨 낼 방법은 없지."

"그래서 청의 군사를 불러들이셨습니까?"

분노를 이기지 못한 임진수의 목소리에 여인의 눈빛이 싸늘해졌다. 그 눈빛에는 숨겨둔 칼을 꺼내기 직전의 비정함이 서려 있었다.

"하나밖에 없는 아비와 아들을 수없이 죽였으니 살아서는 그 죄를 면키 어려울 겁니다. 사람을 죽이고도 아무렇지 않게 살아가는 것이 얼마나 무서운 일인지, 그래서 그 죄를 구제받을 수 없는 삶이 얼마나 지옥 같을 수 있는지 아셔야지요, 마마께서는!"

"…."

"그러니 제가 찾아갈 때까지 부디 목숨을 부지하십시오."

죽음의 경고에도 여인의 눈빛은 미동하지 않았다. 당혹감이라던가 적대감 같은 건 애초에 모른다는 태연한 눈빛이었다.

"새로 부임하는 일본 대사가 군인 출신의 칼잡이라지요. 마마께서는 약점이 많으시니 각별히 몸조심하셔야 할 겁니다."

갑신년 우정국에 불이 나던 날 밤, 왕비는 자신을 데리러 온 사관생도의 얼굴을 장옷 속에서 똑똑히 봐 두었다. 왕비는 역모에 가담한 생도의 얼굴을 십 년이 지났지만 잊지 않고 있었다.

'김옥균은 죽었는데 너는 살아있구나.'

한동안 말없이 임진수를 주시하던 왕비가 입을 열었다.

"여기 들어온 걸 일본군이 봤다면 나가서 목숨을 부지하기는 힘들 거다. 웨베르 공사에게 신변 보호를 요청할 테니 변고 없길 바란다. 나가 보아라."


일본 공사 미우라는 직원의 만류에도 늦은 밤 아라사 공관으로 향했다. 미우라의 목소리는 격앙되어 있었다.

"요시이에 외무상을 죽이려 한 역적을 찾으러 왔습니다."

"아시다시피 이곳은 아라사인들만 거주하는 곳입니다."

"다 알고 왔습니다. 그렇게 모른 척 잡아떼면 저희로선 아라사가 요시이에 암살을 도운 것으로 생각할 수밖에 없습니다."

미우라의 날 선 눈빛을 보며 웨베르는 새로 부임한 일본 공사가 군인 출신이라는 말을 떠올렸다. 조선인들은 왜 저자를 수도승이라 부르는 걸까, 웨베르는 의문이 들었다.

"외무상이 죽을 뻔했고 우리 군인 두 명이 죽었습니다."

"그 일에 대해선 저희도 유감입니다만, 아라사와는 무관한 일입니다."

웨베르가 단호하게 선을 긋자 침묵이 흘렀다.

"요즘 조선의 왕이 유럽의 작은 나라들에 관심이 많다지요?"

미우라가 화제를 돌렸다.

"글쎄요, 처음 듣는 얘깁니다만, 왕이나 왕비 모두 외래 문물에 관심이 많으시니 충분히 있을 수 있는 일이지요. 그게 문제라도 됩니까?"

"그게 사실이라면 아라사도 일본도 믿지 못하겠다, 뭐 그런 뜻 아니겠습니까?"

웨베르는 질문의 저의를 알겠다는 듯 미우라를 보았다.

"우리는 왕실과의 신뢰를 의심해 본 적이 없습니다만… 일본은 그렇지 않으신가 봅니다."

습관처럼 웨베르의 입가에 미소가 번졌다. 미우라는 웨베르의 입가에 번지는 미소를 보며 저도 모르게 탁자를 내리쳤다. 무의식적으로 튀어나온 행동에 웨베르는 물론 미우라도 놀라는 눈치였다. 말과 행동에 거침이 없어 무슨 일이든 거리낌 없이 행동하는 성정의 사람이 조선에 부임해 온 것이다.


장터 담벼락에 붙은 임진수의 수배 전단을 보며 승용은 임진수가 무사하다는 것을 알 수 있었다. 승용은 사람을 사서 도성 안을 샅샅이 훑게 했고, 혜주는 사대문 밖으로 나가 임진수를 찾아다녔다. 저녁때가 되어도 혜주가 돌아오지 않자, 승용은 아궁이 속의 불씨를 끌어모아 혜주가 먹을 밥과 국을 올려놓았다.

하루 종일 굶은 혜주는 기진해 집으로 들어왔다. 부엌에서 나오던 승용이 마루에 앉아 있는 혜주를 보고 도로 부엌으로 들어갔다.

승용이 혜주 앞으로 밥상을 내려놓았다.

"도련님 소식이 왔어요."

혜주가 수저를 들다 말고 승용을 보았다.

"아라사 공관에 안전하게 피신해 계신다고 하네요."

시무룩해 있던 혜주의 입꼬리가 배시시 올라갔다.

"내가 별일 없을 거라고 했지요? 작년 우금치에서 총 맞고도 살아남은 사람인데…. 죽다 살아났으니 모르긴 몰라도 벽에 똥칠할 때까지 살걸요."

혜주는 배가 고팠는지 밥을 한가득 퍼 입에 넣었다.

"밥 먹으면서 똥 얘기가 하고 싶을까…."

"밥 먹으면서 똥도 쌀 수 있는디!"

혜주가 승용을 보며 짓궂은 표정을 보이자 승용이 싫지 않은지 볼을 씰룩거렸다.

"앞으로는 조심하세요. 그날 얼마나 위험했는지 알아요? 하마터면 도련님이랑 나란히 저세상으로 갈 뻔했어요."

"우째 오늘은 그 말을 안 하나 했어요. 지겹지도 않아요, 아침저녁으로 헌 말 또 하고 헌 말 또 하고! 맨날 그렇게 헌 말 또 하고 헌 말 또 해서 하는 말인데요, 원래 사격 솜씨는 진수 아저씨보다 내가 한 수 위라는 거, 그날 아저씨한테 들었어요, 못 들었어요?"

혜주 입에서 튀어나온 밥알이 승용의 얼굴에 날아가 달라붙었다. 승용이 질색을 하며 얼굴에 붙은 밥알을 떼어 냈다.

"아이, 진짜 드러워서….”

"이래 봬도 내가 일곱 살에 날아다니는 새도 떨어뜨린 사람이에요. 사격 솜씨는 내가 아저씨보다 한 수 위라고요. 못 믿겠으면 우리 동네 가서 길 가는 사람 붙잡고 함 물어보세요. 참말인지 거지깔인지 알 수 있으니께. 근디 여자라서 안 된다느니, 어려서 안 된다느니… 그런 시대착오적 무의식 때문에 일을 그르친 거 아녜요?”

숨도 쉬지 않고 말하는 혜주를 보며 승용이 한숨을 쉬었다.

"그날 내가 가마에 탔어 봐, 요시이엔지 미꾸라진지는 벌써 저세상에 갔지!”

아닌 게 아니라 일곱 살에 날아다니는 새를 떨어뜨렸다는 혜주의 말은 과장이 아니었다. 혜주는 어려서부터 농민군 접주인 아버지를 따라다니며 어깨너머로 총 쏘는 법을 익혔고, 아버지는 그런 딸의 재능을 모른 척하지 않았다. 열다섯 살 되던 해, 혜주는 일대의 내로라하는 총잡이들을 제치고 사격의 일인자가 되었다. 말이나 행동거지의 익살스러움에 가려 잘 드러나지 않았지만 혜주는 보기보다 예리한 재능을 지닌 영민한 소녀였다. 그런 혜주를 향해 승용이 반격에 나섰다.

"자질이 실력이 되기 위해선 경험이란 게 필요하다고 도련님이 말한 거 같은데 그 말은 그새 까맣게 잊어버렸나 봐요? 날아다니는 새를 떨어뜨리는 거랑 전쟁에 나가 총 쏘는 건 다른 거라고 도련님이 알아듣기 쉽게 말한 거 같은데….”

혜주가 밥을 푸며 딴청을 피웠다.

"그랬나! 들은 거 같기도 하고….”

"어려서 그런 거 아니고요, 여자라서 그런 건 더더욱 아니고요. 만에 하나 일이 잘못되면 그 책임이 누구한테 가겠어요?”

혜주가 밥상 위에 수저를 내려놓자 승용이 못 이기는 척 꼬리를 내렸다.

"알았으니까… 거 먹던 거나 마저 먹어요."

나준용은 고삐 풀린 망아지 같은 딸이 임진수를 따라 한성에 간다고 했을 때 다시는 같은 말을 하지 못하게 혜주의 말을 단칼에 잘랐다. 자신의 품에서야 무슨 일이든 해도 됐지만, 아직 사리 분별이 안 되는 아이였다. 임진수에게 짐이 되게 할 수 없었다.

혜주는 좀처럼 허락을 하지 않는 아버지를 보며 설득을 하거나 토를 다는 대신 행동으로 자신의 뜻을 보여 주었다. 임진수가 한성으로 떠나는 날, 혜주는 장문의 편지를 남기고 야반도주했다.

아버지, 지금과 같은 전투 방식으로는
더 이상 농민군에 희망이 없어요.
저는 더 큰 세계로 나가 아버지를 도울 방법을
찾으려 하니 저를 믿고 기다려 주세요.
무엇보다 진수 아저씨를 믿는다면
제 걱정은 안 하셔도 돼요.
한성에 도착해 연락드리겠습니다.

남장 차림으로 충청도까지 올라간 혜주는 괴산에서 산불이 나 발이 묶이고, 임진수가 묵고 있는 주막에서 저녁을 먹다 발각되었다.

사리 분별을 못 하는 것이 혜주의 흠이라면 흠이었지만, 그 흠을 메꿀 수 있다면 혜주는 아버지보다 나은 길을 가기에 부족함이 없다는 것을 임진수는 잘 알고 있었다. 임진수는 혜주에게 한성 유람만 시키겠다는 내용의 전보를 나준용에게 보냈다.

# 가죽 신발을 신은 무리

십 년 전, 김옥균의 밀항을 도운 이츠로의 낡고 허름한 배는 유럽에서 수입한 최신식 선박으로 바뀌어 있었다. 그 시절의 배가 낡고 허름해 찾는 사람이 없었다면, 유럽에서 수입한 최신식 선박은 비싼 운임 탓에 찾는 사람이 없었다. 이츠로는 항로를 유럽으로 변경하려 했지만 쉽지 않았다. 그런데 작년에 시작된 청일전쟁이 올 초 일본의 승리로 끝나면서 돈 냄새를 맡은 일본인 사업가들이 조선으로 건너가기 시작했고, 그들을 따라 무역상과 일거리를 찾는 일본인들이 조선으로 가는 배에 몸을 실었다. 유럽에서 수입한 이츠로의 배는 표를 예매하지 않으면 승선이 어려웠다. 이츠로에게 조선은 그야말로 행운의 땅이었다.

갑판 위로 양복 차림의 가죽 신발을 신은 무리가 보였다. 그들은 한눈에 보아도 귀족 가문의 자손으로 지식인처럼 보였는데 손에는 가벼운 가방 하나가 들려 있었다. 이츠로는 조선 땅에서 보이지 않는 거대한 일이 일어나고 있음을 바다 위에서 직감할 수 있었다.

겐조와 미야모토 대대장은 일본에서 온 외무성 관계자를 만나기 위해 공관으로 들어서고 있었다.

"작년에 시작된 시베리아 철도 공사가 블라디보스토크를 경유해 조선으로 이어질 거라는 이야기를 들었습니다."

"글쎄요…. 그 비슷한 이야기는 저도 들었습니다만, 사실이라 해도 영국이 아라사의 동북아 진출을 그냥 두고 보지는 않을 겁니다."

"하지만 지금의 조선과 아라사 관계라면 못 할 것도 없지요."

조용히 듣고 있던 외무성 관계자가 입을 열었다.

"그래서 둘의 결탁을 막아야 합니다. 아라사가 프랑스, 독일까지 끌어들여 세를 확장하는 중이고, 미국과 영국까지 조선에 욕심을 부리고 있습니다. 조선에서 일본의 입지가 점점 어려워지고 있어요. 해서 그동안 계획했던 일을 실행하려고 합니다. 가능한 짧은 시간 안에 조선을 강력하게 무력화시킬 수 있는 작전으로 군대를 동원할 필요도, 군중을 모을 필요도 없습니다. 그저 선택된 일본제국의 시민 몇 명이면 됩니다. 소설가 아키토와 시인 부스케가 만든 작전으로, 작전명은 '여우 사냥'입니다."

그날 밤, 일본 공관의 불은 밤새 꺼지지 않았다.

아라사 공관 주변을 감시하던 일본군은 밤새 철수하고 없었다. 웨베르는 군인을 철수시킨 일본의 속셈이 궁금했지만 임진수를 안전하게 배웅하는 것이 먼저였다. 머리를 짧게 자른 임진수는 양복 차림으로 장신의 직원들에 둘러싸여 공관을 나왔다.

사흘 전, 일본에서 건너온 가죽 신발을 신은 무리는 배오개 장터를 구경하고 있었다. 거미줄처럼 얽혀 있는 난전에서 풍기는 발효식품 냄새에 은테 안경을 낀 다케시는 미간을 찡그렸다. 못마땅한 시선으로 난전을 둘러보던 다케시의 시선이 담벼락을 빼곡히 메운 수배 전단지에 가 멈췄다.

'외무상을 암살하려 한 조선인이 있었다는데 혹 저자일까….'

호기심이 발동한 다케시는 수배 전단지 앞으로 갔다. 행인들이 다케시의 가죽 신발을 신기한 듯 힐끗거렸다.

"다케시."

가늘고 뾰족한 동료의 목소리가 들려왔다. 다케시가 고개를 돌렸다. 양복 차림의 임진수가 다케시를 향해 걸어오고 있었다. 다케시는 임진수의 얼굴이 낯익었는지 임진수에게서 눈을 떼지 못했고, 임진수는 다케시의 시선을 의식하며 고개를 떨궜다.

"일본 분이시죠?"

다케시를 지나쳐 가던 임진수가 걸음을 멈춘 뒤, 등을 보인 채 어깨를 살짝 틀었다.

"조선인입니다."

다케시는 예상이 빗나가 아쉽다는 표정을 보였다.

"발음이 훌륭하십니다?"

"일본에서 유학을 했습니다."

"본토 사람들과 별 차이가 없어요. 일본에는 얼마나 계셨습니까?"

"오 년 있었습니다. 일이 있어서 이만 실례하겠습니다."

"제 말이 아직 끝나지 않았습니다만."

수배자 신분이 아니어도 일본인과 마주해 좋을 일이 없었던 임진수는 서둘러 자리를 뜨려 했지만, 다케시의 비아냥대는 어조에 걸음을 멈췄다. 임진수는 뒤돌아서서 다케시의 얼굴을 정면으로 응시했다. 사업을 하는 사람 같지 않았다. 무슨 일로 조선에 온 걸까?

다케시가 말을 걸었다.

"아무리 봐도 낯이 익어서요. 일본 어디 계셨습니까?"

"단발에 양복 차림이라 그렇게 보였나 봅니다. 저는 초면입니다."

"일본 어디에 계셨냐고 물었습니다?"

"… 와카나이에 있었습니다."

"와카나이라…?"

"홋카이도에 있습니다."

"홋카이도…??"

다케시의 모호한 표정 너머로 담벼락에 붙은 수배 전단지가 보였다. 임진수는 그제야 다케시의 지나친 관심을 이해할 수 있었다.

"홋카이도에도 학교가 있습니까?"

"학교가 없는 곳은 없지요."

"음…. 그럼 미국을 방문하신 적은요? 저는 펜실베이니아에서 의학을 전공했습니다만."

'의사가 조선에는 무슨 일일까…?'

"아직입니다. 조선에는 무슨 일로 오셨습니까?"

임진수가 물었다.

임진수의 급작스러운 질문에 다케시가 머뭇거렸다.

"…. 조선의 가을이 아름답다 하여 잠시 유람을 왔습니다."

"다케시!"

가늘고 뾰족한 소리가 시장 끝에서 들려왔다. 다케시는 동료들이 시장 골목을 빠져나가는 것을 보며 임진수와 눈인사를 하고 헤어졌다.

시장을 급히 빠져나가던 다케시는 누군가 뒤에서 끌어당기는 기분 나쁜 이끌림에 걸음을 멈추고 뒤를 돌아보았다. 그러고는 수배 전단지가 붙어 있는 담벼락 앞으로 갔다. 전단지 속 사내의 송곳 같은 눈빛이 다케시를 응시하고 있었다. 곰처럼 둔해 보이던 다케시의 눈빛이 날카롭게 바뀌었다.


도화서 김 씨가 발그레한 얼굴로 술값을 치르고 있었다.

"조금만 더 앉아 있다 가겠습니다."

"가든지 말든지 그건 알아서 하고, 난 들어갈 거니까 찾지 마."

주인 남자가 방으로 들어가자 친구들이 김 씨 앞으로 모였다.

"그래, 중전의 얼굴을 보았다면 생김새를 말해 보아라?"

"이놈들이 진정 내 목에 칼이 들어가는 걸 보고 싶은 거냐?"

"에라이, 그럼 그렇지. 도화서에 들어간 지 일 년도 안 된 놈이 언감생심 중전의 초상화는 무슨…."

친구들이 빈정거리며 놀렸지만 김 씨는 속없이 웃으며 남은 술을 입안에 털어 넣었다.

"어머니 생신이라 먼저 일어날란다."

"어머니 생신이면 진작 일어났어야지, 여태 술을 퍼마시고 있냐, 이 불효막심한 놈아!"

"그나저나 어머니 생신 선물로 산 굴비가 안 보인다. 여기 어디 둔 거 같은데…."

"굴비! 굴비가 있었다고?"

"그러고 보니 들어올 때 손에 뭐가 들려 있던 거 같기도 하고. 그게 굴비였냐?"

"굴비면 고양이가 집어가도 벌써 집어갔지, 그게 아직 남아 있겠냐고."

평상 아래로 머리를 집어넣으며 부산을 떠는 김 씨 너머로 국밥집 주인 여자가 방문을 열어젖혔다.

"그러게 술 좀 작작 마셔. 귀한 거라고 오자마자 맡겨 놓고는."

"어딨습니까, 제 굴비?"

"부뚜막 위에 걸어 놨어. 가져가."

김 씨가 부엌으로 들어가 굴비 꾸러미를 들고 나왔다.

"아이고, 저 살집 봐라, 살집! 저게 굴비야, 고래 새끼야?"

"아! 그리고 어머니 생신은 오늘이 아니라 내일이야."

김 씨는 고래 새끼만 한 굴비를 들고 국밥집을 나갔다.

김 씨의 손 아래로 일렬로 줄 서 있는 굴비들이, 술에 취해 콧노래를 부르는 김 씨의 박자에 맞춰 대롱대롱 춤을 추었다. 땅 위로 내려앉은 음표가 엉덩이를 흔들며 김 씨를 졸졸 따라가다, 콧노래가 끝나자 자취를 감추었다. 그 위로 발자국 문양이 땅 위에 찍히고 있었다. 굴비들이 정체를 알 수 없는 발자국을 보고 놀라 숨을 죽이는데 마른 나뭇가지 부러지는 소리가 들려왔다. 그 소리에 김 씨가 걸음을 멈추고 뒤를 돌아보았다. 어둠 말고는 보이는 것이 없었다. 김 씨는 취기가 달아나는 것을 느끼며 걸음을 재촉했다. 발을 디딜 때마다 따라오는 발소리가 김 씨의 신경을 건드렸다. 급기야 한 겹으로 들리던 발소리가 두 겹으로 들리기 시작했다. 누군가 뒤에서 쫓아오는 것처럼. 김 씨는 걸음의 속도를 변박으로 바꾸었다. 정박에서 소리 없이 따라오던 발소리는 변박에서 어긋나기 시작했다. 김 씨는 온몸이 오싹해지는 것을 느끼며 천천히 뒤를 돌아보았다.

두건을 벗기자 입에 재갈을 문 도화서 김 씨의 얼굴이 나타났다. 일본인 통역사는 김 씨에게 왕비 초상화를 그린 화원이 맞는지 물었다. 김 씨는 고개를 끄덕였다. 통역사는 왕비의 얼굴을 본 그대로 그리면 살 수 있다고 했다.

새벽닭이 울 때 왕비의 초상화가 완성되었다.

김 씨는 붓을 내려놓기 전 왕비의 오른쪽 눈썹 위에 있는 좁쌀만 한 크기의 흉터를 그려야 할지 말지를 고민했다.

가죽 신발을 신은 무리가 일본 공관으로 들어가고 있었다. 먼저 도착한 겐조, 미야모토 대대장이 미우라와 함께 그들을 맞았다. 다케시가 일본에서 가지고 온 초상화를 탁자 위에 펼쳤다. 메이코가 십 년 전의 기억을 되살려 만든 왕비의 초상화였다. 그 옆으로 내명부 생각시 증언으로 만들어진 초상화가 나란히 놓였다. 잠시 후, 방문 두드리는 소리와 함께 도화서 김 씨의 초상화가 배달되었다. 초상화 속 세 여인의 인상은 비슷했지만 다

다른 사람이었다. 그도 그럴 것이 메이코의 초상화는 십 년이라는 기억의 불확실성이, 생각시 증언으로 만든 초상화는 화가의 상상력이 가미되어 정확도가 떨어졌다. 세 명 중 한 명이 왕비일 수 있었지만 세 명 모두 왕비가 아닐 수도 있었다. 하지만 한 명을 선택해야 한다면 도화서 김 씨의 초상화가 될 수밖에 없었는데 김 씨 초상화에는 특이점이 하나 있었다. 오른쪽 눈썹 위에 좁쌀만 한 크기의 흉터가 그것이었다.

건청궁으로 향하는 민영태의 표정이 심상치 않았다. 민영태가 왔다는 소식에 왕비 처소로 들어가던 아침상이 문 앞에서 물러졌다.

"어제 휴가를 받아 외출한 도화서 김 씨의 시체가 일본 공관 근처에 있는 쓰레기 소각장에서 발견되었다고 합니다. 마마의 초상화를 그린 화가가 한성에 또 있습니까?"

방 안의 공기가 무거워졌다.

"한 명은 청으로 갔고, 한 명은 일본으로 건너갔다 들었습니다."

"미우라와 겐조가 일본에서 건너온 무리를 외부에서 비밀리에 접촉했다고 하는데 그 사실을 류길준이 모르는 눈칩니다."

류길준은 일본의 신뢰를 받으며 일본과 긴밀한 관계를 유지하는 인물이었다.

"뭐 하는 자들입니까?"

"책을 읽고 차를 마시며 한성 구경을 하는 것이 전부라고 합니다. 술을 마시지도 기방에 들지도 않는다고 합니다. 그중 몇은 양인의 말을 꽤나 유창하게 한다고 하니 뭐 하는 자들인지 유추하기가 어렵습니다."

민영태는 왕비 얼굴에 드리운 그림자를 보았지만 더는 도울 수 있는 게 없었다. 그는 곤녕합에 들어올 때 그랬던 것처럼 급한 볼일이 있는 사람처럼 곤녕합을 빠져나갔다.

민영태가 다녀간 뒤 왕비는 방 안에서 한 발짝도 움직이지 않았다. 숨소리조차 들리지 않는 방 안을 지밀상궁 월선이 지키고 있었다. 인왕산 범바위로 해가 넘어갈 때쯤 왕비는 월선을 불러 산책을 가자고 했다. 하늘은 온통 석양빛으로 물들고 있었다. 건물 안에 갇혀 있다시피 한 왕비의 창백한 얼굴은 석양빛을 받자 핏기가 도는 듯 붉은빛을 띠었다.

주방 상궁은 아침, 점심을 내리 거른 왕비의 저녁 찬거리에 신경이 곤두서 있었다. 소주방 나인은 단풍잎 같은 작은 손으로 소금 간을 한 취나물을 조물거리다 들기름 뚜껑을 열었다. 고소한 냄새가 소주방 안으로 번졌다. 생태를 손질하러 나간 나인이 콧물을 훌쩍거리며 소주방으로 들어왔다. 살얼음을 띄워 놓은 것 같은 지하수에 생태 내장을 손질한 나인의 손은 빨갛게 헐어 있었다. 취나물을 조물거리던 나인이 들기름 뚜껑을 닫으며 함지박에 담긴 생태를 보았다.

"생태가 벌써 잡혔나 보네?"

"겨울이 코앞이야."

"근데 부엌데기 팔 년에 이런 동태 눈깔을 한 생태는 또 처음 보네."

"올해는 물질이 영 시원찮은 거 같아?"

나인이 콧물을 훌쩍거리며 말했다.

"보나 마나 뱃사람들 식량이 올라온 거 같은데…. 먹을 게 차고 넘치는 궁에서 이런 것까지 삥을 뜯어 쓰겠냐?"

"전하가 탕 요리를 좋아하시잖아."

"탕 요리가 얼마나 많은데…. 생태탕 한 해 안 먹는다고 죽냐, 죽어?"

"조용히 해, 이것아! 상궁 마마님 밖에 계셔. 안 그래도 심기 불편하신데…."

"전하, 올해는 어획량 기근으로 어물을 받지 않기로 했습니다. 그 말을 왜 못 하냐고…. 하여간 이 나라는 쓸데없이 알아서 기는 너 같은 인간들 때문에 머잖아 사달이 날 거야."

나인의 목소리가 겁 없이 커지고 있었다.

"새삼스럽게 왜 이러지, 오늘따라! 그날인가?"

밖에서 주방 상궁의 인기척이 나자 소주방 안은 조용해졌다.

매일 같은 시간, 같은 장소에서 같은 일을 하는 그녀들이었지만 전국의 산과 들, 바다에서 배달되는 식재료에서 그곳의 정취를 느낄 수 있었다. 그런 이유로 궁에서의 삶은 그런대로 견딜 만했다.

해가 지자 향원정의 물빛은 어두워졌다. 왕비는 한 시간째 말없이 향원정을 걷고 있었다.

"마마, 인제 그만 들어가시지요?"

"그러고 보니 자네도 내 옆에 있는 동안 편할 날이 없었겠어."

왕비의 음성은 곤녕합을 나오기 전보다 더 가라앉아 있었다.

"… 먹구름이 몰려오는 것이 곧 비가 올 것 같아 드리는 말씀입니다."

지밀상궁의 말에 왕비는 하늘을 올려다보았다. 까마귀 떼가 구름을 삼키며 궁을 향해 무리 지어 오고 있었다. 문득 아라사 공관에서 만난 생도의 말이 떠올랐다.

'새로 부임하는 일본 대사가 군인 출신의 칼잡이라지요. 마마께서는 약점이 많으시니 각별히 몸조심하셔야 할 겁니다.'

왕비는 월선을 돌아보았다.

"전하를 봬야겠구나."

"네."

궁을 둘러싸고 밤이 깊어 가고 있었다.

어둠 속 멀리서부터 들려오는 법고 소리는 덩치를 키우며 달려오다, 우레와 같은 말발굽 소리를 내며 거리로 뛰쳐나왔다. 밤길을 매섭게 달리던 말은 세검정 고택 앞에서 멈췄다.

청지기는 잠이 덜 깬 눈으로 대문을 열다가 미야모토 대대장을 보고는 고개부터 숙였다. 미야모토 대대장은 대원군의 이름을 부르며 집으로 들어갔다. 한밤중에 들리는 낯선 목소리에 식솔들이 하나둘 방에서 나왔고, 사랑채 방에 불이 켜졌다. 미야모토는 불이 켜진 방에서 아무런 반응을 보이지 않자, 다시 한번 대원군의 이름을 크게 불렀다. 식솔들이 하나둘 사랑채 마당으로 모여들었다. 미야모토가 말에서 내려 군홧발로 마루에 올라가자 식솔들 입에서 탄식이 새 나왔다. 미야모토가 방문을 거칠게 열었다. 대원군이 돌처럼 굳은 자세로 앉아 있었다. 미야모토는 대원군 앞으로 가 문서를 내밀었다.

왕비 사후 대원군이 왕을 보필해 궁중을 감독하되
정사에는 관여하지 않는다.

대원군은 한때 놀고먹는 건달을 자처하며 상갓집 개라는 비난마저 감수하고 인내하여 열두 살의 아들을 왕좌에 올려놓았다. 왕좌에 앉은 열두 살의 아들은 아버지의 그늘에서 궁의 이방인처럼 겉돌았다. 하지만 평생을 살아야 하는 궁에서 언제까지 이방인처럼 있을 수는 없었다. 왕비를 맞이하고 세자가 태어나면서 왕은 왕으로 자립을 시도했지만 대원군은 물러서지 않았다. 일본은 그런 대원군의 눈먼 야망을 지켜보고 있었다.

"문서에 서명하라."

대원군이 눈을 감자, 따라 들어온 일본 장교가 대원군을 향해 총을 뽑았다.

"죽여서는 안 된다. 총을 거둬라."

미야모토는 대원군의 손을 끌어올려 서명하게 하려 했지만, 대원군의 손은 탁자 아래서 온 힘으로 버티고 있었다. 마당에서 식솔들이 숨죽여 사랑방을 지켜보고 있었다. 식솔들 사이에서 어깨를 낮추고 있던 백발의 하인이 뒷걸음질 치며 마당을 빠져나갔다.

잠자는 밤을 깨우는 짚신 소리가 노를 저으며 밤거리로 들어왔다. 백발의 하인이 짚신으로 땅 위를 노 젓는 소리와 거친 숨소리가 뒤엉켜 어둠 속으로 멀어져 갔다.

어둠 속에서 나타난 일본군 2개 대대가 대열에 맞춰 무장하고 있었다. 잠시 후, 미야모토 대대장이 대원군을 끌고 나타나 대대 앞으로 가 섰다. 그들의 어깨너머로 광화문 현판이 눈에 들어왔다. 대원군 집에서 실랑이를 벌인지 세 시간이 지난 뒤였다. 곧이어 한 방의 총소리와 함께 일본군이 일사불란하게 사다리를 타고 궁을 넘었다.

벽에 기대 잠든 사월이 눈을 번쩍 떴다. 언제 잠이 든 걸까… 오늘따라 밤이 길었다. 새벽닭이 울 시간이 가까워 오는데 기다리는 사람에게선 기척이 없었다. 사월은 올해 열두 살이었지만 또래들보다 한참 작았다. 사월은 누워 잠자는 나인들 사이를 가로질러 방문을 열었다. 보름달이 비추고 있는 궁은 시간이 멈춘 듯 고요했다. 쌀쌀한 바람이 방으로 들어오자 나인들이 이불 속에서 뒤척였다. 사월이 서둘러 방문을 닫았다. 사월은 다시 벽으로 가 등을 기대고 앉았다. 나인들의 코골이 소리가 나직이 들려오자 사월의 눈꺼풀이 무거워졌다. 얼굴이 가슴팍으로 내려앉았고, 사월이 얼굴로 갈지자를 그리며 두벌잠 속으로 들어가려는데 귀청을 찢는 괴성이 들렸다.

"사치코."

사월의 작은 어깨가 파드닥거리다가 멈췄다. 잠시 후, 사월이 고개를 들어 눈을 번쩍 떴다.

"사치코!"

사치코는 메이코가 지어준 사월의 일본 이름이었다. 밤새 기다린 손님이 도착했다는 것을 사월은 알 수 있었다. 밖으로 나가 손님을 맞아야 했지만 사월은 꼼짝할 수 없었다.

내명부에서 들리는 남자 목소리에 놀란 나인들이 잠에서 깬 방을 나가려는데 우당탕탕-- 마루 위로 뛰어오르는 군홧발 소리와 함께 방문이 열렸다. 나인들이 비명을 지르며 방을 뛰쳐나갔고, 방에 홀로 남은 사월이 괴한과 눈이 마주치자 그 자리에서 얼어 버렸다. 달빛에 비친 사무라이 복장의 괴한은 사람 옷을 뒤집어쓴 괴물 같았다. 사월이 괴한을 피해 뒷걸음치다 벽에 가 부딪혔다. 괴한은 사월의 앞으로 걸어가 곰처럼 크고 두꺼운 손을 사월의 목덜미 아래로 집어넣었다. 그러고는 등 뒤에 땋아 넘긴 머리를 사월의 가슴에 내려뜨렸다. 머리를 땋아 묶은 붉은색 비단 댕기에 '사치코'가 수놓여 있었다.

"찾았습니다."

미야모토 대대장과 가죽 신발을 신은 무리가 방으로 뛰어 들어왔다.

"왕비 처소로 안내해라."

사월이 언 채로 꼼짝하지 못했다.

"왕비 처소로 안내하라는 소리 못 들었나."

미야모토의 윽박지르는 소리에 사월은 오늘 밤 자신이 해야 할 일을 알 수 있었다.

메이코는 왕실의 다과 모임이 사라지고 왕비에게 접근할 길이 차단되자 아이를 입양하기로 했다. 참판댁 부인이 메이코 집으로 들어가고 있었다.

"대여섯 살 정도의 여자아이로 출신성분보다는 재능이 있는 아이였으면 합니다."

참판댁 부인이 아리송한 표정으로 물었다.

"재능이라 하시면 어떤 재능인지 말씀해 주시면 아이를 찾는 데 도움이 될 것 같습니다."

"가령 노래를 잘한다든가, 그림을 잘 그린다든가…."

"네."

참판댁 부인은 잠시 생각을 하다가.

"대여섯 살이면 노래에 재능 있는 아이를 찾는 것이 확실할 거 같습니다."

"아무래도 노래보다는 손재주가 있는 아이면 좋을 거 같습니다."

"손재주라 하시면…?"

메이코가 말을 바꾸자 참판댁 부인이 조심스럽게 물었다.

"바느질 솜씨가 좋은 아이요."

"네에… 규방 공예에 관심이 있으신지 몰랐습니다."

"말수가 적고 말귀가 밝은 아이면 더할 나위 없을 거 같은데… 잘 부탁 드리겠습니다."

"잘 알겠습니다."

참판댁 부인은 메이코 집에서 나와 장터의 비단 가게로 갔다.

"대여섯 살이면 이제 겨우 지 밥 떠먹을 나인데 바느질하는 아이라니요."

셈이 빠른 비단 장수는 우수고객을 잃을까 앓는 소리를 냈다.

"당장 바느질을 시키겠다는 것이 아니다. 물려받은 재능을 찾자는 거야. 가게에서 일을 받아 가는 아낙의 딸이라면 믿을 만하지 않겠느냐?"

셈이 빠른 비단 장수는 며칠 전 바느질하는 여인들이 가게에 모여 하던 이야기를 떠올렸다.

"아산댁? 처음 들어보는데?"

"사대문에 들어온 지는 얼마 안 됐나 봐. 안목이 얼마나 대단한지 사대문에서 멋 좀 아는 사대부와 기생들이 줄 서서 찾는다는데."

"얼마나 대단하길래?"

"옷을 맞추려면 직접 만나야 하는 게 원칙이래."

"여자들이야 그렇다 쳐도 남자들이 어디 만나 주나. 치수만 알려주면 그만이지."

"만나 주니까 대단하다는 소리가 나오는 거 아냐. 그래, 만나서 뭘 한데?"

"옷 주인 피부색이랑 체형을 꼼꼼히 확인한 다음, 피부색에 맞는 색상을 여자가 직접 고른다네. 옷감도 체형에 맞게 고르고. 자기 얼굴은 자기가 제일 잘 안다고 처음엔 다들 반신반의했는데… 웬걸. 얼굴이 칙칙해 보이던 사람이 여자가 만든 옷을 입고는 얼굴에 꽃이 폈다나 뭐라나…. 뚱뚱하고 마른 사람들도 옷감을 바꾸고 나서는 옷 태가 달라졌대. 그러니 비단을 걸치고도 볼품없어 보이는 양반들이 줄을 설 수밖에."

"바느질 솜씨만으로는 될 게 아니네."

"말해 뭐해. 멋도 아는 놈이 따라 한다고, 어쩌다 바느질로 먹고사는지는 몰라도 필시 양반이었을 거라는 말이 있어."

참판댁 부인이 가게를 떠나자 비단 장수는 아산댁 집으로 향했다. 비단 장수의 인기척에 여자아이가 방에서 나왔다.

"여기가 아산댁 집이냐?"

여자아이가 고개를 끄덕였다.

"엄마 안에 계시니?"

"조금 전에 나가셨어요."

"나는 배오개 장터에서 비단 가게를 하는 사람이다. 아산댁 딸인가 보구나."

아이가 고개를 끄덕였다.

아이는 비단 장수의 다섯 살 된 딸아이와 체격이 비슷했다.

비단 장수는 은근슬쩍 마루에 걸터앉으며 사월에게 말을 걸었다.

"이름이 뭐냐?"

"사월입니다, 최사월."

"사월이. 그래, 올해 몇 살이냐?"

"일곱 살이요."

비단 장수는 사월의 옆에 앉아 사월의 말수와 말귀를 시험했다.

넉 달 전 아이 셋을 데리고 사대문에 들어온 아산댁은 자신에 대해 많은 말이 오가는 걸 알았지만 신경 쓰지 않았다. 아이 셋을 굶기지 않고 공부까지 시키려면 바느질할 시간도 부족했다. 바느질하느라 뜬눈으로 밤을 새우는 날이 허다했고, 그런 다음 날 아침에는 함지박의 쌀뜨물 위로 코피가 떨어지기 일쑤였다. 셈이 빠른 비단 장수가 다녀간 날 저녁에도 사월은 쌀뜨물 위로 선연히 번지는 엄마의 붉은 피를 보며 속이 메스껍고 울렁거려 수저를 들지 못했다. 사월이 손도 대지 않은 밥그릇을 남동생들이 가로채 갔다. 예민하고 까다로운 사월이 또래들보다 작은 이유였다.

사월은 이노우에와 메이코의 양녀가 되었다.

아이를 낳아만 봤지, 키워 본 적이 없는 메이코는 좀처럼 마음을 열지 않는 사월에게 어려움을 느꼈다. 다행히 사월은 일본어와 예절교육을 빠르게 흡수하며 메이코를 안심시켰다. 사월은 일본어와 예절교육 외에도 바느질 수업을 받았는데, 아산댁이 메이코 집으로 와 바느질하는 법과 수놓는 법을 가르쳤다. 엄마의 재능을 물려받은 사월을 보며 메이코는 크게 만족해 했다. 집으로 돌아가는 아산댁에게 메이코는 사례비를 건넸지만, 아산댁은 번번이 거절했다. 메이코가 대문 밖까지 따라 나가 아산댁의 바느질 보따리에 돈을 찔러 넣었다. 사월이 집안에서 지켜보고 있었다.

육 개월 뒤 아산댁은 두 아들을 데리고 한성을 떠났다.

한 달 뒤 사월은 수방 생각시로 궁에 입궐했다. 사월의 임무는 왕비의 얼굴을 알아내는 거였는데 외부 노출을 극도로 꺼리는 왕비 얼굴을 잔심부름이나 하는 생각시가 볼 일은 없었다. 하루 종일 허드렛일을 해야 하는 생각시 일은 고됐고, 그 시간을 견디기 위해 사월은 수방에서 나온 자투리 천에 수를 놓았다. 수를 놓기 시작하면서 그런대로 시간이 흘러갔다. 궁에 입궐한 지 이 년 뒤, 사월은 수방 나인들과 나란히 앉아 수를 놓았다. 나비의 날갯짓을 사월만큼 우아하게 표현하는 수방 나인은 없었다. 그때 사월의 나이 열 살이었다.

나인들과 나란히 앉아 수를 놓기 시작하면서 궁에서의 시간은 견딜 만했지만, 하루빨리 궁을 나가고 싶은 마음에는 변함이 없었다. 어떻게든 왕비를 만나야 했는데 꿈에서라도 만나고 싶은 왕비는 꿈에서조차 만날 수 없었다.

추석을 앞두고 침방과 수방에서는 외인들에게 보낼 명절 선물 견본을 만드느라 분주했다. 수방 상궁이 자리를 비우면서 침방 상궁이 수방으로 견본을 점검하러 왔다. 침방 상궁은 견본을 가지고 자리에서 일어나며 사월을 돌아보았다. 수방에 다시 올 시간이 없었다.

"너는 나를 따라오거라."

입궐한 지 사 년째 되던 해, 사월은 침방 상궁을 따라 왕비 처소로 들어가고 있었다. 세로로 길게 뻗은 복도가 사월의 눈에 들어왔다. 복도를 마주하고 있는 동일한 문양의 격자문이 꼬리에 꼬리를 물고 길게 이어져 있었다. 격자 문양의 방문은 복도를 회오리처럼 휘감으며 사월을 빨아들이고 있었다. 사월은 뱀의 혓바닥 속 같은 복도를 따라 건물 안으로 들어갔다.

방문에는 아무런 표식이 되어 있지 않아 사월은 침방 상궁의 발뒤꿈치를 보며 숫자를 세기 시작했다. 한 보, 두 보, 세 보, 네 보, 다섯 보…. 열 보가 백 보가 되어 천 보가 되었을 때 침방 상궁의 두 발이 한자리에서 머뭇거렸다. 사월이 고개를 떨군 채 내리깔고 있던 눈을 치켜들었다. 두 갈래로 길게 뻗은 복도가 눈에 들어왔다. 침방 상궁은 잠시 주춤거리다 오른쪽 복도로 꺾어 들어갔다. 사월은 다시 처음부터 한 보, 두 보를 세기 시작했다. 삼백 보를 걸어 들어가자 침방 상궁이 걸음을 멈췄다.

"너는 여기서 기다리고 있어라."

"네."

침방 상궁이 방으로 들어가자 사월은 그제야 고개를 들어 복도를 두리번거렸다. 시간이 멈춘 듯한 복도는 사람의 온기는커녕 공기조차 느낄 수 없을 만큼 고요해서 무서웠다. 그제야 사월은 자신이 거대한 사건의 중심에 있다는 것을 어렴풋이 깨달을 수 있었다. 그러자 겁이 덜컥 났다. 사월은 왕비가 있는 침방 문을 보았다. 그토록 궁금해하던 왕비가 방 안에 있다는 사실에 사월은 방문에서 눈을 떼지 못했다. 순간 문이 벌컥 열렸다. 사월은 나쁜 짓을 하다 걸린 아이처럼 놀란 눈이 되어 딸꾹질을 했다. 침방 상궁이 미처 닫지 못한 미닫이 문틈 사이로 방 안이 보였다. 왕비의 얼굴이 사월의 눈으로 들어왔다. 왕비는 의심 가득한 눈빛으로 누군가의 이야기를 듣고 있었다. 미간을 찡그리며 인상을 펴지 못하던 왕비가 사월의 시선을 의식한 듯 기습적으로 고개를 돌렸다. 벌침처럼 뾰족한 까만 눈동자가 방문을 뚫고 나와 사월을 쏘아보았다. 사월은 벌침에 쏘인 새처럼 작은 어깨를 파드닥거리며 부르르 떨었다. 침방 상궁이 미처 닫지 못한 문을 닫으며 말했다.

"여성에게는 손거울을, 남성에게는 버선을 선물하기로 했다. 가서 그리 전하 거라."

사월이 멀뚱한 얼굴로 가만히 서 있었다.

"들었느냐?"

"… 네. 여성에게는 손거울을, 남성에게는 버선이라 전하겠습니다."

"가 보아라."

사월이 나인들을 통해 들은 상상 속의 왕비는 실제 왕비와 크게 다르지 않았다.

궁인들이 모두 잠든 시간, 사월은 처소를 빠져나왔다. 사월은 뒤뜰의 배롱나무 아래로 가 왕비의 생김새와 인상을 자세히 적어 나갔다. 사월은 메이코에게 전할 서찰을 배롱나무 아래 묻고 밤하늘의 둥근달을 보며 궁을 나갈 수 있게 도와달라고 간절히 기도했다. 한 달 뒤 메이코에게 답신이 왔다.

'10월 8일 밤, 일본 손님이 찾아가면 그들을 맞아라.'

## 감당할 수 없을 만큼 끔찍한

한 발의 총소리와 함께 궁을 넘은 일본군은 빠르게 건청궁으로 향했다. 괴한의 침입에 놀란 나인들이 곤녕합을 빠져나가려 했지만 출입문은 모두 잠겨 있었다. 혼란에 빠진 나인들이 갈피를 잡지 못하고 앞마당과 뒤뜰로 흩어졌다. 일본군이 흩어지는 나인들의 머리채를 물고기 잡듯 낚아채 초상화 속 얼굴과 대조했다.

앳된 얼굴의 소년병은 가늘고 흰 손을 뻗어 도망가는 나인의 머리채를 잡아당겼다. 나인의 홑꺼풀 아래 별처럼 박혀 있는 주근깨가 일본에 있는 누이와 닮아 있었다. 소년병은 저도 모르게 움켜잡은 손을 놓았다. 나인의 공포가 소년병 눈 안에 고스란히 담겨 있었다. 곰처럼 비대한 덩치의 일본군은 자기 손바닥보다 작은 얼굴의 나인 목을 움켜잡고 왕비가 어디 있는지 물었다. 나인은 숨이 막히는 고통 속에서 아무 말도 할 수 없었다. 일본군이 벌겋게 부풀어 오르는 나인의 뺨을 곰처럼 크고 두꺼운 손으로 사정없이 후려치다, 공을 걷어차듯 나인의 복부를 세게 걷어찼다. 나인은 옥호루 밖으로 나가떨어졌고 나인의 갈비뼈 부러지는 소리에 도망가던 나인들이 혼비백산했다. 징후도 없이 찾아온 야만의 밤은 작고 어린 죄 없는 소녀들을 잔인하고 악랄하게 괴롭혔다.

사월은 미야모토 대대장과 가죽 신발을 신은 무리를 끌고 곤녕합으로 들어갔다. 건물 밖에서 들려오는 나인들의 비명이 시간이 멈춘 듯 고요한 복도와 기묘한 대조를 이루었다. 사월은 복도를 휘감고 있는 격자 문양의 방문을 힐금거리며 세로로 길게 뻗은 복도로 들어갔다.

다케시는 무당벌레 등처럼 동그랗게 휜 사월의 등을 내려다보았다. 아무런 표식조차 되어 있지 않은 방을 아이는 알고 가는 걸까…? 사월이 고개를 숙이고 구백구십육, 구백구십칠, 구백구십팔, 구백구십구를 세며 눈을 치떴다. 눈앞에 보여야 할 두 갈래의 복도는 보이지 않았고, 세로로 길게 뻗은 복도가 끝없이 펼쳐져 있었다. 어떻게 된 걸까… 사월은 하는 수 없이 무작정 걸어 들어갔다. 끝없이 펼쳐진 복도를 보며 다케시뿐 아니라 다른 무리도 의심의 눈초리로 사월을 내려다볼 때쯤 사월이 걸음을 멈췄다. 미야모토와 가죽 신발을 신은 무리가 사월을 따라서 걸음을 멈췄다.

"여기가 왕비 처소냐?"

미야모토가 물었다.

"… 예."

미야모토가 방문을 열자 가죽 신발을 신은 무리가 따라서 방으로 들어갔다. 사월이 천천히 고개를 들었다. 이곳은 왕비의 방이 아니었는데 왕비 방에 놓여 있던 탁자가 그 자리에 놓여 있었다. 사월은 혼란스러웠다. 어린아이에게도 살아야 한다는 본능이 있었는지 사월은 두려움에 떨며 뒷걸음질 치다… 죽을힘을 다해 도망가기 시작했다.

사월은 복도 끝에서 눈을 떼지 않고 달리며 출구가 나오기만을 기다렸다. 하지만 끝없이 이어진 복도는 무한 재생되고 있을 뿐. 자신이 제자리 뛰기를 하는 것이 아닌지 의심이 들었다. 숨이 턱 끝까지 차올랐을 때 사월은 걸음을 멈췄다. 피부에 와닿는 공기가 낯설었다. 세로로 길게 뻗은 복도는 그대로였지만 복도를 마주하고 있는 격자 문양의 방문이 아자살 문양으로 바뀌어 있었다. 사월의 눈빛이 공포로 바뀌었고, 군홧발 소리가 복도 끝에서 사월을 향해 다가오고 있었다. 사월은 어디로 가야 할지 몰라 갈팡질팡하다 아자살 문양의 방으로 들어갔다.

사월은 방 안에서 또 한 번의 혼란을 느껴야 했는데, 방의 크기와 구조, 가구와 소품의 배치가 조금 전 보았던 방과 똑같았다. 왕비의 처소가 매일 바뀐다는 말을 사월은 들은 적이 있다.

순간 방문이 거칠게 열렸다.

미야모토와 가죽 신발을 신은 무리가 방으로 들어서면서 방의 크기와 구조가 모두 같다면서 방 안의 집기들을 잡히는 대로 팽개치고 부수고 걷어찼다. 그러자 사월의 머리 위로 병풍이 쓰러졌다. 군홧발 소리는 사월의 주변을 맴돌다 사월의 얼굴 앞에서 멈췄다.

"달아나고 없는 거 같습니다."

사월이 입을 틀어막으며 두 눈을 질끈 감았다.

"건청궁의 출입문은 모두 잠겨 있습니다. 어차피 이곳을 빠져나가지는 못했을 겁니다."

미야모토가 말했다.

멀리서 새벽닭 우는 소리가 들려왔다.

"철수하시지요."

다케시가 말했다.

"왕비 침소에 침입한 것만으로도 우리의 작전은 성공한 겁니다."

사월이 병풍 아래서 그들이 하는 말을 듣고 있었다.

"그게 무슨 말인지…."

미야모토의 말에 가죽 신발을 신은 무리는 말없이 바쁘게 방을 빠져나갔다. 계획대로라면 새벽 2시쯤 궁에 도착해 지금쯤 작전을 모두 끝내야 했지만, 대원군이 끈질기게 버티는 바람에 새벽 5시가 넘어 궁에 도착했다. 어찌됐든 동이 트기 전에 작전을 끝내야 했다.

곤녕합 마당으로 나와 철수를 준비하던 미야모토는 찢어질 듯한 괴성에 고개를 돌렸다. 피 칠갑을 한 나인이 초점 없는 눈으로 미야모토를 향해 걸어오고 있었다. 피 칠갑을 한 나인은 미야모토 앞으로 걸어와 미야모토의 가슴팍에 얼굴을 묻으며 쓰러졌다. 쓰러지는 나인의 뒤로 다케시가 흘러내린 앞머리를 쓸어 넘기며 걸어오고 있었다. 다케시의 피 묻은 손이 쓸고 지나간 이마 위로 핏자국이 선명하게 찍혀 있었다.

"철수하십시오."

다케시가 말했다.

대원군 집에서부터 일이 꼬이기 시작한 미야모토는 궁 도착 시간이 늦어지면서 신경이 예민해졌다. 그런데 가죽 신발을 신은 무리가 미야모토를 졸졸 따라다니면서 훈수를 늘어놓고 작전을 정리하라고 하자 미야모토의 인내가 바닥을 보이고 있었다.

"철수하라는 제 말 못 들으셨습니까?"

다케시가 재촉했다. 그때 미야모토의 눈에 나인 하나가 포착되었다. 나인은 무슨 생각을 하는지 미야모토와 눈이 마주치고도 멍하니 서 있었다. 미야모토의 눈빛이 움찔하는 것을 보고 나서야 나인은 정신이 돌아온 듯 급히 등을 돌렸다. 나인의 쪽진 머리에 꽂힌 산호 문양의 비녀가 미야모토의 눈에 들어왔다. 미야모토의 눈빛은 먹잇감을 발견한 맹수로 돌변했다. 다케시가 미야모토를 제지했지만 미야모토는 다케시를 무시하며 뒤뜰로 들어갔다. 나인은 왕비 처소로 연결된 ㅅ자 건물로 들어갔다.

사월은 복도가 조용해진 것을 확인하고 밖으로 나와 출구를 향해 걸었다. 복도 끝에서 누군가 걸어오고 있었는데 남자인지 여자인지 구분되지 않았다. 사월은 여자인지 남자인지 확인하기 위해 걸음을 멈추고 복도 끝에서 눈을 떼지 않았다. 나인 복장의 여자가 뛰어오고 있었다. 사월은 자신을 향해 뛰어오는 여자를 향해 같이 뛰기 시작했다. 거리가 좁혀지면서 사월은 나인의 얼굴을 확인할 수 있었다. 그때 사월의 앞으로 원숭이처럼 긴 팔이 먹이를 낚아채듯 튀어나와 나인의 목을 휘감으며 곤녕합을 빠져나갔다. 사월은 밖으로 끌려가는 나인과 눈이 마주치면서 그 자리에서 혼절했다.

나인을 끌고 앞마당으로 나온 미야모토는 초상화를 펼쳤다. 형식적인 절차는 생략해도 됐지만, 미야모토는 다케시를 향해 보란 듯이 초상화를 펼쳐 초상화 속 여인과 나인의 얼굴을 대조했다. 미야모토의 군홧발이 나인의 가슴을 짓누르자 나인의 얼굴이 빨갛게 부풀어 올랐고, 눈썹 위의 좁쌀만 한 크기의 흉터가 기포처럼 튀어 올라왔다. 도화서 김 씨가 그린 초상화 속 여인의 흉터와 같은 위치였다. 미야모토는 불운 끝에 찾아온 행운에 미소를 보였다. 미야모토가 허리춤에서 칼을 빼 들자 침방 상궁이 미야모토를 가로막았다.

"안 됩니다."

침방 상궁은 미야모토 발 아래 있는 나인을 감싸안으며 오열하기 시작했다. '마마'를 부르짖는 침방 상궁을 보며 나인들이 구슬프게 흐느꼈다. 미야모토가 칼을 휘두르자 나인들의 비명이 하늘을 찔렀다. 동쪽 하늘의 문이 열리고 있었다.


승용이 부엌에서 아침상을 들고 나왔다.

"어젯밤에 대포 쏘는 소리 같은 거 못 들으셨어요?"

"넌 그 술 좀 줄여라. 술을 그렇게 마시니 환청이 들리지!"

"무슨 소리예요. 술을 자제해야 하는 건 도련님들이시고요. 저는 아직 끄떡없는 나이지 말입니다."

아라사 공관에서 나온 임진수는 한성을 떠날 준비를 하고 있었다. 혜주가 상투를 틀어 올린 머리로 방문을 열고 나와 밥상 앞에 앉았다. 도성 들어올 때의 옷차림이었다.

"그나저나 두 분 도련님은 아침 일찍 오신다더니 소식이 없네요."

"헤어진 지 얼마나 됐다고…."

이도철과 장병훈은 밤새 송별회를 하고 집을 나서면서 아침 일찍 오겠다고 했다.

"그래도 못 올 거 같으면 못 온다고 사람이라도 보낼 텐데… 이상하네."

승용이 혼잣말을 하며 고개를 갸웃거렸다.

"넌 안 먹고 뭐 하냐?"

임진수가 혜주를 보며 나무랐다.

"월급이 서 냥이면 한성서 자립하고 저축까지 할 수 있는 돈이에요. 그뿐인가, 일본 손님들 상대하다 보면 일본말도 겁나게 늘 거고…. 하늘이 내려준 이 천금 같은 기회를 버리고 시골로 내려가야 하는 게 말이 되냔 말여요?"

"일본 말도 할 줄 아세요?"

승용이 의외라는 듯 물었다.

"제법 한다."

임진수가 대신 답했다.

"허구한 날 산속에 콕 처박혀 훈련만 하면 뭐 허냐고요? 총 한 발이면 찍소리 못 허고 저세상 가야 하는데. 우리도 싸우려면 총이 있어야 된다고요. 그러려면 돈이 필요하고요."

"누가 아니래. 그러니까 접주 님한테 허락받고 와서 총을 사든 대포를 사든 네 맘대로 해."

"전라도가 엎어지면 코 닿는 데도 아니고 어느 세월에 갔다 오냐고요,

그 먼 델! 그보다 아부지가 그러라고 하겠냐고요?"

혜주가 어린애처럼 더럭더럭 떼를 썼다.

"아저씨 말이라면 팥으로 메주를 쑨다 해도 믿는 게 울 아부지잖아요. 그니까 아저씨가 가서 말 좀 잘해 봐요."

"도련님 곤란하게 하지 마시고요, 아버님 허락받고 오세요."

승용이 끼어들었다.

"그럼 저 건넌방 무상으로 내드릴게요. 그리고 혹시나 해서 하는 말인데… 내려가는 길에 또 야반도주할 생각이라면 그땐 이 집에 발 못 들여요?"

"사람을 뭐로 보고. 저도 누울 자리쯤은 보고 발 뻗는 사람이거든요. 그깟 걱정은 하덜 마세요."

승용이 머쓱해져 딴청을 피웠다.


오일장을 맞은 장터거리는 개장 전인데도 사람들로 붐비기 시작했다. 임진수와 나란히 걷던 승용이 뒤따라오는 혜주를 힐긋 돌아보았다.

"우리 때문에 늦었구나."

승용의 가게 앞에서 임진수가 걸음을 멈췄다.

"이렇게 헤어지면 언제 또 볼지도 모르는데… 도성까지만 배웅할게요."

"거상이 되고 싶다고 하지 않았냐. 손님은 부지런한 주인한테 마음을 쓰는 법이다. 안 보는 거 같아도 어느 가게 주인이 부지런하고 어느 가게 주인이 꼼수를 부리는지 단번에 알아보는 게 손님이야. 그러니 장사 준비해라."

임진수가 혜주를 돌아보았다.

"너도 여기서 인사해라."

"또 봐요."

또 보자는 말에 승용의 입꼬리가 실룩거리며 광대를 향해 올라갔다. 승용은 가게 앞에서 임진수와 혜주가 멀어져가는 것을 지켜보았다.

이른 아침 동자동으로 가는 길에는 도성으로 들어오려는 사람들과 도성을 나가려는 사람들로 붐볐다.

"비켜, 비켜!"

어디선가 다급한 목소리가 들려왔다. 사람들 사이로 가마꾼이 달려오고 있었다. 가마꾼은 속도를 조절하는 것이 불가능했는지 임진수와 혜주 사이를 가로지르며 꽁지에 불이 난 듯 달려나갔다. 그 바람에 혜주가 뒤로 휘청거렸다.

"괜찮냐?"

임진수가 돌아보았다.

가마꾼이 지나간 자리에서 사람들의 웅성거리는 소리가 들려왔다. 아홉 살쯤 되어 보이는 사내아이가 소리를 지르며 달려오고 있었다.

"중전마마가 시해당했다. 중전마마가 새벽에 일본 놈들한테 시해당했다."

사내아이는 큰소리로 외쳤다.

"중전마마가 시해당했다. 중전마마가 새벽에 일본 놈들한테 시해당했다."

아이가 지나간 자리로 전단지가 나뒹굴었다.


— 10월 8일 새벽, 중전마마 시해 —


임진수가 뛰어가는 아이를 뛰어가서 잡아 세웠다.

"너 지금 뭐라 그랬냐?"

"중전마마가 시해당했다 했습니다."

"누가 그러더냐?"

"모릅니다."

아이는 숨을 몰아쉬며 주먹밥을 베어 물었다.

"그 주먹밥은 누구한테 받았냐?"

"모른다니까요."

"왜 몰라?"

"그럼 내가 어떻게 알아?"

아이는 힘에 부치는지 성질을 부렸다.

"지금 네가 한 말이 거짓이면 관에 잡혀가 매질을 당할 거다. 알고 하는 짓이냐?"

"매질 당하기 전에 배고파 뒈질 거 같으니까 비켜요. 옆 마을도 가야 하니까."

아이는 임진수를 밀치며 다시 뛰기 시작했다.

"중전마마가 시해당했다. 중전마마가 새벽에 일본 놈들한테 시해당했다."

아이의 또랑또랑한 목소리가 왕비의 죽음을 더욱 비현실적으로 만들고 있었다.

"내가 안 그랬냐, 새벽에 효자동서 대포 쏘는 소리 같은 게 들렸다고⋯. 그 소리에 동네 개새끼들이 그렇게 짖어 대는데도 다들 쳐 자빠져 잤으니⋯."

"조선을 이 모양 이 꼴로 만든 것도 모자라 왜놈들 손에 죽었다고! 그게 사실이면 백성들을 기만한 것도 모자라 조선을 욕보이기까지 한 거 아니냐?"

"조용히 해 인마! 왜놈들 손에 죽었다잖아."

"니가 안 그랬냐, 인간의 탈을 쓰고 인간이 할 수 없는 일을 눈 하나 깜짝 않고 하는 게 중전이라고….."

"그건, 내가 한 말이 아니고. 나도 어디서 들은 말이지."

일하다 말고 뛰어나온 국밥집 주인 여자가 남자들을 향해 삿대질을 했다.

"설령 그 말이 사실이라 해도 죽으려면 우리 손에 죽어야 맞는 거지. 지금 왜놈들 손에 죽었단 소리 못 들었어. 머저리 등신 같은 놈들아?"

"큰일 내실 분이네. 칼 들고 지금 뭐 하자는 거예요?"

주인 여자 손에 들린 식칼을 보고 남자들이 하얗게 질려 자리를 떠났다. 남자들이 떠난 자리에서 임진수가 굳은 얼굴로 중얼거렸다.

"이건 내가 바라던 게 아니야."

임진수는 어젯밤 송별회에서 이도철과 장병훈에게 했던 말을 떠올렸다.

'청에 붙었다 아라사에 붙었다, 일본이 아니어도 왕비는 제명에 죽기 힘든 목숨이야.'

임진수의 독설은 하루 만에 현실이 되어 있었다.


구척장신의 거구를 들고 뛰느라 가마꾼의 얼굴은 흉하게 일그러졌다. 가마꾼은 광화문 앞에서 급정거해 섰고, 그 바람에 가마 천장에 머리를 찧은 독일 공사 크레인이 정수리를 문지르며 가마에서 내렸다. 먼저 도착한 가마꾼들이 바닥에 널브러져 이제 막 도착한 가마꾼을 올려다보았다.

"아침 댓바람부터 뭔 일이래?"

"그러게 말이야. 궁으로 들어가는 양인들 표정이 하나같이 심상치가 않아?"

아라사 공사를 태우고 온 가마꾼이 말했다.

"뭔 일인지는 몰라도 큰일이 있는 것만은 틀림없지 싶다."

가마꾼의 시선을 따라가자 동자동 거리에서 혜주를 밀치고 달아났던 가마꾼이 광화문을 향해 달려오고 있었다. 가마 안에서 머리를 찧은 미국 공사가 정수리를 문지르며 가마에서 내렸다. 알렌은 외투를 집어 들고 허겁지겁 궁 안으로 뛰어 들어갔다.

"왔는가?"

프랑스 공사를 태우고 온 가마꾼이 아는 체를 했다.

"오는 길에 들었는데… 시방 험한 소문이 돌드만?"

"소문? 뭔 소문?"

가마꾼의 눈에 두려움이 스며 있었다.

"중전마마가 새벽에 시해됐다는데… 자네들은 못 들었는가?"

누가 먼저랄 것도 없이 가마꾼들의 시선이 궁으로 이동했다.

같은 시간,

이츠로는 일본인이 운영하는 우동 가게에서 소바를 먹고 있었다. 짐꾼 하나가 달려와 공관 직원이 찾아왔다고 알렸다. 이츠로는 십 년 전 조선 남자를 밀항시킨 일이 떠올라 급히 자리에서 일어났다. 항구로 달려간 이츠로는 자신의 최신식 선박 앞에서 기념사진을 찍는 가죽 신발을 신은 무리를 보았다. 공관 직원이 다가왔다.

"저분들을 안전하게 고국으로 모셔다드려라."

표가 없으면 승선할 수 없다는 말을 이츠로는 하지 못했다.

가죽 신발을 신은 무리는 기념사진을 찍은 뒤 갑판 위로 오르고 있었다.


왕을 중심으로 아라사, 독일, 영국, 프랑스, 일본 공사가 회의 탁자에 둘러앉아 미국 공사를 기다리고 있었다. 무거운 침묵 속에 웨베르와 미우라의 눈빛이 탁자 위에서 짧게 충돌했다.

알렌이 사정전으로 뛰어 들어갔다. 알렌은 마중 나온 내관과 눈인사를 하며 돌계단을 오르다 발이 꼬이면서 앞으로 고꾸라졌다. 내관이 하월대 앞까지 나와 알렌을 부축했다.

회의실 문이 열리면서 알렌이 들어왔다. 알렌이 자리에 착석하자 외국 공사들의 시선이 왕에게 이동했다.

왕이 말했다.

"미우라 공사, 새벽에 일본군이 궁궐에 난입해 중전과 궁인들을 학살한 사건이 있었습니다. 어떻게 된 사건인지 말씀해 보세요?"

"오해십니다, 전하. 저희는 새벽에 훈련대원이 다툰다는 보고를 받고 출동했을 뿐, 사건과는 무관합니다."

미우라는 준비해 간 말을 조목조목 늘어놓았다.

"그럼, 조선군이 중전을 시해했단 말입니까?"

"저희가 입수한 정보에 따르면 그 시간 궁 앞에서 대원군을 목격했다는 사람이 있습니다."

왕이 탁자를 거칠게 내리쳤다. 그 소리에 미우라를 보던 외국 공사들의 시선이 왕에게 이동했다.

"대원군이 왕비를 시해했다는 말씀입니까?"

웨베르가 반문하고 나섰다.

"웨베르 공사께서는 모르시나 본데, 십 년 전쯤 비슷한 사건이 궁에서 있었습니다. 대원군이 반란을 주도해 왕비가 궁을 도망친 사건이지요. 그 때 대원군은 왕비의 국장까지…."

'쨍그랑--'

왕의 발아래서 유리컵이 산산조각이 났다. 그런 순간에도 외국 공사들은 탁자 위에서 파르르 떨고 있는 왕의 손끝과 표정, 눈빛을 놓치지 않고 기록하고 있었다. 내관들이 달려와 유리 파편을 정리하다 손에 피를 묻혔다.

"얼렁뚱땅 거짓말로 넘어갈 문제가 아닙니다, 미우라! 일본인 복장을 한 남성들이 곤녕합에서 칼을 휘두르는 걸 목격한 서양인이 있어요."

왕이 미우라를 다그쳤다.

"전하, 거듭 말씀드리지만 오해십니다. 일본군이 출동했을 때는 이미 사건이 끝난 뒤였습니다. 사실입니다."

미우라가 시치미를 떼며 읍소하자 웨베르가 말했다.

"한밤중에 왕비 침소에 침입하다니요. 있을 수 없는 일입니다. 아라사뿐 아니라 여기 있는 나라 모두는 이 사건에 대해 묵과하지 않을 겁니다."

외국 공사들이 동조하는 모습을 보이자 미우라는 입을 닫았다.


## 잔혹함의 역설

산발에 누더기 차림으로 걸어가는 여자를 아이들이 졸졸 따라가며 노래를 불렀다.

"작년에 왔던 미친년이 죽지도 않고 또 왔네, 또 왔어-- 왜 왔니, 왜 왔어--"

여자는 아이들의 관심이 싫지 않은지 아이들 박자에 장단을 맞춰주었다.

"너희가 보고 싶어 왔지--"

누더기 위에 내려앉은 붉은색 비단 댕기가 유난히 눈에 띄었다.

"너 그 댕기 어디서 났냐?"

사내아이가 물었다. 여자는 비단 댕기를 손으로 쓸어내리며 남자아이를 보고 씨익 웃었다.

"곱지?"

사내아이는 못 들은 척 딴청을 부렸고 옆에 있던 여자아이가 말했다.

"고와."

"예쁘게 생긴 게 말도 예쁘게 하네. 이거 너 줄까? 마마가 하던 건데….'

"… 마마!"

여자아이가 눈을 동그랗게 뜨며 물었다.

"중전마마?"

"그렇다니까. 중.전.마.마!"

"중전마마는 죽었는데!"

"… 죽어? …언제?"

"쫌 됐어."

누더기 차림의 여자가 아리송한 표정을 지으며 허공을 보았다.

"야, 미친년이 하던 거 하면 재수 없어, 가자."

미친년이라는 말에 여자가 돌변했다.

"쌍놈의 새끼, 불알을 떼다가 까치밥으로 줘 버릴까 보다. 어른한테 미친년이 뭐야, 미친년이."

아이들이 까무러치며 흩어졌다. 뒤따라오던 임진수가 아이들을 피하느라 깍지 낀 손에 들고 있던 신문을 바닥에 떨어뜨렸다. 임진수는 승용이 일본인 무역상에게 부탁해 받아 둔 신문을 가지고 오는 길이었다. 행인들이 땅에 흩어진 일본 신문을 보며 수군거렸다.

"중전의 최측근이었던 민 대감이 왜놈한테 붙었다는 말이 있어."

"그 양반까지 그러고 등을 돌렸으면 중전이 살아 있다 해도 예전처럼 궁으로 돌아가기는 힘들겠네."

"근데 중전이 살아 있다는 말이 참말이야?"

"그렇다니까 그런가 보다 하는 거지. 눈으로 확인된 게 아닌 이상 알 게 뭐야."

임오년에 죽다 살아난 왕비는 이후 몇 번의 암살 위기를 넘기면서 가까운 친인척이 아니면 일절 사람을 만나지 않았다. 자신의 흔적을 지우기 위해 초상화를 불태웠고, 다른 사람의 얼굴 뒤에 숨는 치밀함을 보였다. 왕비 처소는 매일 바뀌었는데, 그 장소는 지밀상궁밖에 모른다는 이야기가 궁 안에서 궁 밖으로 흘러 나갔다. 그날 새벽, 왕비가 죽지 않고 궁을 빠져나갔다는 확인되지 않은 이야기가 사실처럼 번지고 있었다.

일본 신문이 방바닥에 어지럽게 널려 있었다.

"이게 다 뭔가?"

연락을 받고 온 이도철과 장병훈이 방으로 들어왔다. 신문에 얼굴을 묻고 있던 임진수가 고개를 들었다.

"어서 오게. 기다리고 있었어. 여기 시모노세키 현 지역 신문에 중전마마에 대한 글이 실렸어. 혜주야, 읽어 봐라."

혜주가 10월 12일 자 기타큐슈의 지역 신문을 찾아서 펼쳤다. 지역 신문 맨 뒷장의 하단 귀퉁이에는 지역의 크고 작은 경조사가 실렸는데, 경조사가 없을 때는 그림으로 대체하거나 공란으로 둘 때가 많았다. 그곳에 조선 왕비 시해 사건에 대한 기사가 실려 있었다.

"일본 언론은 10월 8일 타계한 조선 왕비에 대해 왕을 바보로 만들고 오직 왕권에만 집착해 결국엔 나라를 망친 악독한 왕비로 시해 소식을 전하고 있다. 하지만 내가 만난 서양 친구들은 조선 왕비에 대해 말하길 뛰어난 지략가이며 상대를 꿰뚫어 보는 히조오나 치카라(非常な力)…."

"비상한 힘!"

"그녀는 뛰어난 지략가이며 상대를 꿰뚫어 보는 비상한 힘을 지닌 외교관이었다고 전했다. 그러고는 이내 그런 그녀가 그렇게 쉽게 죽을 리 없다는 의구심을 드러냈다. 조선의 왕비는 정말 죽은 걸까?"

혜주가 신문을 내려놓았다.

"자신을 보호하기 위해 위장 초상화까지 그린 사람이야. 그 정도의 치밀함이면 비상시 궁을 빠져나갈 방법부터 마련했을 거라고. 전하라면 마마의 생사에 대해 알고 있을 거야. 전하를 만날 수 없나?"

궁중 수비대로 자리를 옮긴 장병훈에게 임진수가 물었다.

"일본군이 하루 종일 감시하고 있어 류길준을 통하지 않고는 접근이 어렵네. 그리고 그 사건은 아라사 선교사의 증언으로 사건이 종결되지 않았나."

"아니요, 아라사 선교사는 사건을 목격했지, 시신을 목격했다고는 안 했어요."

혜주가 말했다.

임진수는 한성을 떠나는 날 아침, 왕비 시해 소식을 듣고 그 자리에서 짐을 풀었다. 사건 직후 왕비 시해의 배후로 대원군이 지목되었지만, 임진수는 군인 출신이 공사로 부임한 직후 벌어진 사건이라는 데 주목했다. 대원군의 섭정이 시작될 거라는 사람들의 예상과 달리 대원군은 한밤중에 도망치듯 한성을 떠났다. 그리고 사건의 목격자가 나타났다.

아라사 선교사 사바틴은 왕비 시해 사건 당일 건청궁 뒤편의 관문각지에 머물렀다. 사바틴은 그날의 참극을 외국 공사들 앞에서 빠짐없이 증언했다. 예정에 없는 호출을 받고 입궁한 미우라는 사바틴의 증언을 방어할 어떤 준비도 되어 있지 않았고, 사건을 다시 들여다보겠다는 말을 하고 물러났다.

임진수는 사바틴을 제일 먼저 찾아갔다. 사건 당일 외국인 숙소에 머물렀던 사바틴은 건물 밖에서 들려오는 소리에 잠에서 깼다고 했다. 그리고 이어서 들리는 여자의 비명에 자리에서 일어났다고 했다.

"비명을 듣고 밖으로 나갔을 때 곤녕합은 이미 아수라장이 되어 있었어요. 곤녕합으로 들어가려 했지만 출입문이 모두 잠겨 있었어요."

"곤녕합에 못 들어가신 거네요?"

"네."

"그럼… 중전마마의 시신은 언제 확인하신 거죠."

"마마의 시신은 보지 못했습니다. 동틀 무렵 일본군이 궁을 빠져나가는 것을 보며, 저도 궁을 나왔으니까요. 공관에 가서 사건을 보고해야 했습니다."

"그럼 사건을 목격한 거지, 마마의 시해를 목격했다고는 할 수 없겠네요?"

"아니요, 저는 마마의 시해를 목격했습니다."

사바틴은 확신에 차 있었다.

"관문각지가 3층 건물인 건 알고 계세요?"

임진수는 모른다고 했다.

"3층입니다. 곤녕합 문이 잠겨 있어서 제가 할 수 있는 게 없었어요. 사건을 기록할 방법을 생각하다가 다시 3층으로 올라갔어요. 보름달이 환히

비추고 있는 곤녕합은 차라리 안 보는 것이 나을 정도로 처참하게 잘 보였습니다."

사바틴의 눈빛이 깊어지면서 미간에 주름이 잡혔다.

"저는 아직도 그날의 악몽을 꿈니다. 차마 눈 뜨고 볼 수 없었어요…. 새벽닭이 울 때쯤이었을 거예요. 일본군이 곤녕합 뒤뜰에서 나인 하나를 끌고 앞마당으로 가는 게 보였어요. 일본군은 나인의 가슴을 짓밟고 손에 들고 있던 종이를 펼치더군요. 초상화가 아닐까 싶은데…. 나인의 얼굴과 종이를 번갈아 보던 일본군이 칼을 뽑아 들자 상궁이 달려 나와 일본군을 막았어요. 그리고는 일본군을 향해 뭐라고 말을 했는데 제가 있는 곳에서는 들리지 않았어요. 일본군은 곧바로 상궁과 자기 발아래 있는 여인을 차례로 죽였어요. 나인들의 흐느끼는 소리가 곤녕합 마당을 슬픔으로 물들이는데… 어디선가 마마를 외치는 소리가 들렸어요. 그러고 나서 나인들이 따라서 마마를 외치며 통곡했습니다."

의심하지 않고 듣는다면 사바틴의 증언은 왕비 시해를 뒷받침하는 데 문제가 없어 보였다. 그렇게 확인된 왕비 시해 사건은 조선 주재 외국 공사들에 의해 외국으로 전해졌다. 동양의 작은 나라에서 일어난 기괴한 사건에 서양은 큰 관심을 보였다. 왕비 시해 사건에 대한 책임을 일본에 묻는 기사들이 외국 신문에 실렸지만, 자극적인 삽화에 살을 붙인 이야기는 왕비를 다른 방향으로 왜곡시키고 있었다. 사바틴의 증언으로 조선은 일본을 압박하고 그 죄를 국제 사회에 물을 수 있었지만 동시에 조선이 얼마나 허약하고 나약한지를 만천하에 드러내야 했다.

왕비의 죽음이 공식화되면서 일본에 대한 국제 여론은 급속도로 나빠지는 것 같았다. 하지만 시간이 흐르면서 일본에 대한 비판은 반대 기류로 흘러갔다. 미국, 영국이 일본과의 관계를 고려해 자국의 외교관들에게 왕비 시해와 관련된 행동을 자제하도록 지시했다. 독일 공사 크레인과 사건을 파헤치던 웨베르도 하던 일을 멈춰야 했다. 역설적이게도 존재가 미미했던 섬나라 일본은 조선 왕비 시해 사건이라는 패륜적 만행으로 세계에 존재를 드러내기 시작했다.

나라 밖에서 왕비의 죽음이 공식화될 즈음, 나라 안에서는 왕비가 살아 있다는 소문이 사대문 안에서 사대문 밖으로 퍼져 나갔다. 왕비가 살아 있다면 실패로 끝났을 일본의 작전은 사바틴의 증언으로 완성되고 있었다.

그럼에도 임진수에게 불행 중 다행인 것은 왕비 시신을 확인하지 못했다는 사바틴의 증언이 왕비 생존에 힘을 실어 주었다. 임진수는 이도철과 장병훈을 설득해 왕비를 찾아 나설 생각이었다.

"그날의 사건은 중전을 시해하는 게 목적처럼 보이지만, 중전을 시해하는 게 목적이었다면 중전의 얼굴을 모르는 침입자들은 더 많은 여인을 죽였어야 해. 하지만 자네들도 알다시피 그날 궁에서 희생된 여인은 네 명이야. 일본은 네 명 중 불에 타 얼굴을 확인할 수 없는 여인을 중전이라고 하고 있어. 증거를 은폐하면서까지 중전의 죽음을 공론화하려는 일본의 저의가 뭘 거 같은가?"

목소리에 힘이 들어간 임진수와 달리 이도철과 장병훈의 반응은 미적지근했다.

"시체에서 발견된 이마 위의 흉터가 마마의 것이라는 내명부 나인의 증언이 있었어."

"증언 말고 증거가 필요하다니까!"

임진수의 목소리에 감정이 실리자 장병훈의 목소리에도 힘이 들어갔다.

"이마 위에 있는 흉터가 증거가 아니면 뭔데?"

"내가 만난 중전은 이마에 흉터가 없었어."

"그렇다면… 중전이 아니었던 게지."

옆에서 듣고 있던 혜주가 장병훈의 말에 미간을 찡그렸다.

"아직도 모르겠나. 일본은 중전의 침소에 침입해 누군가 죽기만 하면 그게 누구든 성공할 수밖에 없는 전략을 가지고 공격해 온 거라고! 그들의 비열하고 야비한 전략에 속고 있는 거야."

조용히 듣고 있던 이도철이 입을 열었다.

"자네 말이 사실이라 해도… 지금 같은 상황에서 마마가 선택할 수 있는 건 두 가지뿐이야. 도피 아니면 죽음."

"도피를 선택할 사람이 아니니 두 번째 죽음을 막자는 거 아닌가?"

"지난 십 년간 왕실이 살아남기 위해 한 거라고는 고작 청에서 아라사로 갈아탄 게 전부라고 자네가 말하지 않았나? 그러니 청에 붙었다, 아라사에 붙었다, 왜놈들이 아니어도 중전은 제명에 죽기 힘들 거라고?"

송별회에서 임진수가 한 말을 장병훈이 따져 물었다.

"중전이 죽었다는데 고위 관직에 있는 자들은 간이며 쓸개를 빼놓고 자기들 잇속을 챙기느라 정신이 없어. 시내에 나날이 늘고 있는 일본군을 보라고! 지금 우리 꼴이 저기 저 끝에 몰린 고양이 앞의 쥐가 아니고 뭐냐고?"

임진수는 장병훈의 목소리가 가늘게 떨리는 것을 느낄 수 있었다.

"우리가 왕실을 미워하고 원망하는 것은 백성들도 이해하겠지만 왕실을 팔아 부귀영화를 얻으려 한다면 그건 용서받을 수 없는 일이야."

임진수의 말에 이도철이 말했다.

"하지만 지금은 불꽃을 피울 때가 아니야. 자칫 잘못하면 나라 전체가 불에 타 버릴 수 있어."

혜주가 참지 못하고 끼어들었다.

"우리 아부지가 허구한 날 하는 소리가 있어요. 열정만 있고 신념이 없으면 그 뜻을 이루기 어렵다…. 여태 그게 뭔 소린가 했는데… 오늘 두 분을 보니까 바로 알겠네요."

"나가 있어라."

임진수가 혜주를 나무랐다.

"아저씨를 부른 이유도 요시이엔지 미꾸라진지 그 한 놈을 두 분이 처리 못 해 부른 거 아녜요?"

"나가 있으라니까!"

임진수의 호통에 혜주가 자리에서 일어나 방을 나갔다.

"중전이 살아 있을 거라고! 그렇다면 어디선가 잘 먹고 잘살고 있을 거야. 그러고도 남을 사람이라는 거 누구보다 자네가 더 잘 알잖아."

장병훈의 목소리는 차갑게 식어 있었다.

"누구보다 앞장서서 왕실에 반기를 들었던 자네가 왜 이렇게까지 하는지 이해가 안 되는군."

"자네들 뜻은 잘 알겠네."

임진수가 자리에서 일어나다, 장병훈을 돌아보았다.

"자네들이 잘못 알고 있는 게 하나 있어. 내가 왕실에 원한 건 설득이지 복수가 아니야. 자네들은 예나 지금이나 변한 게 없군."

"설득!"

장병훈이 실소를 터뜨렸다.

"자네 지금 설득이라고 했나?"

임진수가 미간을 찡그리며 장병훈을 돌아보았다.

"그렇다면 왜 아라사 공관에서 중전의 초대에 응하지 않았지?"

요시이에 암살 실패 후, 아라사 공관으로 피신한 임진수는 그곳에서 왕비를 만나 신변을 보호받을 수 있었다. 임진수가 공관에 머문 지 삼 일째 되는 날 지밀상궁 월선이 찾아왔다.

"마마께서 뵙기를 청하셨습니다. 공관에서 나오시면 한번 들러 주십시오."

"저는 급히 한성을 떠나야 하는 몸이라 어려울 듯싶습니다."

"공관에서 궁까지 이십 리면 족합니다."

"뜻이 다른 사람끼리 마주 앉아 할 이야기가 무엇이겠습니까?"

"뜻이 다르니 마주 앉아 풀어야지요."

"시간 낭비일 뿐입니다."

월선이 거듭 고개를 숙였지만 임진수는 거절의 뜻을 분명히 했다. 월선은 빈손으로 공관을 떠나야 했다. 한 달 전의 일이다.

"왕실을 설득하는 것이 자네의 뜻이었다면 중전의 초대에 응했어야지! 어떻게든 마주 앉아야 설득을 하든 설득을 당하든 하는 거 아닌가? 가슴에 손을 얹고 생각해 봐. 진정 자네의 가슴엔 왕실에 대한 복수의 감정이 없는가 말이야?"

임진수는 아라사 공관에서 왕비와 헤어지면서 다시 만나는 날엔 죽이겠노라 다짐했었다.

"우리야 우물 안 개구리처럼 한성 바닥을 벗어나지 못해 이렇게 구차해졌다 해도… 자네는? 일본과 농민군을 오가는 십 년의 세월 동안 자네가 깨우친 건 뭔가? 일본에서 새로운 세상을 보았나? 그래서 농민들에게 희망을 주었느냐 말이야?"

임진수는 복부를 세게 걷어차인 것 같은 통증을 느끼며 도망치듯 방을 뛰쳐나갔다.

임진수는 어쩌면 이도철과 장병훈처럼 자기 안의 두려움으로부터 도망치려고 망명자와 농민군이라는 허울 좋은 껍데기 속에 숨어 있었는지 모른다.

이도철이 뒤따라 나왔다.

"중전의 시신을 처리하는 데 앞장선 우영선을 일본이 특별히 보호하는 분위기야. 우영선은 그 기회를 놓치지 않고 자신의 권력을 만드는 데 집중하는 중이고. 그런 자가 권력을 가졌을 때 나라가 얼마나 위험해지는지, 그래서 죄 없는 사람들까지 얼마나 힘들어지는지 자네도 알지 않나?"

"나라의 앞날을 걱정하는 건지, 자네들 앞날을 걱정하는 건지 못 알아듣겠군?"

순찰 중인 일본군이 맞은편에서 걸어오고 있었다. 이도철은 일본군 손에 들린 수배 전단지를 보고는 임진수를 샛길로 끌고 들어갔다.

"내가 한성을 떠나야 자네들이 안전하겠군?"

임진수의 불거진 두 눈이 이도철을 보고 있었다.

"자네를 한성에 부른 건 우리야. 우린 용의선상에서 제외됐고."

"뭔가 오해가 있는 거 같은데, 내가 한성에 온 건 김병천 때문이지 자네들 때문이 아니야. 그 일 때문이라면 걱정하지 마. 잡히더라도 자네들 이름을 거론하는 일은 없을 거니까."

두 사람은 긴 이별을 예감하듯 말이 없었다.

"… 우리가 가야 할 길이 달라진다고 해서 같이 걸어온 길까지 외면하지는 말게. 그래야 혼자 가는 길이 덜 외로울 거야."

이도철의 말을 들으며 임진수는 등을 돌렸다.

"중전이 살아 있다 해도 지금은 인내를 가지고 기다리는 게 마마를 지키는 길이라는 거 명심하게. 자네의 그 조급함이 마마는 물론 자네까지 위험에 빠트릴 수 있어."

"회피를 현실과 타협한 거라 착각하지 마. 내 일은 내가 알아서 해."

박규동의 사랑방에서 만나 생도 시절을 같이 보낸 두 사람은 누구도 부정할 수 없는 둘도 없는 친구였지만 그들이 함께 갈 수 있는 길은 거기까지였다.


왕실 가까이에서 권력을 누리던 자들은 아라사에서 일본으로 재편되는 힘의 이동에 따라 누구보다 발 빠르게 움직였다. 그들은 자신이 해야 할 일을 어렵지 않게 탐지하였다. 일본이 그들에게 원하는 것은 왕비 죽음에 명분을 만들어 백성들로 하여금 믿게 만드는 것. 그것은 어려운 일이 아니었다. 권력을 욕망하는 여성은 동서고금을 막론하고 어떤 이유에서도 용서받을 수 없었다. 금지된 욕망을 버리지 못한 여성은 공격의 명분을 제공한 대가로 예외 없이 죽음을 강요받아야 했다. 그런 이유에서 왕비의 죽음은 예견된 사고였고, 두둔하기 어려운 죽음이라는 것이 그들이 내세운 명분이었다. 그들은 죄의식 없이 일본의 범죄를 변호하였고, 희생이라는 허울 좋은 말들로 백성들을 희롱하고 조정했다.

우영선의 심복들은 왕비 시해 사건이 있기 전부터 장터로 나가 삼삼오오 모여 있는 사람들 속으로 들어가 일본이 만들어 놓은 말들을 퍼트렸다. 민심을 얻지 못했던 왕비는 인간의 탈을 쓰고 인간이 할 수 없는 일을 눈 하나 깜짝하지 않고 하는 악녀가 되어 갔다. 조선 안에서 나쁜 짓이란 나쁜 짓은 왕비가 다 하는 것 같았다. 일본의 계획대로 왕비에 대한 민심은 악화되어 갔지만, 왕비 시해 후 민심은 일본의 뜻대로 움직여지지 않았다.

증언들

임진수는 미국 공관으로 갔다. 사건이 있던 날 밤 다이 대령이 훈련대를 끌고 일본군과 싸웠다는 이야기를 들어서였다.

"다이 대령님은 조금 전 공관을 떠나셨는데요."

"언제 돌아오십니까?"

"글쎄요. 고국으로 돌아가신 거라 언제 다시 올지는 모르겠습니다. 조금 전에 공관을 나갔는데…."

직원의 말이 끝나기도 전에 임진수가 공관 문을 박차고 나갔다. 길 끝에 짐을 싣고 가는 말 꽁무니가 작은 점으로 보였다. 임진수가 말을 향해 뛰기 시작하자 말은 누가 따라오는 것을 알아채기라도 한 듯 임진수의 시야에서 사라졌다.

"저 자식이 다시는 눈에 띄지 말라고 했는데… 여기가 어디라고 겁도 없이 나타나."

불손한 목소리가 임진수의 귓가로 날아왔다. 건장한 청년 세 명이 남자 하나를 바닥에 쓰러뜨리고 발길질하고 있었다. 임진수는 모른 척 등을 돌리고 가다, 얼마 가지 못하고 되돌아왔다.

"비슷한 처지들끼리 힘을 합쳐도 모자랄 판에 어찌 그리 맨날 싸움질이요."

임진수의 말에 키가 180은 되어 보이는 남자가 고개를 들었다.

"뭘 안다고 나서는 거요?"

같이 발길질을 하던 남자들이 임진수를 아니꼽게 쳐다보았다. 바닥에 웅크려 몰매를 맞던 남자가 그 틈에 슬그머니 몸을 일으켰다. 임진수가 다가가 부축했다. 남자는 이마에서 흐르는 피가 눈에 들어가자 따끔거리는지 눈을 연신 깜박거리며 임진수를 보았다. 남자는 임진수 얼굴을 빤히 들여다보다, 별안간 임진수를 밀치고 줄행랑을 쳤다. 키가 180은 되어 보이는 남자가 소리쳤다.

"우영선이한테 가서 몸조심하라고 전해."

우영선이라는 말에 임진수가 줄행랑치는 남자를 돌아보았다. 중전의 시신을 처리하는 데 앞장서서 일본의 특별 보호를 받고 있다는 자의 이름을 임진수는 기억하고 있었다.

"우영선이라고 했소?"

"이제야 사태 파악이 좀 되시오."

키가 180은 되어 보이는 남자가 임진수를 보며 말했다.

"우영선의 심복이요. 지난번에 죽도록 두들겨 맞고 한동안 잠잠하다 했는데… 다시 기어 나온 걸 보면 보통 독한 놈이 아니오."

어깨가 떡 벌어진 키 작은 남자가 손에 들고 있는 수배 전단지를 임진수에게 내밀며 말했다.

"지난달 사교장에서 있었던 거사를 아시오? 이 자를 찾는다고 돌아다니는 거요."

"저런 잔챙이를 족칠 게 아니라 여가 일본 땅인 줄 알고 설치는 우영선이를 족쳐야 하는데."

"어디 있는지 알면 족을 치기만 해, 목을 쳐 버리지!"

키가 180은 되어 보이는 남자와 어깨가 떡 벌어진 키 작은 남자, 그리고 옆에서 말없이 서 있는 남자까지, 사람들은 이들을 삼총사라 불렀다. 임진수는 삼총사가 들고 있는 수배 전단지가 신경 쓰였는지 발길을 돌렸다.

"저기요!"

내내 말없이 서 있던 남자가 임진수를 불러세웠다. 남자는 임진수 앞으로 걸어가 수배 전단지 속 사내와 임진수의 얼굴을 번갈아 보더니.

"맞지요. 사교장에서 일본 공사를 암살하려고 했던 분. 그날 저희도 사교장에 있었습니다."

키가 180은 되어 보이는 남자와 어깨가 떡 벌어진 키 작은 남자가 임진수 앞으로 왔다.

"맞네, 맞아!"

"단발이라 못 알아봤습니다. 머리는 언제 그렇게 자르신 겁니까?"

"아니, 근데 어쩌자고 아직도 한성에 계신 겁니까? 좀 전에 보셨잖습니까, 중전마마 시해로 한동안 잠잠하더니 우영선의 심복들이 다시 튀어나와 선생님을 찾는다고 난리도 아니에요. 당분간은 한성을 떠나시는 게 안전할 겁니다."

험악하던 삼총사의 표정이 나긋나긋해졌다.

임진수는 내친김에 왕비 생존에 관한 정보를 알아보기로 했다.

"글쎄요… 요즘은 서로들 입 단속시키면서 쉬쉬하는 분위깁니다. 마마가 살아 있는 게 왜놈들 귀에 들어가 봐야 좋을 게 없으니까요."

"자네들도 마마가 살아 계실 거라 믿고 있나?"

임진수가 물었다.

"그렇게 쉽게 가실 거 같았으면 진작 가셨지요. 친구 놈 하나가 훈련대 대원으로 있었는데…. 사건이 있던 날 밤 일본이 공격해 오는 걸 전하께서는 알고 계셨다고 하데요."

"사실인가?"

"… 없는 말을 지어내고 뭐 그럴 놈은 아닙니다."

"그 친구를 만날 수 있나?"

"훈련대에서 쫓겨나 지금은 마포나루에서 짐꾼을 한다고 들었는데… 알아보겠습니다."

"선생님, 저도 할 얘기가 있습니다."

어깨가 떡 벌어진 키 작은 남자가 말했다.

"약방에서 심마니한테 들은 얘긴데요. 심마니들이 산에 들어가면 몇 날 며칠을 산속에서 지내잖습니까. 귀한 산삼일수록 사람 손이 닿지 않는 곳에 뿌리를 내리고 있어서…. 그런 곳은 한여름에도 서늘해 한데서는 잠을 못 잔다네요. 그러다 보니 심마니들끼리 쓰는 판잣집이 있는데, 거기가 어디라 그랬더라… 호랑이 바위 근처라 그랬나, 두꺼비 바위 근처라 그랬나…."

"그게 중요한 게 아니잖아!"

"그르지! 그게 중요한 게 아니지. 그러니까 그 뭐냐… 심마니들끼리 쓰는 판잣집이요…. 그.. 사람 손이 닿지 않는 깊은 산속에 있는 판잣집에서 비단 천 쪼가리 같은 게 나왔다 그 말입니다. 그것도 여자 옷에 쓰이는 비단이요. 심마니들이 아니고는 들어갈 엄두도 못 내는 곳인데 말입니다."

"조각 천이라고 하지 않았나? 그걸 가지고 어떻게 여자 옷이라고 단정할 수 있지?"

"그지요. 약방에 있는 사람들도 똑같이 말했어요. 그랬더니 심마니가 주머니에서 붉은색 비단 천을 꺼내더라고요. 다들 멀뚱하니 비단 천을 보고 있는데 약방 주인이 심마니 손에 있는 비단을 들고 냅다 가게 밖으로 나가지 뭡니까… 왜 그러나 하고 봤더니, 비단 가게 주인이 기가 막히게 가게 앞을 지나가지 뭡니까. 다들 비단 장수 입만 쳐다보고 있는데, 비단 장수가 성인 여자 옷이라는 거예요. 그래서 왜… 어디가… 여자 옷이냐고 물었죠. 그랬더니 비단에 박힌 문양이 모란이라는 거예요. 모란 문양은 성인 여자 옷에만 쓰인다고 하데요. 그러면서 이런 최고급 원단은 구하고 싶어도 못 구한다고… 왕실에서나 쓸 수 있는 비단을 대체 어디서 구했냐고 되레 묻더라니까요. 색이 쨍한 것이 다녀간 지 얼마 안 됐어요. 그러니 귀신이 아니면 사람이 다녀갔다는 소린데…. 소복 입은 귀신 얘기는 들어봤어도…. 너들 비단옷 입은 귀신 얘기 들어본 적 있냐? 미안해, 말이 자꾸 옆으로 새네. 그래 약방 주인이 심마니한테 비단 천을 본 게 언제냐고 물었더니… 심마니가 눈을 굴리면서 날짜를 계산하고 보니까….”

다들 남자의 입을 주목하고 있었다.

“궁에서 사건이 터진 다음 날인가 다다음 날이지 뭡니까.”

임진수가 시선을 떨구었다.

“선생님, 얘기가 여기서 끝이 아닙니다. 그 뒤에 판잣집에서 귀신을 봤다는 심마니가 또 나타납니다. 이번엔 약방 주인이 단도직입적으로 물었지요, 언제 어디서 봤냐고?”

“비단 천이 나온 그 판잣집에서 봤구나!”

키가 180은 되어 보이는 남자가 말했다.

“응! 그런데 이른 아침에 봤다는 거야.”

“아침에 돌아다니는 귀신이라니…. 신박하네!”

“소가 웃을 일이지. 어쨌든…. 비단 천 쪼가리가 발견된 시점도 그렇고, 귀신이 등장한 시점도 그렇고, 하필 거가 또 인왕산이라고 하니까….. 거기 있는 사람들끼리는 중전마마가 그날 밤 인왕산으로 피신하신 게 아닌가, 뭐 그런 말을 했더랬습니다.”

임진수는 다음날 혜주와 함께 심마니를 따라 사직동으로 향했다. 마을로 들어서자 하늘로 솟은 기묘한 형상의 바위들이 눈에 들어왔다. 혜주는 어려서부터 아버지를 따라 멧돼지 사냥을 다녀 산과 친했지만 인왕산의 험준한 산세 앞에서는 몇 번이고 걸음을 멈춰야 했다. 심마니가 모자바위 아래서 이른 점심을 먹자고 했다. 심마니는 밥을 먹는 동안 산삼 이야기를 쉬지 않고 했는데 심마니들이 찾아다니는 산삼은 산짐승이나 새가 실어 나르는 씨앗이 뿌리내린 희귀종으로, 깊은 산속에서만 발견되어 부르는 게 값이라고 했다. 그런 이유로 많은 심마니가 산짐승과 새들의 비밀공간을 찾아 헤매다 길을 잃고 산속에 묻힌다고, 그럼에도 심마니들은 산에 오르는 걸 멈추지 못한다고 했다. 혜주가 그 이유를 물었다. 심마니는 산속에 있을 때 오롯이 살아 있음을 느끼기 때문이라고 했다.

산짐승과 새들의 비밀공간으로 가는 길목에는 본 적 없는 꽃들과 나무, 그리고 헤아릴 수 없는 여러 종의 새들이 모여서 이 세계에서 본 적 없는 세계를 만들어 내고 있었다. 숲속에서 불어오는 바람이 혜주의 목덜미를 간지럽혔다. 혜주는 코끝을 간지럽히는 바람을 들이마시며 정신이 몽롱해지는 것을 느꼈다. 심마니가 약초 향에 취할 수 있으니 정신 줄을 잡으라고 했다. 혜주는 다리에 힘이 풀리는 것을 느끼며 휘청거렸다. 임진수가 혜주의 등짝을 세게 내리치면서 혜주의 오락가락하는 정신을 깨웠다. 그렇게 한참을 더 들어간 곳에 신선들이 모여 살 법한 풍경이 펼쳐졌다. 임진수와 혜주는 눈앞에 펼쳐진 풍경을 보며 심마니들이 산을 떠나지 못하는 이유를 알 것 같았다.

"저깁니다."

심마니의 손끝이 가리키는 곳에 판잣집이 있었다.

나뭇가지로 얼기설기 지은 판잣집 주변은 사람 키만큼 자란 풀이 판잣집을 삼킬 듯 똬리를 틀고 있었다. 혜주는 볼일이 급했는지 풀숲으로 들어가 쪼그리고 앉았다.

멀리서 부엉이 우는 소리가 들렸다.

혜주가 볼일을 보고 자리에서 일어나는데 풀숲에서 부스럭거리는 소리가 들려왔다. 사람 냄새를 맡고 내려온 짐승인가…. 혜주가 소리 나는 쪽으로 고개를 돌리자 부스럭거리던 소리가 멈췄다. 혜주는 풀숲에서 빨리 나가야겠다는 생각에 치마를 가슴에 끌어안고 자리에서 일어나는데 풀숲에서 다시 부스럭거리는 소리가 들려왔다. 실타래처럼 엉킨 풀숲 사이로 뭔가 꿈틀거리고 있었다. 혜주는 풀숲에서 눈을 떼지 못했다. 그런 혜주를 지켜보는 두 개의 눈동자가 풀숲에서 깜박이고 있었다. 혜주가 형체를 확인하기 위해 풀숲으로 다가가자 수풀을 뒤집어쓴, 정체를 알 수 없는 파장이 혜주를 집어삼킬 듯이 밀려왔다. 혜주가 놀라 뒤로 나자빠졌다. 정체를 알 수 없는 파장은 혜주를 지나쳐 어둠 속으로 사라졌다. 혜주가 얼이 빠진 얼굴로 먼 산을 올려다보았다. 어둠이 짙게 내리고 있었다.

밤이 되자 산짐승들은 스산한 울음소리를 내며 본성을 드러냈다. 판잣집 뒤에서 들려오는 승냥이들의 으르렁대는 소리에 임진수는 잠들지 못했다. 지치지도 않고 밤새 서로를 물어뜯으며 싸울 것 같던 승냥이는 한 놈이 한 놈의 멱을 따고 나서야 싸움을 끝냈다.

산중은 조용했다.

그 위로 자박자박 땅을 밟는 소리가 들려왔다. 혜주가 저녁나절에 봤다는 산짐승이 찾아온 걸까…. 임진수는 소리에 귀를 기울였다. 소리는 가벼웠다. 새끼 멧돼지일까? 눈을 감고 소리를 따라가던 임진수가 감은 눈을 번쩍 떴다. 네발 달린 짐승이 아닌 두 발로 걷는 사람의 발소리였다.

임진수는 방에서 나와 소리가 멈춘 곳으로 갔다. 부스럭거리는 소리가 들리는 부엌으로 막 들어서려는 순간, 부엌에서 검은 그림자가 튀어나와 임진수의 허리를 휘감으며 사라졌다. 눈앞에서 순식간에 사라진 것이 사람인지 짐승인지 구분되지 않았다.

발에 날개를 단 듯 거침없이 달리는 발은 네발 달린 짐승처럼 날렵했다. 사람이라고 믿기지 않을 정도로 빨랐다. 사람으로 추정되는 생명체는 땅 위에 쓰러진 나뭇가지에 걸리면서 바닥에 나뒹굴었다. 임진수는 바닥에 쓰러진 생명체를 움켜잡았다. 손안에서 꿈틀거리는 것이 사람이 아닐지도 모른다는 생각에 임진수는 등골이 오싹해졌다. 금방이라도 부서질 것 같은 생명체를 끌어 올리자 피골이 상접한 어린아이가 어둠 속에서 임진수를 보고 있었다.

새소리가 아침을 깨웠다. 혜주는 종달새처럼 작은 아이의 손을 잡고 계곡으로 갔다. 심마니 옷을 훔쳐서 겹겹이 껴입은 아이는 뼈만 앙상하게 남아 여자인지 남자인지 구분되지 않았는데, 계곡물로 얼굴을 씻기고 나자 눈코입이 선명하게 드러났다. 사월이었다. 사월이는 말수가 적고 말귀가 밝은 데다 재능까지 있다는 이유로 셈이 빠른 비단 장수의 회유에 넘어가 요시이에게 입양되어 생각시로 궁에 입궐했다. 어린아이에게도 생존의 본능은 남아 있어 궁을 탈출해야 살 수 있다는 것을 직감할 수 있었다. 곤녕합 복도에서 일본군에 끌려가는 나인을 보고 기절한 사월은 동이 틀 무렵 깨어나 궁을 도망쳐 나왔다.

궁을 나왔지만 사월이 돌아갈 집은 없었다. 사월은 사람이 사는 세상에서 사람이 제일 무섭다는 것을 열두 살의 나이에 알고 있었다. 사월의 두 발은 사람들이 없는 곳으로 향해 갔다. 사월은 집을 떠난 뒤 처음으로 산속에서 홀로 편안했다. 야생 과일이 아직 산에 널려 있었고, 칡뿌리와 야생 더덕을 캘 수 있었다. 부지런히 발품을 팔면 배고플 일이 없었다. 끼니 때가 되면 다람쥐와 청설모가 사월이 옆에서 도토리를 까 먹었고, 새들이 사월을 따라다니며 노래를 불러 주었다. 그것도 잠시, 계절은 가을에서 겨울로 넘어가고 있었다. 하루에 한 끼 해결하는 것이 쉽지 않았다. 사월은 먹을 것을 찾아 산속으로 들어갔고, 그곳에서 판잣집을 만났다. 심마니들이 오는 날엔 감자와 고구마를 먹을 수 있었지만 얼마 가지 않아 심마니들의 발길이 끊겼다. 나뭇잎이 떨어지고 계곡물이 말라 가는 것을 지켜보며 사월은 머지않아 자신도 얼어 죽거나 굶어 죽는다는 것을 느낄 수 있었다.

임진수는 판잣집 마루에 앉아 해바라기 하는 사월을 보았다.

"내명부 생각시일지도 모른다. 충격으로 말을 안 하는 걸 수 있으니 옆에서 지켜보아라."

"둘이 있으면 마음을 열지 않을까 싶은데…. 아저씨는 심마니랑 먼저 내려가 계세요?"

혜주가 말했다.

임진수가 판잣집을 떠난 뒤에도 사월은 입을 열지 않았다.


지게를 진 남자가 승용의 집 앞에 서 있었다. 남자는 임진수가 집으로 들어가는 것을 보며 따라 들어갔다.

"어떻게 오셨습니까?"

임진수가 남자를 돌아보며 물었다.

"임진수 선생님을 만나러 왔습니다. 저는 마포나루에서 짐꾼 일을 하는 박상록입니다. 그전에는 훈련대에 있었고요."

"어서 오십시오, 안 그래도 기다리고 있었습니다."

"창규가 시간이 안 된다고 해서 혼자 왔습니다. 저도 오늘밖에는 시간이 안 돼서요."

"잘 오셨어요. 안으로 들어가시죠."

왕비 시해 사건이 있던 날 새벽, 박상록은 훈련대원 자격으로 일본군과 싸웠다고 했다.

"말이 싸움이지 총을 들고 쳐들어오는 일본군 앞에서 할 수 있는 건 없었어요."

"초입에서 쫓겨났으면 그날 사건에 대해 아는 게…."

"없어요. 제가 찾아온 건 그것 때문이 아니고요."

임진수가 고개를 끄덕였다.

"제가 훈련대 소대장이었다는 말은 들으셨나요? 네… 창규가 그 말은 안 했나 보네요. 소대장이었습니다. 사건 열흘 전이었을 거예요. 훈련 끝나고 숙소로 들어가는데 대대장이 저를 부르더라고요. 대대장 말이 당분간 대원들 기강 흐트러지지 않게 조심하라는 거예요. 그래서 무슨 일이냐고 물었죠. 그랬더니 다이 대령이 말하길, 일본이 곧 궁을 공격할 거라고 말했다는 거예요."

"다이 대령은 어떻게 안 거죠?"

"사교장에서 들었다고 했어요. 사교장에서 나온 말이면 궁을 드나드는 외인들도 다 알고 있었다는 건데… 그 누구도 전하께 귀띔을 하지 않았다 그 말입니다. 그러니까 제가 하고 싶은 말은, 궁을 드나드는 외인들 중 누구 하나라도 전하께 귀띔을 했다면 그날의 변고는 막을 수 있지 않았겠냐 그 말이에요. 하루에도 몇 번씩 궁을 드나들면서 다들 강 건너 불구경한 게 아니고 뭐냐고요. 그러니 우호적인 척하는 양놈이 왜놈하고 다른 게 뭡니까, 선생님?"

분을 삭이지 못하는 박상록을 보며 임진수가 물었다.

"창규한테 듣기로는 사건이 있던 날 밤 전하께서 일본이 공격해 오는 걸 알고 계셨다 들었습니다?"

"아이고, 정신머리하고는. 그 말을 하러 와서는 여태 딴소리를 했네요.

사건이 있던 날은 제가 야간 근무를 서는 날이었어요. 잠이라는 게 참는다고 참아지는 게 아니어서 새벽에는 별수 없이 의자에 앉아 꾸벅꾸벅 조는데… 잠결인지 꿈결인지 멀리서 말 달리는 소리 같은 게 들리지 뭡니까. 그래 말 위에 앉아 푸른 초원 위를 달리며 꿈에 한껏 취해 있는데…. 제 등짝을 후려치듯 초소 문이 열리는 거예요. 그 소리에 놀라 잠에서 깼습니다."

왕을 호위하는 내금위장이 문 앞에 서 있었다. 내금위장이 몰고 온 새벽 찬바람에 박상록은 정신이 번쩍 들었다. 내금위장은 곧장 뒷문으로 나가 다이 대령의 숙소 앞으로 가 문을 두드렸다. 손에 실린 힘의 무게에서 상황의 위급함이 느껴졌다. 박상록이 따라 나와 무슨 일이냐고 물었다. 내금위장의 표정은 굳어 있었다. 다이 대령이 별 반응을 보이지 않자, 내금위장이 문을 부술 기세로 방문을 두드렸고, 잠시 후 방문이 열렸다. 내금위장은 굳은 얼굴로 일본군이 공격해 오는 중이라고 했다.

다이 대령이 훈련대를 끌고 광화문에 도착했을 때 한 방의 총소리와 함께 사다리를 타고 담을 넘는 일본군이 보였다. 훈련대가 광화문에 도착하기도 전에 빗장이 풀렸고, 일본군이 궁 안으로 쏟아져 들어왔다. 미야모토는 외교적 마찰이 있을 수 있는 다이 대령을 먼저 궁 밖으로 쫓아낸 뒤 훈련대를 총으로 제압했다고 박상록이 말했다. 그의 말대로 일본이 공격해 오는 걸 왕실이 알았다면 왕비는 피신할 수 있는 시간을 확보했을 것이다. 그날 밤, 일본의 공격을 왕실에 알린 사람을 찾는다면 왕비의 생존을 확인할 수 있을 거라고 임진수는 생각했다.

수문청 직원은 근무대장을 넘기다 말고 오후의 나른함을 참지 못하고 하품을 했다.

"10월 8일이면…. 변고가 있던 날 아닙니까?"

"그렇습니다."

"그날 궁에 들어가셨소?"

"그렇습니다."

수문청 직원은 소심한 눈으로 임진수를 올려다보았다.

"행여 그날 일 때문에 온 거라면 번지수를 잘못 찾은 거요."

"두고 간 물건을 찾으러 왔다고 하지 않았소."

"혹시나 해서 하는 말이요. 여기 있네! 그날 김태평이랑 김윤호가 야간 근무를 섰구먼. 김윤호는 오늘 비번이고, 김태평이는 외근 중이오. 김태평이 돌아올 때까지 기다리시든가, 아니면 내일 다시 오시오."

"그분들 집 주소를 알 수 있습니까?"

"집 주소는 왜요, 두고 간 물건을 집에 가지고 갔을까 봐서요?"

"그게 아니고… 내가 내일 한성을 떠나야 해서…. 그래서 그럽니다."

"그렇게 중요한 거면 진즉에 오셨어야지요. 직원들의 신변 보호를 위해 집 주소는 알려 드릴 수 없어요."

직원이 근무대장을 덮자 수문청 출입문이 열렸고 출입문 쪽에 시선을 두던 직원들이 반사적으로 자리에서 일어나자, 옆에 앉아 있던 직원들이 따라서 일어났다. 임진수는 무슨 일인가 싶어 출입문을 돌아보았다.

"왔네, 김태평! 저기 오른쪽의 덩치 좋은 친구가 김태평이요."

직원이 근무대장을 책장에 꽂으며 말했다. 세 명의 남자가 임진수를 향해 걸어오고 있었다. 두 명이 앞에서 나란히 걸었고 한 명은 뒤에서 따라 들어왔는데, 김태평에 가려 얼굴이 보이지 않았다.

"김태평 옆에 있는 자는 누구요?"

임진수가 직원에게 물었다.

"우영선 참령이요. 이봐!"

직원이 소심한 목소리로 김태평을 불렀다. 그 소리에 우영선과 임진수의 눈빛이 부딪혔다.

"이보시오. 아무래도 물건을 두고 간 곳이 여기가 아닌 거 같소. 실례가 많았소."

임진수가 서둘러 등을 돌리자 직원이 황당한 표정을 보였다.

우영선과 김태평은 자신들 앞으로 걸어오는 임진수를 곁눈질했다. 임진수가 우영선과 김태평을 스쳐 지나갈 때, 김태평 뒤에서 따라오던 남자의 얼굴이 임진수의 눈에 들어왔다. 남자의 얼굴이 낯익었는데 딱히 떠오르는 얼굴은 없었다. 아니나 다를까 남자는 임진수를 알아보는 눈치였다. 임진수가 다급히 수문청 문의 손잡이를 잡아당겼다. 찬바람이 임진수의 얼굴을 사납게 덮쳤다. 그때 임진수의 머릿속으로 남자의 눈언저리에 뭉쳐 있는 피멍이 섬광처럼 지나갔다. 며칠 전 삼총사에게 매질을 당하다 줄행랑을 친 우영선의 심복, 허 씨였다. 허 씨는 그때 임진수가 수배 전단지 속 사내라는 것을 단번에 알아보았지만 도망치는 것 말고는 할 수 있는 게 없었다. 허 씨가 수문청을 뛰쳐나왔다. 임진수는 허 씨의 시야에서 사라졌다, 나타났다를 반복하다 인파 속으로 사라졌다.

임진수는 민영태 집으로 향했다. 왕비의 최측근이었던 민영태라면 왕비 생존에 대해 아는 게 있으리라 생각했다. 민영태는 왕비 시해 후 은둔한 채 아무도 만나지 않았는데, 그런 이유 때문인지 변절했다는 말이 돌았다. 하지만 변절한 사람일수록 말이 많은 법, 아무도 만나지 않는다면 변절하지 않았을 가능성이 컸다. 그렇다 한들 아무도 만나지 않는 민영태가 갑신년 우정국에서 자신을 죽이려 했던 김옥균의 제자를 만날 가능성은 변절했을 가능성보다 적었다.

민영태 집 청지기는 임진수를 대문밖에 한참을 세워둔 뒤 나타나 임진수를 집 안에 들였다. 민영태는 김옥균을 따라 일본으로 간 생도 이야기를 들은 적이 있다. 방문을 열고 들어서는 임진수를 보며 민영태는 김옥균의 얼굴을 떠올렸다. 한때 원수로 지냈으나 이젠 세상에 없는 김옥균에 대한 회한이 밀려왔다.

"김옥균을 따라 일본에 간 생도라고?"

"그렇습니다."

"그렇다면 너도 나를 죽이려 했구나?"

예상한 질문임에도 임진수는 말을 잇지 못했다.

"그때 일을 용서받으러 온 건 아닐 테고… 무슨 일로 왔느냐?"

"중전마마 시해가 있던 날 밤, 왕실은 일본이 공격해 오는 걸 알고 있었다고 합니다. 그에 대해 알고 계신 것이 있는지 궁금해 찾아왔습니다."

"처음 듣는 얘기구나."

"중전마마께서는 임오년 이후 가까운 친인척이 아니면 일절 사람을 만나지 않았고, 자신의 흔적을 지우기 위해 초상화를 불태웠다고 들었습니다. 뿐만 아니라 자신을 보호하기 위해 위장 초상화를 그렸고, 적의 공격을 피하기 위해 매일 밤 처소를 바꿨다고 들었습니다. 사실입니까?"

임진수는 빚 독촉을 하듯 따져 물었다.

"개인의 일을 내가 알 수는 없지."

"그 정도의 치밀함이면 비상시 궁을 빠져나갈 방법을 마련했을 겁니다."

확신에 차서 말하는 임진수의 눈빛에서 김옥균의 눈빛이 보였다.

"중전마마가 살아 계신다면 나를 찾아오지 않을 리 없지. 너도 그래서 나를 찾아온 거 아니냐?"

"…."

"일본은 청과의 전쟁에서 승리한 뒤 그 기세를 몰아 동북아로 진출할 계획이었다고 들었다. 동북아로 나가기 위해서는 조선 땅이 필요한데… 왕실이 아라사와의 밀회를 노골적으로 드러내며 앞길을 막으니 일본으로선 속이 탈 수밖에. 아라사가 프랑스, 독일까지 끌어들여 세를 확장하니 다급해진 일본은 본색을 드러내기로 한 거지. 체면을 버리고 부끄러움을 모른 척할 수 있다면 못 할 것이 없는 게 인간이지 않나. 일본은 수천 명의 백성을 죽이는 것보다 왕실의 영향력 있는 사람 하나를 죽이는 방법으로 조선을 무력화시킨 거야."

"하루가 멀다 하고 찾아간 사람이 죽었습니다. 어찌 먼 나라의 아무개가 죽어 안타깝다는 듯 말씀하십니까?"

"자네야말로 내 손에 죽어야 할 사람이 남의 손에 죽어 억울하기라도 한 건가? 그래 나를 찾아온 거야?"

민영태의 호통에 침묵이 흘렀다.

"지금은 중전이 살았는지 죽었는지에 대해 논할 때가 아니야. 당분간 이 나라는 지금보다 더 힘든 날을 맞아야 하네. 지금은 이렇게 당할 수밖에 없지만, 그날이 다시 오면 그때는 맞서 싸워야지 않나. 지나간 일에 미련을 두면서 시간을 보낼 때가 아니야."

"지나간 일을 잊자는 건 무책임한 자들이 하는 변명이지요. 미래를 빌미로 과거 죄에 침묵한다면 조선은 지금보다 더한 폭력과 범죄를 인정하는 겁니다. 그 고통은 오롯이 백성들의 것이고요."

"… 자네도 알다시피 김옥균은 내 오랜 친구였어. 그의 대담하고 비범한 능력은 누구도 부인할 수 없지. 그런 그가 왜 도망자가 되어 타국 땅에서 죽어야 했는지 생각해 본 적 있나?"

임진수가 논점을 흩트리는 민영태를 응시하자 민영태는 짧은 한숨을 내쉬며 말했다.

"미안하네. 질문이 어리석었어. 생각을 해도 자네가 나보다 수백 번은 더 했겠지. 내가 하고 싶은 말은… 비범한 능력을 가진 자들이 부리는 서툰 재주로는 덕을 이길 수 없네. 김옥균을 흉보자고 하는 말이 아니야. 난 아직도 가끔 김옥균을 생각해. 이건 진심이야."

민영태는 불필요한 말들을 의식하면서도 말을 끊지 못했다.

"그 시절 김옥균이 내민 손을 왕실이 잡았다면, 그래서 김옥균이 죽지 않고 살아 있다면…."

"하고 싶은 말씀이 뭡니까?"

"자네는 김옥균의 뒤를 밟지 않았으면 하네."

민영태의 진심이 뭔지는 알 수 없었지만 와카나이 술집에서 흐느끼던 김옥균의 말이 떠올랐다.

'내가 네게 하고 싶은 말은…. 너는 나의 길을 가지 않아야 한다는 것이다. 그러니 돌아가라. 돌아가서 너는 너의 길을 가라.'

김옥균의 목소리 위로 민영태의 목소리가 내려앉았다.

"김옥균은 새로운 조선을 꿈꿨지만, 일본을 믿은 어리석음 때문에 일본에게 이용만 당하다, 왕실이 보낸 자객에 의해 살해됐어. 김옥균을 죽인 왕실은 일본의 뜻을 거스른다는 이유로, 일본이 보낸 자객에 의해 중전마마가 시해되었고. 김옥균과 왕실은 서로를 끔찍이도 미워하고 증오하는 데 집중한 나머지… 누군가 자신들을 관전하며 즐긴다는 것도 모른 채 자멸해 간 거야. 그게 조선의 현실이라고!"

"하나만 묻겠습니다. 만약 마마가 살아 계신다면… 그때는 어떡하시겠습니까?"

임진수가 물었다.

"자네에게 먼저 연락을 하지. 약속하네."

민영태의 말에 임진수는 자리에서 일어났다.

"나도 궁금한 게 있네."

민영태가 임진수를 보았다.

"중전마마를 만나야 하는 이유라도 있나?"

임진수가 머뭇거리는 것을 보며 민영태는 돌아가도 좋다고 했다.


임진수가 수문청에 모습을 드러낸 이후 우영선의 일본 공관 출입은 더욱 잦아졌다. 한성신문 사장 겐조가 미우라와 함께 우영선을 기다리고 있었다.

겐조의 집안은 일본에서 최하층인 슈라쿠민이었다. 일본은 메이지 시대에 신분 계급을 없애기 위해 슈라쿠민을 평민에 편입시켰지만 슈라쿠민에 대한 사회적 차별은 여전했다. 슈라쿠를 떠나는 것만이 사회적 차별에서 벗어나는 길이었다. 겐조는 열다섯 살에 무작정 슈라쿠를 떠났다. 목재상에서 나무 자르는 일부터 시작한 겐조는 영업일을 하면서 사장 눈에 띄었고, 사장 딸과 결혼까지 했다. 목재상의 사위가 된 겐조는 지역 유지들과 활발히 교류하면서 빠르게 그들 세계에 편입했고, 타고난 사업 수완으로 장인의 신임을 얻었다. 사업을 물려받을 날이 머지않아 보였다. 그런데 아이인 줄 알았던 처남이 유학 중에 연락도 없이 나타나 악수를 청할 때, 겐조는 오랜 꿈에서 깨어날 수 있었다.

그즈음 겐조는 친분이 있는 정치인으로부터 조선이 기회의 땅이 될 거라는 정보를 입수하고 조선으로 갔다. 조선은 가히 돈뿐 아니라 마음만 먹으면 권력까지 손에 넣을 수 있는 곳이란 걸 겐조는 본능적으로 느꼈다. 겐조는 아내와 아이를 데리고 조선으로 이주했다. 겐조의 야망을 첫눈에 알아본 사람은 요시이에였다. 요시이에는 겐조의 마음을 여러 차례 시험한 뒤 왕비 시해 사건에 겐조를 가담시켰다. 그렇게 정치계에 입문한 겐조는 한성신문의 사장이 되었다.

겐조는 수문청에 나타난 요시이에 암살 미수범의 보고를 미우라와 함께 보고 받고 있었다.

"시내에 수배 전단지가 깔려 있는데도 한성에 남아 있는 걸 보면 요시이에 암살보다 더 중요한 일이 한성에 남아 있나 봅니다?"

겐조의 말에 미우라가 우영선을 보았다.

"뭐 하는 자인지는 알아보았느냐?"

"알아보는 중입니다."

"신변이 노출됐으니 한성을 떠날지 모른다. 도성에 검문을 강화하고 하루빨리 검거하도록 해라."

"네."

## 아는 것이 힘

사월은 영영 말을 잃은 건지 마을로 내려와서도 말이 없었다. 혜주는 사월을 목욕시키면서 뜨거운 물을 말 없이 등에 끼얹어 보았다. 무당벌레처럼 등이 동그랗게 말리기만 하고 소리는 나오지 않았다. 목욕을 하고 새 옷으로 갈아입은 사월은 그제야 또래 아이처럼 보였다.

승용이 사월의 밥상을 따로 차려 주었다. 혜주와 사월이 마주 앉아 밥을 먹었다. 혜주는 사월에게 밖에 있는 아저씨들이 너를 지켜 줄 거라고, 그러니 무서워하지 않아도 된다고 말하려다, 사월이 숟가락을 놓지는 않을까… 조용히 밥 위에 매실장아찌를 올려 주었다. 사월은 밥 한 그릇을 다 비우고 이불 속으로 들어가자마자 잠이 들었다.

임진수는 우영선에게 노출된 이상 한성에 머무는 것이 부담이었다. 임진수는 한성을 떠날 준비를 하고 있었다. 승용은 하루 종일 손님들과 흥정을 하느라 지쳐 있었고, 사흘 만에 산에서 내려온 혜주는 밀려오는 피로에 눈이 반쯤 감겨 있었다. 세 사람은 마루에 나란히 걸터앉아 먼 산을 올려다보았다. 초겨울 쌀쌀한 바람이 마당으로 들어오자 혜주가 자리에서 일어났다.

혜주는 이불 속으로 들어가 사월의 잠든 얼굴을 보며 잠이 들었다. 혜주는 아이의 흐느껴 우는 소리에 눈을 떴다. 등을 보이고 누운 사월의 작은 어깨가 가늘게 떨고 있었다. 아이는 나쁜 꿈이라도 꾸는지 호흡이 점점 거칠어졌다. 혜주가 사월을 바로 눕히려고 사월의 어깨에 손을 얹자 사월이 경기를 일으키며 자리에서 일어났다. 그러고는 악귀에 쓴 듯 눈을 부릅뜨며 방 안을 두리번거리다, 소리를 질렀다. 비명의 괴력이 지붕을 뚫을 것 같았다. 혜주가 사월의 작고 야윈 어깨를 잡고 진정시키려 했지만 어디에서 그런 괴력이 나오는지 사월이 혜주를 벽으로 밀쳐 냈다. 사월은 귓속을 파고드는 나인들의 비명과 일본군의 군홧발 소리에 놀라 소리를 지르며 방을 뛰쳐나갔다. 마루에 앉아 있던 임진수와 승용이 놀라 방으로 들어가려다 방에서 나오는 사월과 부딪혔다. 사월은 임진수와 승용을 가죽 신발을 신은 무리들로 착각하고 그 자리에서 기절했다.

사월은 다음날 해가 중천에 오를 즈음 눈을 떴다. 말을 잃은 줄 알았던 아이는 임진수를 불러 궁에서의 일을 모두 털어놓았다. 임진수가 조심스럽게 물었다.

"사건이 있던 날 밤 중전마마를 보았느냐?"

사월이 고개를 저었다.

"못 뵈었지만 일본인들이 중전마마에 대해 하는 말을 들었습니다."

"그 말을 기억하느냐?"

사월이 고개를 끄덕였다.

사월은 사건이 있던 날 새벽 가죽 신발을 신은 무리를 왕비 처소로 안내한 뒤, 그들을 피해 도망가다 아자살 문양의 방으로 숨어 들어갔다고 했다. 가죽 신발을 신은 무리는 아자살 문양의 방까지 쳐들어왔고, 사월은 병풍 뒤에 숨어 그들이 하는 말을 엿들을 수 있었다고 했다.


"달아나고 없는 것 같습니다."

"건청궁의 출입문은 모두 잠겨 있습니다.

어차피 **이곳을 빠져나가지는 못했을 겁니다.**"

"**왕비 침소에 침입한 것만으로도 우리의 작전은 성공한 겁니다.**

이만 사건을 정리하십시오."


임진수는 고개를 떨구며 무리의 대화를 해독했다.

**[이곳을 빠져나가지는 못했을 겁니다.]** 왕비를 시해하는 것이 목적이었던 남자는 어떻게든 왕비를 찾아야 한다고 말하고 있지만, 또 다른 남자는.

**[왕비 침소에 침입한 것만으로도 우리의 작전은 성공한 겁니다.]** 왕비의 죽음과 작전의 성공과는 무관하다고 말하고 있다.

임진수의 추측대로 일본은 곤녕합에 침입하는 순간, 그게 누구든, 누군가 죽기만 하면 성공하는 전략을 가지고 공격해 온 것이 틀림없었다.

"그날 궁에서 죽은 나인의 얼굴을 보았느냐?"

사월은 고개를 끄덕이고는 말문을 닫았다. 임진수는 사월의 말문이 열리기를 가만히 기다렸다.

"밖이 조용해진 걸 확인하고 아자살 문양의 방에서 나왔어요."

사월이 입을 열었다.

"건물 안으로 누군가 뛰어 들어오는 게 보였어요. 여잔지 남잔지 몰라 걸음을 멈추고 복도 끝을 봤어요. 항아님이었어요. 저도 항아님을 향해 뛰었어요."

사월의 표정이 어두워지면서 목소리가 떨렸다.

"뛰어가서 보니 같은 방을 쓰는 말자 언니였어요. 언니도 저를 알아봤는지 손을 흔들면서 아는 체를 했어요. 반가운 마음에 언니 이름을 부르는데… 언니 등 뒤에서 괴물 같은 손이 튀어나와 언니 목을 낚아채 밖으로 나갔어요."

사월은 그동안 꾹꾹 눌러 담았던 눈물을 터뜨렸다. 사월은 혜주 품에서 한참을 울다 잠이 들었다. 저녁 늦게 깨어난 사월은 임진수에게 하지 못했던 이야기를 마저 했다.

말자는 언젠가 사월에게 왕비 처소에 다녀온 일을 말한 적이 있다고 했다. 이것저것 캐묻는 사월에게 말자는 비밀을 지켜야 한다는 약속을 받고, 도화서 화원을 만나 초상화 그린 이야기를 했다고 사월이 말했다.

"혹 그 나인의 이마에 흉터가 있느냐?"

"오른쪽 눈썹 위에 좁쌀만 한 흉터가 있어요."

일본이 불에 타 죽었다고 주장하는 왕비의 시신은 말자였다.

사월은 궁을 빠져나가기 전 말자 외에 세 구의 시신을 더 보았는데 의금부에서 발표한 네 명의 사망자 수와 일치했다. 사월은 네 명 중에 왕비는 없었다고 했다. 그날의 진실을 알리기 위해 누군가 살아야 했다면 그건 사월이었다.

사월의 증언으로 왕비의 생존이 확실시되자 임진수의 가슴은 뛰기 시작했다. 그간의 의문이 사라지면서 기억 속에 묻혀 있던 장면 하나가 떠올랐다. 요시이에 암살 실패 후, 아라사 공관으로 피신해 들어갔을 때, 장옷으로 얼굴을 가리며 황급히 등을 돌리던 여인. 그렇다. 왕비가 살아 있다면 안전하게 머물 수 있는 곳은 외국 공관, 그중에서도 아라사 공관이었다.

"어디요? 아라사 공관이요? 거긴 궁만큼이나 검문이 살벌한 곳이에요. 게다 도련님은 지금 쫓기는 몸이에요. 중전마마가 아라사 공관에 피신해 있다면 불행 중 다행인 거지요. 위험을 무릅쓰고 거길 가야 하는 이유가 뭔데요? 혜주 씨, 조용히 듣고만 있지 말고 무슨 말이든 좀 해 봐요."

승용이 답답한 듯 혜주를 잡고 늘어졌다. 시선을 떨구고 있던 혜주가 고개를 들었다.

"할게요! 지가 뭘 하면 되는데요?"

임진수는 왕비 시해 후 왕비 생존을 확신했듯, 아라사 공관에 왕비가 있을 거라 확신하고 있었다.


민영태의 청지기가 대문을 열자 장옷으로 얼굴을 가린 여인이 서 있었다.

"가평마님이 보내서 왔습니다."

가평마님은 민영태의 출가한 셋째 딸이었다. 평소 대동하던 머슴도 없이 혼자 온 여인의 음성은 낯설었다. 청지기는 서찰이 있으면 먼저 보자고 했다.

"대감마님께 직접 전해드리라고 하셨습니다."

청지기는 하는 수 없이 여인을 집으로 들였다.

"나으리. 가평 아기씨께서 서신을 보내오셨습니다."

"챙겨 두어라."

"직접 전해드려야 한다고 하십니다."

민영태가 방에서 나오자 청지기가 달려가 서찰을 전했다. 민영태는 그 자리에서 서찰을 꺼내 읽었다. 서찰을 읽어 내려가는 민영태의 눈썹이 희미하게 떨렸다. 민영태는 서찰을 내려놓으며 여인을 보았다.

"들어오너라."

장옷을 꼭 쥐고 있던 여인은 방으로 들어서면서 장옷 쥔 손을 풀었다. 장옷 사이로 지밀상궁 월선의 얼굴이 나타났다. 월선은 민영태 앞으로 가 앉았다.

"마마는 강녕하시냐?"

"네."

이후 민영태는 말이 없었다.

민영태의 길어지는 침묵 속에서 월선은 불온함을 느꼈다. 민영태가 서찰을 들어 태우기 시작했다.

"아무것도 묻지 않겠다. 그리고 이 서찰은 받지 않은 거로 하겠다."

"최만호 대감께서 투옥되었다 들었습니다. 이제 마마께서 믿을 분은 대감마님밖에 없습니다."

"그러니 나는 안전한 사람이 못 된다는 걸 마마께서 모르실 리 없는데 어찌 나를 찾았느냐. 지금은 아무도 믿지 않는 것이 마마가 살길이다."

민영태의 노기 띤 목소리에 월선은 더 이상 앉아 있을 이유를 찾지 못하고 자리에서 일어났다. 대문을 나서는 월선에게 머슴이 다가왔다.

"대감마님께서 감시하는 눈이 있을지 모르니 배웅하라 하셨습니다."

심복 허 씨는 아라사 공관 거리와 장터를 중심으로 임진수를 찾아다녔다. 사람이 가장 붐비는 시간대에 허 씨는 장터에 있었다. 월선이 민영태의 머슴과 장터로 들어오고 있었다.

"여기서부터는 혼자 가겠습니다."

머슴은 조금 더 가겠다고 했다.

"어서 오세요."

가게 문 열리는 소리에 비단 가게 주인이 고개를 돌렸다. 임진수가 들어서고 있었다. 그 뒤로 월선과 머슴이 가게 앞을 지나는 것이 보였다.

"뭘 찾으시나?"

비단 가게 주인이 물었다.

"기모노를 구할 수 있습니까?"

"그럼요. 한성에 일본인들이 많아지면서 기모노 찾는 사람이 부쩍 늘었어요."

비단 가게 주인은 임진수를 위아래로 훑더니,

"어디… 기방에서 나오셨나?"

"아니요."

장터거리는 순찰을 도는 일본군이 적잖았다. 민영태의 머슴은 상인들이 다니는 장터의 뒷골목으로 들어갔다. 월선은 머슴을 따라 미로처럼 이어진 골목을 돌고 돌아서 시장을 빠져나왔다.

저만치 서양식 건물이 보였다.

아라사 공관이었다.

왕비 시해 직후 일본은 아라사 공관 앞에 세 개의 검문소를 설치했는데, 건물 좌측과 우측 검문소에서는 행인을, 정문에 있는 중앙 검문소에서는 공관을 출입하는 조선인을 검문했다. 장터로 연결된 공관 거리는 사람들로 북적였다. 머슴은 뒤따라온 사람이 없는지 주변을 둘러보며 말했다.

"여자와 아이는 검문하지 않으니 저쪽으로 가시면 됩니다. 누가 따라왔다 해도 여기서부터는 따라가기 힘들 겁니다."

월선이 발꿈치를 들어 검문소를 확인하는 사이 머슴은 사라지고 없었다. 월선은 여자와 아이들이 줄 서 있는 곳으로 이동해 좌측 검문소를 통과했다. 중앙 검문소 쪽으로 이동하던 월선은 걸음을 늦추며 정문 안을 힐금거렸다. 아라사 군인이 보였다. 혹 아는 얼굴일까… 중앙 검문소를 지키는 장교가 월선을 주시하고 있었다. 월선은 발길을 돌려야 했다.

발등을 골똘히 내려다보며 걷는 월선의 앞으로 돌멩이가 날아왔다. 월선은 고개를 들었다. 거리는 한산해져 있었다.

"밖으로 나오면 어떡해, 문둥이 새꺄! 당장 니가 사는 감옥으로 돌아가!"

미간에 커다란 점을 달고 있는 남자아이가 월선의 옆에 서 있는 남자아이를 향해 소리를 질렀다. 월선의 옆에 서 있는 아이의 이마에서 피가 흐르고 있었다. 아이는 두 주먹을 불끈 쥐고 대치 중인 아이들을 노려보았다. 아이 앞으로 다시 돌멩이가 날아왔고, 월선이 돌멩이를 던진 아이들을 크게 나무랐다. 그러자 아이들이 등을 보이며 뿔뿔이 흩어졌다. 아이들이 흩어진 자리로 문둥촌의 담장이 보였다.

문둥촌의 담장은 고개를 들어야 그 높이를 확인할 수 있었다. 담장 높이에 대해서는 뒤에 다시 말하기로 하고. 문둥촌 안에는 문둥촌 말고도 도축촌과 맹인촌이 같이 있었는데, 이곳 도축촌의 고기는 질 좋기로 소문나 궁으로 고기를 납품했다. 도축이 있는 날이면 자투리 고기와 부속품을 사려는 사람들이 사대문 밖에서까지 찾아왔다. 마을 입구는 자투리 고기와 부속물을 사려는 사람들로 북적였다. 도축촌 사내들이 발골하고 계량하느라 정신이 없었다.

"저놈의 자식, 저거 나가지 말라고 그렇게 말했는데… 언제 또 나가서 터지고 오는 거야."

천엽을 손질하던 도축촌 사내가 남자아이를 나무랐다. 월선이 남자아이의 등을 떠밀어 마을로 들어갔다.

마을로 들어서자 붕대로 얼굴과 손을 칭칭 동여맨 문둥촌 아낙들이 햇고구마를 캐느라 분주했다. 여자아이들이 상수리나무 아래서 나비처럼 나풀거리며 고무줄놀이를 하고 있었다. 마을로 들어서는 남자아이를 보며 여자아이들이 고무줄을 팽개치고 우르르 달려왔다.

"오빠, 엄마가 나가지 말랬는데 왜 또 나갔어?"

오종종한 얼굴의 여자아이가 남자아이를 보며 종알거렸다. 남자아이는 여동생을 밀치며 집이 있는 도축촌으로 향해 갔다.

도축촌으로 들어서자 고깃덩이를 실은 수레가 월선의 치맛자락에 땅에 고인 핏물을 토해 내며 지나갔다. 월선의 치마에 튄 핏물을 신경 쓰는 사람은 아무도 없었다.

"혼례식에 가는 물건하고 장례식에 가는 물건하고 헷갈리면 큰일 나. 정신 바짝 차려!"

오늘따라 도축촌은 정신이 없었다. 사내들이 톱과 도끼를 들고 뼈를 분리하느라 구슬땀을 흘렸고, 아낙들이 김이 나는 뜨거운 선지를 함지박에 퍼 담느라 구부린 허리를 펴지 못했다. 월선은 혼례식에 가는 사태살과 장례식에 가는 사태살이 바뀌었다는 고성을 들으며 도축촌을 빠져나왔다.

마을 안쪽에 위치한 맹인촌은 문둥촌과 도축촌에 비해 가구 수가 적었는데 거리에는 사람 한 명 보이지 않았다. 텅 빈 거리의 백색소음이 마치 백야로 시간 이동을 한 듯 스산했다. 월선은 마을 끝에 위치한 초가집으로 들어갔다.

궁에서 자유롭지 못했던 왕비는 궁 밖에서 더욱 부자연스러운 모습으로 월선을 기다리고 있었다. 월선이 방문을 열자 도축촌에서 뒤집어쓴 피비린내가 같이 방으로 들어왔다. 왕비의 눈빛은 적의 공격을 기다리는 사람처럼 핏발이 곤두서 있었다. 왕비는 월선이 몰고 온 피비린내에서 민 대감의 반응을 직감할 수 있었다.

"제가 직접 아라사 공관으로 가겠습니다."

월선이 말했다.

"위험하다."

"시내에 일본군이 날로 늘고 있습니다. 더 이상 지체할 시간이 없습니다."

"이제 내게 남은 건 너 하나다. 너마저 잃는다면… 나 혼자 무얼 할 수 있겠느냐."

"아라사 공관에 방문했을 때 제게 말을 걸어 온 관원이 있었습니다. 오는 길에 보니 그 관원이 공관 정문에서 보초를 서고 있었어요. 제 얼굴을 알아보는 눈치였습니다."

월선이 없던 일을 만들어 말하고 있었다.

"장터를 오가는 사람이 많아 여자와 아이는 검문을 하지 않았습니다. 마침 내일이 장날이고 오늘보다 더 많은 사람이 공관 앞으로 몰릴 겁니다."

왕비는 시선을 떨구며 탁자 모서리 끝을 내려다보았다.

"마마?"

"공관에 조선인 식모가 있다 하지 않았느냐?"

"그 또한 믿을 수 없고, 지체할 시간이 없습니다. 전하께 소식을 전할 방법은 이제 이 길밖에 없습니다."

왕비는 잠자리에 들 때까지 말이 없었다. 월선은 이부자리에 들면서 다음 날 아라사 공관에 가기로 결심했다.

혜주는 임진수가 비단 가게에서 사 온 여러 조각의 기모노를 펼치며 난처해했다. 사월이 메이코에게 배운 기모노 입는 법을 혜주에게 알려주었다. 임진수는 아라사 공관에서 나올 때 입었던 양복을 입고 아주까리기름으로 앞머리를 넘겼다. 승용이 가게에서 챙겨 온 안경까지 끼자 지금 막 조선에 도착한 일본인 같았다.

일본군이 24시간 검문을 서는 아라사 공관은 궁만큼이나 접근이 어려웠지만, 임진수는 왕비 시해 후 왕비 생존을 확신했듯, 아라사 공관에 왕비가 있을 거라 확신하고 있었다. 공관으로 이어지는 버드나무 거리는 오일장을 맞이해 장터로 들어가고 나오는 사람들로 북새통을 이뤘다. 혜주는 폭이 좁은 기모노 안에서 두 발을 종종거리느라 진땀을 흘리고 있었다. 승용은 혜주 옆에서 마른침을 삼켰다. 버드나무 삼거리에서 우회전하자 공관 거리가 한눈에 들어왔다. 승용이 장날이라 검문하는 일본군이 평소보다 많다고 했다. 임진수는 혜주와 승용에게 집에서 보자는 말을 한 뒤 인파 속으로 사라졌다.

좌측 검문소에서는 삼총사가 임진수를 기다리고 있었다. 족제비 머리를 한 임진수가 인파 속에서 모습을 드러냈다.

"왔다, 왔어!"

창규가 속삭였다.

"괜히 쓸데없는 짓 하지 말고 연습한 대로만 해. 알았어?"

"너 님이나 잘하세요."

농을 주고받는 삼총사의 눈빛은 결의로 가득 차 있었다.

삼총사 뒤로 장옷을 두른 월선이 거리로 들어서고 있었다.

혜주가 검문 줄을 무시하며 보란 듯이 승용을 데리고 우측 검문소로 갔다. 길게 줄 서서 대기하고 있던 남자들이 혜주를 못마땅한 눈으로 보았다. 그러거나 말거나 혜주는 승용을 데리고 일본군 앞으로 갔다. 일본군이 기모노를 입은 혜주를 보며 말했다.

"여성은 저쪽입니다."

"남자는 갈 수 없다고 해서 이쪽으로 왔습니다."

일본군이 혜주 옆에 서 있는 승용을 보았다.

"관계가 어떻게 되십니까?"

"조선인 동업자입니다."

승용이 중앙검문소 쪽을 돌아보았다. 임진수가 공관에 들어가지 못하고 있었다. 시간을 끌어야 했다.

"왜 밀고 그러시오."

승용이 말없이 서 있는 지게꾼에게 시비를 걸었다. 안 그래도 새치기를 당해 부아가 치민 지게꾼이 한마디만 더 하라는 듯 승용을 향해 눈을 부라렸다. 일본군은 바쁘니 빨리 지나가라는 듯 승용을 향해 손을 어깨 뒤로 넘겼다.

일본 장교는 중앙 검문소 앞에서 임진수가 건넨 서류를 꼼꼼히 살피고 있었다. 일본회사가 조선 인삼을 아라사로 수출하는데 아라사 공관의 직인이 필요하다는 서류였다.

"미우라 공사의 직인이 있어야 들어갈 수 있습니다."

"알지요, 아는데 요즘 두 나라 관계가 민감하지 않습니까? 미우라 공사 승인받는 데만 열흘이 넘게 걸린다고 해서 이렇게 직접 왔습니다. 농산물이라 사흘 안에 보내지 못하면 몽땅 폐기 처분해야 합니다."

"사정은 알지만, 직인이 없으면 아라사 공관에서도 받아주지 않을 겁니다."

"아라사는 물건값을 지불했기 때문에 받아주지 않을 이유가 없습니다. 보십시오, 여기 물건값을 지불했다는 직인이 있지 않습니까? 그저 장사치의 일이라 생각하시고 한 번만 봐주십시오."

서류를 내려다보던 장교의 눈이 임진수에게 향했다.

"일본인이… 아니시군요?"

임진수의 일본어 발음과 어휘력은 현지인들도 착각할 정도였지만 장교의 귀는 예민했다. 주춤거리던 임진수가 입을 열었다.

"… 조선에서 태어나 일곱 살에 일본으로 갔습니다. 이십 년 넘게 일본에서 살았으니 조선에서 지낸 시간보다 일본에서 지낸 시간이 더 깁니다. 제 가족 모두 일본인이지요. 그러다 보니 제가 조선인이라는 것을 가끔 잊습니다만… 제대로 보셨습니다. 저는 일본인이 아니라 조선인입니다."

임진수의 성의 있는 답변에도 장교는 미심쩍은 눈빛을 거두지 않았다.

중앙 검문소는 조선인의 아라사 공관 출입을 감시하기 위해 만들어졌지만, 왕비 시해 후 아라사 공관을 출입하는 조선인은 없었다. 중앙 검문소는 아라사와 조선의 통로를 차단시키겠다는 일본의 의지가 담긴 전시물 같은 것이었다. 그런 이유로 중앙 검문소를 지키는 장교들은 자리를 비우는 일이 잦았고, 군에서도 크게 문제 삼지 않았다. 하지만 오늘 검문을 서는 장교는 빈틈이 없는 사람이었다.

"かえれ(돌아가라)!"

신경이 곤두선 장교가 뒤를 돌아보았다. 좌측 검문소를 빠져나온 월선이 중앙 검문소 주변을 서성이다, 급히 발길을 돌렸다. 그 사이 임진수와 신호를 주고받은 삼총사가 불판을 꺼냈다.

"장날에도 이러고 검문을 하면 장사를 하란 말이여, 말란 말이여."

"내 말이! 내 나라 내 땅도 내 맘대로 못 걸어 다니게 하는 걸 보면 저것들이 머잖아 우리말도 못 쓰게 하고, 내 몸뚱이도 내 맘대로 못 하게 할 것이여."

혜주와 승용이 우측 검문소에서 나오는 것을 보며 원철이 시비를 걸었다.

"뭘 봐! 이, 거머리 같은 놈아. 검문을 받았으면 후딱 자리를 비켜줘야 할 거 아냐. 뒤에 사람 있는 거 안 보여?"

승용이 원철의 멱살을 잡았다.

"뭐가 어쩌고 어째? 거머리! 말 다 했어?"

"그럴 리가! 시궁창에 코 빠뜨려 숨넘어가 뒈질 놈아!"

사람들의 시선이 승용과 원철에게 쏠렸다.

임진수가 일본 장교를 압박했다.

"오늘 안으로 물건을 보내지 못하면 위약금으로 계약금의 세 배를 물어야 합니다. 장사치들의 일이니 사정을 좀 봐주십시오."

사람들의 야유가 들려왔다. 일본군이 총을 들고 승용과 원철에게 가고 있었다. 우측 검문소로 향하던 월선이 걸음을 멈추고 중앙 검문소를 주시했다. 장교가 임진수에게 서류를 건네고 있었다.

"아라사 공관에서 받아줄지 모르겠소, 들어가 보시오."

"감사합니다."

공관으로 들어가는 임진수의 뒷모습을 월선이 지켜보고 있었다.

혜주는 중앙 검문소의 장교가 다가오는 것을 보며 승용에게 다가갔다. 승용이 원철의 멱살을 놓으며 자리에서 일어났다.

"미안하오. 이렇게까지 흥분할 일이 아닌데… 어쩌다 힘자랑하는 무식한 놈이 됐소. 별 뜻은 없었으니 이해하시오.”

원철이 옷에 묻은 흙을 털어내며 자리에서 일어났다.

“일본 놈들 앞에서 싸워 봐야 우리 체면만 깎이는 건데… 오늘은 둘 다 일진이 사나웠던 거로 통 칩시다. 미안하오.”

원철이 승용에게 화해의 손을 내밀 때, 두 사람의 머리 위로 하늘이 두 쪽으로 갈라지는 굉음이 울렸다. 공관 정원을 가로지르던 임진수가 걸음을 멈추고 하늘을 올려다보았다. 탄약이 피어오르고 있었다. 검문 줄이 순식간에 무너지면서 공관 정문으로 사람들이 모여들었다.

아라사군과 일본군이 총을 맞대고 있었다. 혜주가 총구 아래 웅크리고 있는 여자에게 가려는 것을 승용이 못 가게 말렸다. 정문으로 달려 나온 임진수는 혜주와 승용, 삼총사가 모두 무사한 것을 확인하고 총구 아래 웅크리고 있는 여자를 보았다. 장옷을 뒤집어쓴 여자는 아무런 미동도 없었다.

“옘병헐 놈들, 싸우려면 지들 나라서 싸울 것이지, 왜 남의 나라서 싸우고 지랄이래.”

어디선가 침묵을 깨는 소리가 흘러나왔다.

“그게, 다… 조선 땅이 먹고 싶어 그러는 거 아닙니까.”

“아라사 땅덩이가 조선하고는 비교도 안 될 만큼 넓다는데 어째 이 쪼만한 땅을 넘본단 말이오?”

“몰라서 물어요, 모르겠으면 저기… 저 일본 여자 옆에 거머리처럼 붙어 있는 놈한테 가서 물어보시오.”

“왜놈들 앞에서 싸우지 말자니까… 누가 또 시비를 거는 거요?”

원철이 훈수를 두었다.

“시비가 아니라 진짜 몰라서 묻는 거요.”

“모르긴 몰라도 저자가 하는 일이라는 게 금광이 묻혔을 거 같은 땅을 골라 왜놈들한테 소개시켜 주는 일일 거요. 조선 땅이 손바닥만큼 작아도 금광이며 벌목할 나무들이 조선팔도에 빼곡하니 왜놈들 눈에는 그게 다 돈이 아니고 뭐겠소."

"한성 시내에 왜놈들이 득실거리는 데는 다 이유가 있었던 거였네."

"그뿐입니까? 왜놈하고 양놈이 마주 보고 있는 땅이 어딥니까?"

여기저기서 웅성거리는 소리가 들려왔다.

"거기가 어딘데?"

"… 조선인가?"

"일본이 섬나라 아닙니까. 자신들이 발붙이고 있는 땅이 바다에 둥둥 떠 있으니 나라가 언제 어떻게 될지 모른다는 불안감이 상당하다고 합니다. 그러다 보니 대륙으로 진입하는 것은 그들에게 국가적 숙명일 거요. 그런 그들에게 사계절이 뚜렷하고 자원이 풍부한 조선은 가진 것을 버려서라도 갖고 싶은 땅일 거란 말입니다."

"양놈은요? 양놈은 왜 조선 땅을 넘보는 거요?"

"그들이 원하는 것도 같소. 일본이 조선을 통해 동북아로 진출을 꿈꾼다면 양인들은 조선을 통해 바다로 진출하려는 거지요. 왜인이든 양인이든 조선을 통해야만 세력을 키울 수 있다 그 말이오."

사람들 입에서 탄식이 흘러나왔고, 사람들 입을 틀어막듯 한 방의 총성이 하늘에서 울렸다. 하늘을 겨누고 있던 총구가 사람들에게 향하자 사람들이 놀라 뒷걸음질 쳤다. 일본군이 바닥에 엎드려 있는 여자를 끌어올렸다. 여자를 뒤덮고 있던 장옷이 바닥으로 미끄러지면서 여자의 얼굴이 드러났다. 임진수의 얼굴이 굳어졌다. 지밀상궁이었다.

'왕비는 살아 있구나!'

임진수의 가슴은 뜨거워지고 있었다. 그런 임진수를 인파 속에서 몰래 지켜보는 사람이 있었다. 심복 허 씨였다. 허 씨는 임진수의 시선이 멈춰 있는 월선에게서 눈을 떼지 않고 있었다.

마른하늘 위로 탄약이 분사되었다. 목표물을 놓친 미우라가 아쉬운 표정을 지었다.

"조선의 왕비가 죽은 건 이미 전 세계가 공표했다. 살아 있다면 민아영이 살아 있겠지? 하지만 살아 있다 해도 얼굴에 주름이 지고 머리가 하얗게 세서 목숨이 다할 때까지 숨어 지내야 하는 게 그녀의 남은 운명이야."

미우라는 기밀문서의 마지막 구절을 읊어대듯 말했다.

"하지만 왕비가 살아 있을 거란 믿음으로 백성들이 뭉친다면 곤란하다. 조선의 왕비는 왕을 바보로 만들고 오직 왕권에만 집착해 결국엔 나라를 망친 악독한 왕비가 돼야 해. 왕비의 수치심이 백성들의 수치심이 되어 오래도록 왕비를 원망하고 부끄러워하게 만드는 것, 그것이 우리가 할 일이다. 차마 입에 담을 수 없는 더러운 말들로 왕비를 더럽혀서 다시는 그 죽음에 대해 입을 열지 못하게 해야 한다."

"독수립니다."

장교의 말에 미우라가 총구를 들어 올렸다. 검독수리였다.

'조선에서 검독수리를 만나다니….'

검독수리는 2미터가 넘는 날개를 펼치며 하늘을 가르고 있었다. 미우라가 방아쇠를 당겼다. 총소리에 놀란 독수리가 하늘 위로 오르다가 공중을 크게 선회하며 급강하했다. 독수리는 오랫동안 찾아 헤맨 먹잇감을 발견한 듯 전속력으로 내려오고 있었다. 늑대의 심장마저도 단숨에 끊어 버리는 독수리 발톱이 미우라 정수리를 향해 내려오자 미우라가 머리를 감싸안으며 무릎을 꿇었다. 미우라의 어깨 위에 내려앉은 독수리는 2미터가

넘는 날개를 퍼덕거리며 미우라를 겁주다 하늘로 날아올랐다. 독수리가
떠난 뒤에도 미우라는 한참을 그러고 주저앉아 있었다.

## 살아 있는 무덤

뜨겁게 달궈진 황무지 위로 흙먼지 거품을 일으키며 맹렬히 달리는 말
이 보였다. 말 위에 올라탄 여자아이는 수직으로 쏟아지는 태양을 맞으며
말의 등을 연신 채찍질했다. 세상 끝까지 쉼 없이 달려갈 것 같던 말은 끝
없이 펼쳐진 강 앞에서 두 발을 치켜세우며 멈춰 섰다.

나루터에 백발을 풀어헤친 노파가 고슴도치처럼 작은 얼굴을 가슴에 묻
고 졸고 있었다. 노파의 풀어헤친 백발은 실타래가 엉켜 부풀어 오른 가시
덤불 같았다. 뜨거운 태양이 노파의 목덜미 위로 떨어지고 있었다.

"이보시오!"

여자아이가 부르는 소리에 노파의 작은 어깨가 꿈틀거렸다. 노파의 목
덜미에 떨어진 태양이 조각으로 부서지면서 반짝였다. 꼬물거리던 어깨가
잦아들자 아이는 노파에게 다가가 어깨를 흔들어 깨웠다.

"이보시오!"

노파는 잠의 저주에서 깨어나듯 가시덤불처럼 부풀어 오른 머리채를 힘
들게 들어 올렸다. 목덜미로 떨어진 태양이 노파의 백발 위에서 은빛으로
부서지며 반짝였다. 아이는 눈이 부신 듯 콧잔등을 찡그리며 눈을 감았다.

하얀빛 속에서 새소리가 들려왔다.

아이는 새소리에 천천히 눈을 떴다. 노파의 은빛 머리 숲으로 종달새가

날아와 '뵤뵤 뷰우- 뵤- 뷰--' 노래를 부르고 있었다. 아이는 은빛 머리 숲에서 눈을 떼다 그만 숨이 멎었다. 은빛 머리 숲 아래로 까마귀가 파먹은 듯 뻥 뚫린 눈이 아이를 보고 있었다. 아이는 온몸이 경직되어 숨을 쉴 수도 눈을 깜박일 수도 없었다.

노파는 고개를 들어 하늘을 보았다. 노파는 하늘과 교신을 하는 건지 싸움을 하는 건지 알 수 없는 몸짓으로 두 팔을 벌려 하늘을 떠받쳤다. 뜨거운 열을 뿜어내던 태양은 금방이라도 폭발할 것처럼 꿈틀거리다가 피를 토해내듯 노파의 텅 빈 눈 안으로 힘없이 빨려 들어갔다. 노파의 텅 빈 눈 안으로 골격이 만들어지고 살이 채워지면서 눈두덩이 위로 눈썹이 올라왔다. 그러고는 꺼진 불이 켜지듯 눈두덩이 안에서 눈동자가 깜박였다.

"무슨 일로 왔느냐?"

겁에 질린 아이는 말없이 한참을 서 있다, 용기를 내 입을 열었다.

"아버지를 만나러 왔습니다?"

"아비의 이름이 뭐지?"

"민 자, 윤 자, 형 자 되십니다."

노파는 눈을 감고 기억 저편을 더듬었다.

"니 아비는 오늘 아침에 강을 건넜다. 만날 수 없으니 돌아가거라."

"아버지께 드릴 말씀이 있습니다. 강을 건너게 해 주십시오."

"넌 갈 수 없어. 때가 되면 찾아갈 테니 돌아가거라."

노파의 단호한 목소리에 아이는 체념한 듯 강 너머를 보았다.

노파는 다시 잠의 저주를 받은 듯 가시덤불처럼 부풀어 오른 머리를 가슴에 묻고 졸기 시작했다. 노파의 목덜미로 태양이 쏟아지고 있었다.

아이가 올 때 타고 온 말은 사라지고 없었다. 아이는 황무지를 둘러보았다. 뜨겁게 내리쬐는 태양 아래 살아 움직이는 거라곤 메마른 땅 위로 피어오르는 아지랑이뿐이었다. 아이는 지평선을 따라걷다 보면 길이 나온다는 걸 알았지만, 아지랑이가 삼켜 버린 지평선은 어디가 하늘이고 어디가 땅인지 알 수 없었다. 아이는 서 있는 자리에서 한 발짝도 움직이지 못했다. 아이의 머리 위로 뜨거운 태양이 수직으로 떨어지고 있었다.

황무지 위로 돌개바람이 불어왔다. 바람이 지나간 자리로 지평선이 희미하게 모습을 드러냈다. 아이는 지평선을 향해 걷기 시작했다. 가로로 곧게 뻗어 있던 지평선은 얼마 가지 않아 미세한 균열을 일으키더니… 까만 모래 알갱이를 땅 위에 토해냈다. 땅 위로 쏟아진 모래 알갱이는 순식간에 말을 탄 수만의 병사로 변해 아이를 향해 달려왔다. 땅을 뒤흔드는 말발굽 소리에 놀란 아이가 나루터를 향해 뛰기 시작했다.

잠의 저주를 받은 노파는 아이가 흔들어 깨워도 꿈쩍하지 않았다. 아이의 실성한 듯한 목소리를 듣고서야 노파는 가시덤불 같은 머리채를 들어올렸다. 노파의 텅 빈 눈 안으로 말을 탄 수만의 병사가 달려오고 있었다. 노파의 눈이 흉하게 일그러졌다. 노파는 고개를 들어 하늘을 보았다. 노파의 텅 빈 눈은 하늘에서 태양을 찾고 있었는데, 병사들이 몰고 온 먹구름이 태양을 삼키고 있었다. 노파의 눈이 다시금 흉하게 일그러졌다. 노파는 말을 타고 달려오는 수만의 병사를 보면서 말했다.

"똑똑하고 현명해져야 할 거야. 그리고 가끔 사악해져야 살아남을 거다. 알겠느냐!"

꿈속 노파의 노기 띤 목소리에 왕비는 진저리를 치며 눈을 떴다. 고요한 밤이면 그날의 악몽이 다시 또 찾아올까, 왕비는 매일 밤을 뜬눈으로 보냈다.

문둥촌에서 왕비가 볼 수 있는 거라곤 하늘뿐이었다. 아침 점심 저녁으로 변하는 하늘색을 보며 왕비는 자신이 살아 있다는 것을 확인할 수 있었다. 살아 있는 무덤 안에서도 심장은 뛰고 있었다. 왕비는 붉게 물든 하늘을 보며 두 눈을 감았다. 꿈속의 소녀 얼굴이 머릿속에서 떠나지 않았다.

"죽음이 두려운 사람은 어떻게든 살 것이고, 삶이 두려운 사람은 죽는다 하였습니다."

오촌 당숙의 목소리가 바람을 타고 내려왔다.

무남독녀인 아영은 아홉 살에 아버지를 잃고 어머니와 함께 가문에서 조용히 소외되고 있었다. 모녀의 살림이 궁금했던 오촌 당숙은 명자꽃이 만개하던 봄날 마을을 지나는 길에 아영의 집에 들렀다. 아영이 마루에 앉아 격몽요결을 읽고 있었다.

"책은 재미있느냐?"

"좋은 책이라고 해서 읽는데 아직 잘 모르겠습니다."

"재미없다는 말이구나."

"당연한 이야기를 계속 되풀이하니 잔소리 같아서 지루합니다."

"당연한 이야기라… 그게 뭔지 궁금하구나?"

"인간이 인간답게 살아가기 위해 지켜야 할 도리를 이야기하고 있습니다."

"예를 들어?"

"아버지가 된 자는 그 자식을 사랑해야 하며 자식이 되었으면 당연히 효도를 해야 한다. 형제간에는 우애가 있어야 하며 친구끼리는 신의가 있어야 한다, 같은 구절이 그렇습니다."

"네 말대로 다 아는 얘기를 참 재미없게 썼구나."

"…"

"그런데 말이다. 당연하다고 생각하는 것을 당연하다고 여길 때 당연한 것들은 힘을 잃게 된단다. 우리 주변에서 일어나는 문제들 대부분이 당연한 것을 소홀히 해서 생길 때가 많지. 당연한 걸 알면서도 행하지 못하니 잔소리가 될 수밖에."

아영은 알 듯 모를 듯 당숙의 얼굴을 보고 있었다.

"이런… 내 말이 책보다 더 재미없는 말이 돼 버렸구나."

"좋은 책이라는 말씀이시지요."

"그렇다."

"그럼 다시 읽어 보겠습니다."

"너의 꿈은 무엇이냐?"

또박또박 답을 이어가던 아영이 멀뚱한 눈으로 입을 열지 못하고 있었다. 여성에게 일부종사를 강요하는 시대에 당숙의 질문은 엉뚱하기 그지 없었는데, 아영은 골똘히 궁리하다… 찾는 중이라고 말했다. 당숙은 아영의 말에 만족하는 듯 보였다.

"그래, 그럼 너의 꿈을 찾으면 나를 한번 찾아올 수 있겠느냐?"

아영은 그러겠다고 했다.

한 달 뒤,

아영은 오촌 당숙을 찾아갔다.

"그래, 꿈을 찾았느냐?"

"네."

"그래, 말해 보아라."

"아버지가 돌아가신 뒤, 집안이 무너진 지 오래고 어머니와 저는 가문에서 잊히고 있습니다. 집안을 일으켜 세우고 가문에 재편입할 수 있는 방법을 알려 주십시오."

"꿈을 말하랬더니 어찌 네 꿈을 내게 내놓으라는 것이냐."

"길을 알려 달라는 것입니다."

아영의 진지한 표정에 당숙이 말없이 미소를 보였다.

"여자의 몸으로 집안을 일으킨다는 것이 쉬운 일은 아니지만… 그렇다고 불가능한 일도 아니지. 하지만 내가 해 줄 수 있는 것은 없다."

"방법을 알기 전에는 돌아가지 않을 것입니다. 그러니 무슨 말씀이든 해 주십시오."

"무슨 말이든?"

"네."

"… 네가 꿈을 포기하지 않는 한 길은 사라지지 않을 거다."

"포기하지 않으면 꿈이 이루어진다는 말씀이십니까?"

"그렇다."

"꿈이 그렇게 쉽게 이루어지는 것입니까?"

당숙은 미소를 지어 보였다.

아영은 절대 포기하지 않겠다는 약속을 한 뒤 당숙의 집을 떠났다.

당숙 개인의 호기심에서 비롯된 질문은 이 년 뒤 아영을 왕비 후보로 추천하는 계기가 되었다. 아영이 왕비로 확정된 뒤 당숙은 속세와의 절연을 선언하고 한성을 떠났다.

아영이 궁에 입궐했을 때 왕의 마음엔 궁인 이 씨가 자리하고 있었다. 이듬해 궁인 이 씨가 아들을 출산하면서 왕은 왕비에게서 더 멀어졌다. 의지할 곳 없던 어린 왕비는 주위의 연민 속에서 하루 종일 책을 읽었다. 보는 것과 듣는 것이 자유롭지 못한 왕실에서 어린 왕비가 할 수 있는 거라곤 책을 읽는 것 말고는 없었다.

왕비는 궁에 들어간 지 6년 만에 첫 아이를 가슴에 품을 수 있었지만 아이는 세상에 온 지 열흘 만에 세상을 떠났다. 궁 안팎에서는 원자의 죽음에 대해 많은 말들이 오갔지만, 왕비는 아이를 잃은 슬픔에서 헤어나지 못했다. 징후도 없이 찾아온 강력한 슬픔은 시간도 해결할 수 없는 중병과도 같아 왕비는 살기 위해 당숙을 찾아갔다.

왕비는 칠 일 만에 강원도 원산에 도착했다. 속세와 절연한 당숙의 표정은 편안해 보였지만 스물두 살의 왕비는 시들어 말라 가는 꽃처럼 바스라질 것 같았다.

"죽음이 두려운 사람은 어떻게든 살 것이고 삶이 두려운 사람은 죽는다 하였습니다."

"말이 어렵습니다."

"죽음의 두려움은 본능적으로 알게 될 것이니 마마께서는 삶의 두려움이 뭔지 아셔야 합니다."

"그건 더 어려운 말입니다."

"아니요, 마마께서는 알고 계십니다."

"모릅니다. 그러니 쉽게 말씀해 주세요."

"첩첩산중에 사는 저의 두려움이 궁에 계신 마마의 두려움과 같을 수 없지요."

왕비는 말이 없었다.

당숙은 금세라도 부서질 것 같은 왕비를 보다가.

"그곳에서 살아남으려면 자의식을 버리셔야 합니다. 버리지 못한다면 버리는 척이라도 하십시오."

한겨울 바닷바람이 문지방 틈새로 들어왔다. 벽에 기대어 있던 촛불 그림자가 일렁였다.

"오래전에도 이렇게 마주 앉아 마마의 꿈에 대해 이야기한 적이 있습니다. 기억하십니까?"

"기억합니다."

"마마께서는 제게 꿈을 찾아가는 길을 물으셨지요."

"포기하지 않으면 사라지지 않을 거라 하셨습니다."

"그렇습니다. 그 말에 마마께서 하신 말씀도 기억하십니까?"

왕비는 기억을 더듬었다.

"기억나지 않습니다. 제가 뭐라고 했습니까?"

"꿈을 이룰 자신은 없지만 포기하지 않을 자신은 있다고 하셨습니다."

"그 말에 당숙께서는 뭐라 하셨습니까?"

"말하지 않았습니다."

"…"

"시작도 하지 않은 사람에게, 견딜 힘조차 남아 있지 않을 때 포기가 위안이 된다는 말을 할 수 없었습니다."

6년 만에 얻은 아이가 열흘 만에 죽는 것을 보며 왕비는 궁을 둘러싼 두려움과 맞설 자신이 없었다. 어쩌면 왕비는 왕비의 자리를 포기하려고 당숙을 찾아갔는지도 모른다. 그 마음을 당숙은 읽고 있었다.

"꿈과 두려움은 본래 한 몸인데 서로는 서로를 적이라 생각하고 서로를 완강히 거부한 채 등을 돌리고 있지요. 꿈이 커질수록 두려움도 커질 것이고, 꿈을 포기하면 두려움도 사라질 겁니다. 두려움과 싸울 자신이 없다면 꿈을 포기하셔야 합니다."

열세 살의 아영에게 꿈을 말하던 당숙은 두려움에 대해 말하고 있었다.

"어찌하여 저를 왕비 후보로 추천하셨습니까?"

"그때와 지금의 답이 다르지 않음을 알면서 왜 물으십니까?"

왕비는 당숙의 온기가 그리워 먼 길을 떠나왔지만 당숙은 그 마음을 모른 척했다.

"어떻게든 살고자 애쓰면 막다른 곳에서 마법처럼 새로운 길이 열릴 겁니다. 이 먼 곳까지 오신 걸 보면 마마께서는 휴식이 필요하셨던 것 같습니다. 이곳의 겨울이 매섭고 호되기는 하지만 그래서 정신을 집중하기 좋은 곳입니다. 며칠 쉬시다 가십시오."

왕비는 칠 일간의 여독이 한꺼번에 밀려오는 현기증을 느꼈다.

이틀 뒤 왕비는 한성으로 떠났다.

먼 길을 떠나서 얻을 수 있었던 말들은 먼 길을 돌아가면서 잊혀졌다. 원산을 다녀온 후 왕비는 비로소 왕비의 모습을 갖춰 갔다. 궁은 가만히 앉아서 자리를 지킬 수 있는 곳이 아니었다. 왕비는 끊이지 않는 궁정의 암투와 음모 속으로 들어가 왕가 사람이 지녀야 할 기질을 드러내며 자신의 역할을 찾아갔다. 양심적이기는 하지만 결단력과 자신감이 부족했던 왕은 자연스럽게 영향력을 갖춰 가는 왕비에게 마음을 열었다.

왕비는 감은 눈을 떴다.

마당에 두루미 한 마리가 들어와 있었다. 김 노인이 두루미를 따라 급히 집으로 들어오다 왕비의 기척을 느끼며 걸음을 멈췄다.

"오셨습니까."

왕비의 말에 김 노인이 어깨를 낮췄다. 앞을 보지 못하는 김 노인은 자신의 발끝을 내려다보았다.

"집에 신령 새가 들어왔다고 하여 급히 오는 길입니다."

"신령 새가 아니라 두루미 같습니다."

"네에. 신선들이 타고 다니는 새라고 해서 두루미를 신령 새라고도 부릅니다. 행운과 장수를 상징하는 길조입니다."

김 노인의 목소리는 들떠 있었다.

"그렇습니까… 그런데 아침에 나간 월선이 아직 돌아오지 않았나 봅니다?"

행운과 장수를 힘주어 말하던 김 노인의 표정이 가라앉았다.

전옥서 문을 열자 초겨울 찬바람이 휘몰아쳤다. 혜주가 월선을 부축해 전옥서를 나왔다. 그 뒤로 임진수와 이도철이 따라 나왔다. 임진수는 아라사 공관에서 월선이 일본군에 끌려가는 것을 보고 의금부에 있는 이도철을 찾아갔다. 임진수에게 자초지종을 들은 이도철은 의금부도사의 옥쇄를 꺼내 전옥서로 앞장서 갔다. 덕분에 월선은 전옥서에 끌려간 지 세 시간 만에 풀려날 수 있었다.

"고맙네."

임진수의 말에 이도철은 몸조심하라는 말을 남기고 서둘러 전옥서를 떠났다. 임진수는 이도철이 어둠 속으로 사라지는 것을 보며 등을 돌렸다.

일본 공관에서 나온 우영선은 허 씨와 함께 전옥서로 향하고 있었다. 밤길을 재촉하던 이도철은 말발굽 소리가 들려오자 담장 아래로 가 숨었다. 밤눈이 밝은 허 씨는 담장 밑으로 들어가는 남자를 석연찮게 여겼지만 당장은 전옥서로 가는 것이 급선무였다. 말 위에서 남자의 얼굴은 담장 기와에 가려 보이지 않았다.

우영선이 전옥서 문을 거칠게 열었다.

"아라사 공관에서 잡혀 온 여자를 데리고 와라."

"조금 전 의금부에서 풀어 주라는 명을 받고 석방했습니다."

포졸이 말했다.

전옥서로 들어가던 우영선이 걸음을 멈췄다. 우영선의 얼굴이 복어처럼 부풀어 올라 벌게졌다.

"내가 의금부에서 왔는데… 누가 누구를 풀어 주라고 했다는 거야?"

포졸은 불길한 기운을 느끼며 이도철에게 받은 문서를 재빨리 꺼내 펼쳐 보였다. 문서에는 의금부 도사의 옥쇄가 찍혀 있었다.

"누군지는 저도… 나간 지 얼마 안 됐는데 들어오는 길에 못 보셨습니까?"

허 씨는 전옥서로 오는 길에 담장 아래 숨어 있던 남자를 생각했다. 여자는 없었다. 그렇다면 여자는 반대 방향으로 도주했을 가능성이 컸다.

임진수와 월선, 혜주는 두 갈래 길 앞에 서 있었다. 임진수가 두 갈래 길을 보며 말했다.

"저도 관에 쫓기는 몸이라 이쯤에서 길을 달리하는 것이 안전할 것 같습니다."

"그게 좋을 거 같습니다."

임진수는 혜주에게 월선의 안전을 당부했다. 세 사람은 문둥촌 앞에서 보자는 말을 하고 헤어졌다. 그들이 떠난 자리로 우영선과 허 씨가 들어왔다. 우영선과 허 씨는 두 갈래 길 앞에서 헤어졌다.

골목 모퉁이를 돌던 월선이 돌부리에 치맛단이 걸리면서 넘어졌다. 혜주가 다가가 부축했다.

"괜찮으십니까?"

"밤길이 어두워서 그만…."

아라사 공관에서 일본군에 끌려가며 월선은 신분이 노출될 것을 염려했다. 의금부로 이송된다면 월선이 선택할 수 있는 길은 하나밖에 없었다. 다행히 전옥서로 가게 되었지만 다음날 의금부로 이송된다는 말을 듣고 월선은 오늘 안으로 혀를 깨물어 죽을 작정이었다. 그런데 임진수가 나타났다.

"천천히 가셔도 됩니다. 이래 봬도 제가 날아가는 새도 잡아 보고 멧돼지도 잡아 본 사람입니다. 제 품 안에 있는 비수 하나면 사내 두어 명쯤은 거뜬히 해치울 수 있습니다. 그러니 서두르지 않으셔도 돼요."

어둠 속에서 반짝이는 혜주의 까만 눈동자를 보며 월선은 마음이 안정되는 것을 느꼈다.

우영선은 말 위에서 거리를 오가는 사람들을 내려다보았다. 머리를 짧게 자른 사내 하나가 눈에 들어왔다. 수문청에서 보았던 요시이에 암살 미수범의 머리 길이가 떠올라 우영선은 말고삐를 잡아당겼다. 머리를 짧게 자른 사내는 뒤에서 들려오는 말발굽 소리에 고개를 돌렸다. 임진수였다.

두 사람은 서로를 한눈에 알아보았다.

"전옥서에서 여자를 빼낸 게 너구나! 여자는 어디 갔지?"

"무슨 여자?"

임진수가 잡아떼자 우영선이 실소를 하였다.

"네놈이 오늘 일본인 복장을 하고 아라사 공관에 갔다지! 조선 여자가 뒤따라가다 체포됐고!"

임진수가 멈칫하는 것을 보며 우영선이 말했다.

"허 씨가 제대로 본 게 맞구나. 여자는 어디 갔지? 누구야, 그 여자?"

"모르는 사람!"

"그럴 리가! 끌려가는 여자를 무척 안타깝게 지켜봤잖아."

"조선 여자가 일본군에 끌려가는데 아무렇지 않을 조선 사람이 몇이나 될까?"

"네 놈을 잡겠다는 수배 전단이 사대문 안에 쫙 깔렸는데도 겁 없이 한성에 남아 있는 이유가 뭐야? 요시이에를 암살하는 것보다 중요한 일이 뭐냐고?"

임진수는 우영선의 얼굴을 가만히 주시하다…. 입을 열었다.

"중전의 시신을 처리하는 데 앞장섰다지!"

임진수의 눈빛에 가득 찬 적의를 우영선은 읽을 수 있었다.

"중전이 정말 죽었을 거라고 생각해?"

우영선의 눈빛이 흔들렸다.

"중전이 살아 있다는 소문을 어디서 들었나 본데… 그 소문이 어디에서 왔을 거 같아?"

"성난 민심을 달래기 위해 일본이 만들어 낸 건가? 하기야 이간질하고 싸움을 붙이는 게 그들의 특기니까 그럴 수도 있겠군."

임진수의 조롱에 우영선은 조바심이 일었다.

우영선은 미우라에게 들은 말을 읊조리기 시작했다.

"그래 봐야 소용없어. 이미 전 세계에 중전의 죽음을 공표했으니까. 살아 있다 해도 중전이 아닌 민아영이 살아 있는 거겠지. 그렇다 해도 얼굴에 주름이 지고 머리가 하얗게 세서 목숨이 다할 때까지 숨어 지내야 하는 게 그녀의 남은 운명이야. 그러니 중전이 살았는지 죽었는지 따위의 진실은 중요하지 않아."

임진수의 주먹이 우영선의 얼굴로 날아갔다. 임진수는 우영선의 얼굴을 사정없이 내리쳤다. 지나가는 사람들이 임진수를 말렸고, 말리는 과정에서 우영선의 얼굴을 알아보는 사람이 있었다. 사람들은 우영선이라는 말에 우영선에게 달려들어 발길질을 시작했다.

허 씨는 민가의 골목 모퉁이를 돌다 땅에 떨어진 천 조각을 보고 말에서 내렸다. 천 조각을 줍는 허 씨의 귓가로 낄낄거리는 소리가 들려왔다. 낄낄거리는 소리를 따라가자 골목 끝에 희끄무레한 것이 꿈틀거리고 있었다. 허 씨는 골목 끝으로 걸어갔다. 거적때기 안에서 사람 웃음소리가 흘러나왔다. 거적때기를 걷어내자 산발을 한 여자가 눈을 희번덕이며 허 씨를 올려다보고 있었다. 여자는 한 달 전, 비단 댕기를 머리에 달고 배오개 장터에서 아이들과 실랑이를 벌이던, 미치지 않았지만 미친년이라 불리던 여자였다. 여자는 비단 댕기를 손으로 쓸어내리며 중얼거렸다.

"이상하네. 밤에는 사람들이 잘 안 다니는 곳인데 오늘따라 어디서 이렇게 사람들이 오는 거야."

여자의 해괴한 몰골에 허 씨가 미간을 찌푸렸다.

"누가 또 여기를 지나갔느냐?"

"응!"

"언제? 어디로 갔지?"

"말하기 싫은데!"

"묻는 말에 대답해, 이 미친년아!"

미친년이란 말에 여자의 눈이 회까닥 돌아갔다.

"쌍놈의 새끼, 불알을 떼다가 까치밥으로 줘 버릴까 부다. 어른한테 미친년이 뭐야, 미친년이."

허 씨가 여자의 팔목을 꽈배기 꼬듯이 비틀었다.

"묻는 말에 답이나 해. 누가, 언제 여길 지나갔는지? 여자가 있었어?"

여자는 괴로운 듯 몸을 비비 꼬았고, 그 바람에 손에 쥐고 있던 물건을 땅에 떨어뜨렸다. 허 씨는 발아래로 떨어진 묵직한 것을 내려다보았다.

민가 골목을 빠져나오던 월선은 가슴 한쪽이 허전해진 것을 느끼며 걸음을 멈췄다. 그러고는 한쪽 손으로 저고리 안섶을 더듬거렸다. 혜주가 무슨 일이냐고 물었고, 월선이 걱정스러운 눈으로 왔던 길을 돌아보았다.

김 노인은 월선을 기다리고 있었다. 김 노인이 맹인촌에 들어간 건 칠 년 전이다. 당시 화재로 폐허였던 문둥촌은 재건을 준비 중이었고, 김 노인은 머슴살이로 평생 모은 돈을 가지고 문둥촌을 찾아갔다. 마을 재건을 위해 한 푼이 아쉬웠던 마을 대표 용석목은 김 노인에게 맹인촌에서 제일가는 집을 주기로 약속했다. 맹인촌에 입주한 김 노인은 칠 년 동안 있는 듯 없는 듯 조용히 살았다. 월선이 마을에 나타나기 전까지. 월선의 등장으로 마을은 뒤숭숭했지만, 마을 재건에 힘쓰고 칠 년간 있는 듯 없는 듯 살아온 김 노인에게 나서서 싫은 소리를 하고 싶어 하는 사람은 없었다.

김 노인은 마을 정문으로 다가오는 발소리에 귀를 기울였다. 월선이 김 노인 앞으로 갔다.

"많이 늦었습니다."

"오셨습니까?"

김 노인은 월선의 옆에 서 있는 여자에게 촉을 세우고 있었다.

"저는 기다려야 할 사람이 있어 조금 있다 들어가겠습니다. 자세한 이야기는 들어가서 할 테니, 마마께 제가 왔다고 전해 주세요."

"네."


숭의동 윤 의원이 우영선의 집으로 황급히 들어가고 있었다. 자다가 불려 나온 윤 의원은 졸음을 깨려고 마른 손으로 마른 얼굴을 연신 쓸어 올리며 복도로 들어갔다. 차 의원이 먼저 도착해 침을 꺼내고 있었다. 우영선은 임진수와 대치 중에 행인들에게 피습당해 숨만 간신히 남아 있었다. 윤 의원과 차 의원이 밤새 우영선의 막힌 혈관을 찾느라 진땀을 흘렸다. 동이 틀 때까지 차도가 없던 우영선의 맥박은 아침나절에 안정을 찾아갔다.

우영선은 오후 늦게 눈을 떴다. 우영선은 살점이 찢어지는 고통 속에서 요시이에를 죽이고도 한성에 남아 있는 임진수의 배짱을 시기 질투하고 있었다. 살점이 찢어지는 고통만큼이나 괴로운 감정의 고통이었다. 우영선은 임진수의 담대함을 꺾어 버리는 것만이 자신의 가치를 증명하는 길이라고 생각했다.

허 씨는 미친년의 팔목을 비틀어 운 좋게 손에 넣은 원형 주물을 우영선 앞에 내려놓았다. 정교하고 세련된 문양의 주물은 허 씨의 눈에도 예술품처럼 진귀해 보였다. 우영선은 주물 원형 중앙에 찍힌 옥쇄 문양에서 눈을 떼지 못했다. 왕실의 두 개뿐인 출입증이었다.


임진수가 우영선과 실랑이를 벌이고 문둥촌에 도착했을 때 월선과 혜주는 없었다. 임진수는 문둥촌 앞에서 밤을 새웠다. 동이 틀 무렵 김 노인이 마을 문을 열고 나왔다.

"어떻게 오셨습니까?"

김 노인이 임진수에게 다가가 물었다.

"만나기로 한 분을 기다리고 있습니다."

"어느 마을의 누구를 찾아오셨는지요?"

지밀상궁의 이름을 모를뿐더러 안다고 한들 말할 수 없지 않은가.

"이곳에서 만나기로 했으니 조금 더 기다려보겠습니다."

"상궁마마를 찾아오셨습니까?"

"…예."

"저를 따라오십시오."

임진수는 김 노인을 따라 마을로 들어갔다.

이른 아침의 신선한 바람이 마을로 불어오자 수수하던 마을은 경건한 위엄을 내뿜었다. 한적한 길을 따라 한참을 들어가자 소를 몰고 가는 사내들이 보였다. 사내들 눈빛이 예사롭지 않았다. 세 번째 마을로 들어서자 앞을 보지 못하는 노인 몇이 거리를 거닐고 있었다. 임진수는 멀지 않은 곳에 왕비가 있다는 것을 알 수 있었다.

불에 타도 재가 되어 부서지기는커녕 석고상이 되어 영원할 것 같았던 왕비는 머지않아 죽을 것 같은 얼굴로 임진수를 보고 있었다. 임진수는 아라사 공관에서 왕비에게 다시 만나는 날엔 죽이겠노라 말했던 기억을 떠올렸다.

"그 많던 세력은 다 어디 가고 이리 계신 겁니까?"

"무기도 무대도 다 빼앗긴 마당에 그런 것은 따져 무엇하겠느냐."

왕비는 독방에 갇혀 있는 모범수처럼 흐트러짐 없는 자세로 임진수를 보고 있었다.

"마음만 먹으면 양손에 쥔 칼자루로 적의 심장도 단숨에 베어 버리던 분이 한쪽 팔이 잘린 채 이리 숨어 계시니, 화무십일홍은 그래서 생겨난 말인가 봅니다."

임진수의 말에 왕비의 시선은 탁자 모서리 끝으로 이동했다.

"한쪽 팔이 남아 있다면 아직 희망이 남아 있다는 말이구나. 네 말대로 여기 이렇게 숨어 적의 동태를 살피다, 적이 방심한 사이 남은 한쪽 팔로 적의 심장을 두 동강 내 버리면 되니까."

탁자 끝에 머물러 있던 벌침처럼 뾰족한 왕비의 눈빛이 임진수를 쏘아보았다. 머지않아 죽을 것처럼 보였던 왕비는 이대로 죽지 않겠다고 말하고 있었다.

"그날의 죽음으로 죗값을 치렀다 생각지는 마십시오."

임진수의 입에서 마음에도 없는 고장 난 말들이 제멋대로 흘러나왔다.

"내가 치러야 할 죗값이 있다면 그건 조선이고 이 나라의 백성이지, 일본이 아니지 않느냐?"

왕비는 금방이라도 터질 것 같은 눈물을 가슴에 눌러 담았다.

"내가 너의 목숨을 살렸으니 이젠 네가 내 목숨을 살릴 차례라고 솔직히 말씀하십시오. 다시 중전의 자리로 돌아가겠다는 꿈이라도 꾸시는 겁니까?"

감나무에 간신히 매달려 있던 이파리가 바람에 쓸려 나뭇가지에서 떨어졌다. 이파리는 땅으로 떨어지지 못하고 허공을 부유했다.

"일본은 오래전부터 우리끼리 격렬히 싸우다 누군가 하나 파멸하기를 기다렸을 거야. 그런데 더 이상 기다릴 시간이 없었던 거지. 내게 약점이 많다고 했지! 그 약점 때문에 궁에서의 내 삶 절반은 공포에 질려 있어야 했어. 누군가의 보호를 받아야 살 수 있었고, 그런 이유로 자유를 포기해야 했지. 그게 지금의 내 모습이야."

왕비의 목소리는 가늘게 떨리고 있었다.

"그날 새벽, 궁을 빠져나오면서 들었던 으르렁거리던 군홧발 소리와 공포에 질려 울부짖던 나인들의 목소리를 나는 아직도 생생히 기억해. 그때 알았지… 다시는 궁에 돌아갈 수 없다는 걸. 고작 이 말을 들으러 여기까지 온 건 아닐 테지?"

왕실이 무너지기를 기다리던 임진수가 왕비를 찾아 헤맨 데는 여러 이유가 있겠지만, 이성과 상식을 공격당해 이제는 더 이상 훼손될 인격조차 남아 있지 않은 인간에 대한 어쩌지 못하는 연민이 있었는지 모른다.

"내겐 더 이상의 감정을 소모할 기력이 없어. 나를 대신해 전하를 만나줄 수 있겠나?"

"일본군이 밤낮으로 편전을 감시하며 외부인의 출입을 통제하고 있습니다. 총리대신 류길준을 통하지 않고는 전하를 만날 수 없습니다."

왕비는 탁자 끝을 내려다보며 짧은 한숨을 내쉬었다. 그러고는 고개를 들어 임진수를 보았다.

"궁을 드나드는 외인을 찾아보아라. 외인은 검문하지 않을 거야. 공관 직원보다는 선교사가 좋을 것이다."

그렇다, 외국인은 일본군의 통제 대상이 아니었다.

## 왕실 출입증

류길준은 매일 편전으로 출근했다. 갑신정변에 가담한 류길준이 일본으로부터 총리 제안을 받았을 때, 궁 안팎에서는 의견이 분분했다. 하지만 누군가 왕을 대신해야 한다면 류길준이 적임자라는 데는 이견이 없었다. 갑신년 김옥균과 정변을 일으킨 류길준은 겉과 속이 다른 일본의 속성을 누구보다 잘 알고 있었고, 그런 이유로 일본을 신뢰하지 않는다는 것이 이유였다. 류길준이라면 적어도 나라를 일본에 맡기겠다는 발상을 하지 않을 거라는 믿음이 있었다.

매일 왕을 만나러 가는 길은 곤혹이었다. 많은 사람이 왕의 명예와 안녕을 바라고 있었지만 자격이 되지 않은 사람이 나라의 주인이 된다는 것은 국가에게 그리고 국민에게 크나큰 불행이었다. 왕은 오늘도 편전으로 들어서는 류길준에게 눈길을 주지 않았다.

"백성들의 걱정과 불안이 날로 커지고 있습니다. 하루빨리 왕비를 책봉하시어 왕실을 안정시키는 것이 옳은 길인 줄 압니다."

"왕비 책봉 관련해서는 언급하지 말라 했거늘 어찌 매일 나를 찾아와 이리 협박하는 것이냐?"

"전하를 위해, 그리고 왕실의 안녕을 위함입니다."

"차라리 내 자리가 탐난다고 해라."

"오해십니다, 전하."

"물러가라. 더 이상 마주하고 싶지 않다."

오늘도 왕을 설득하지 못하면 압박 외에는 방법이 없었다. 류길준은 왕비 폐위 조서를 내밀었다.

"서명해 주십시오. 그래야 중전마마의 국장을 진행할 수 있습니다."

류길준 앞으로 칠기 목단 함이 날아와 산산조각이 났다. 목단 함의 칠기 파편이 류길준의 손등을 할퀴며 생채기를 냈다.

"중전을 한 번 죽인 것으로도 모자라 확인 사살까지 하겠다는 것이냐."

류길준은 손등의 생채기를 물끄러미 바라보다, 슬픔과 좌절이 소용돌이치는 감정을 주체하지 못하고 자리에서 일어났다. 내관이 기다렸다는 듯이 편전 문을 열었다. 류길준의 등 뒤로 왕이 던지는 물건이 깨지고 박살 나는 소리가 들렸다.

류길준은 편전 문 앞에서 복도로 들어서는 언더우드를 보았다. 언더우드는 3단 도시락을 들고 서 있었다. 두 사람은 복도 중앙에서 가벼운 묵례로 인사를 주고받았다. 류길준은 섬돌 위에 놓인 신발을 신으며 편전을 돌아보았다. 엄 상궁이 언더우드에게 도시락을 받고 있었다. 그 뒤로 내관이 부서진 물건을 가지고 편전에서 나오고 있었다.


우영선은 허 씨가 미친년의 팔을 비틀어 운 좋게 손에 넣은 왕실 출입증을 가지고 일본 공관으로 갔다.

"왕실에 두 개뿐인 출입증으로 왕비 것으로 추측됩니다."

미우라와 겐조는 왕비 생존의 결정적 증거품을 보고도 별 반응을 보이지 않았다. 마치 왕비 생존을 예측하고 있었다는 듯. 미우라가 장교를 보며 말했다.

"죽다 살아났다고 해서 조용히 숨어 살 여자가 아니다. 지금 당장 궁에 있는 병력을 도성으로 이동시키고, 3~40대 여성의 도성 출입을 막아라. 살아 있다면 반드시 없애야 한다."

방문 두드리는 소리와 함께 류길준이 방으로 들어왔다. 우영선이 탁자 위에 있는 왕실 출입증을 류길준 모르게 챙기는데.

"그건 놓고 가라."

겐조의 말에 류길준의 시선이 탁자 위로 이동했다. 우영선이 류길준과 눈이 마주치자 시선을 떨궜다. 우영선이 일본 장교와 방을 나가자 미우라와 겐조는 왕실 출입증을 가지고 류길준의 속내를 시험하였다.

"왕실에 두 개뿐인 출입증이라고 합니다. 며칠 전 사대문 안에서 발견되었다고 하네요."

겐조가 류길준의 손등에 생긴 생채기를 보고 있었다.

류길준은 왕을 만난 뒤 밀려오는 피로감에 두통을 느끼고 있었다. 빨리 공관을 벗어나고 싶었다.

"전하께서는 언제 독살될지 모른다는 불안감에 매일 선교사들이 공수해 온 도시락만 드시고, 동틀 때까지 침소에 들지 못하니 상궁과 내관들의 걱정이 이만저만이 아니라고 합니다."

류길준의 음성에서 왕을 염려하는 마음이 느껴졌다. 류길준과 우영선의 다른 점이었다. 하지만 상관없다. 류길준이나 우영선이나 그저 일본제국을 위해 존재하는 같은 종류의 인간일 뿐이었다.

"총리대신께서 나라를 책임지고 계시니 왕은 그렇게 자리 보존만 하면 됩니다. 왕비 폐위 조서는 받으셨습니까?"

미우라가 물었다.

"받지 못했습니다."

류길준이 조선말로 답하자 미우라와 겐조가 고개를 갸웃거렸다.

"못 들었습니다. 다시 말씀해 주시겠습니까?"

"받지 못했다고 했습니다."

류길준이 재차 조선말로 답했다. 미우라와 겐조는 류길준의 표정에서 그의 말을 이해할 수 있었다.

"그렇다면 국장으로 밀어붙이는 수밖에요."

"지금 같은 상황에선 민심을 건드려 좋을 게 없습니다."

류길준이 일본어로 단호히 말했다.


케이트는 이틀에 한 번꼴로 배오개 장터에 나갔다. 조선말을 배우기에 장터만 한 곳이 없었기 때문이다. 대부분의 서양인이 알아듣지도 못하는 말을 강요하듯 반복하는 것과 달리 케이트는 장터 상인들의 말에 귀를 기울였다. 그런 케이트를 상인들은 좋아했다.

그날도 케이트는 아침을 먹고 장터로 가기 위해 집을 나왔다. 장터로 가는 길은 텅 비어 있었다. 장터는 물론 사대문 안은 사람들이 모조리 실종되고 없었다. 케이트는 그 이유를 저녁이 돼서야 알게 되었다. 지난 새벽 왕비가 시해되었고, 겁에 질린 사람들이 문을 걸어 잠그고 집에 숨어 밖을 나오지 않는다고 언더우드가 말했다. 아이들의 숨소리와 개 짖는 소리마저 사라진 사대문 안은 거대한 무덤 같았다. 케이트는 남편 언더우드와 함께 조선을 위해 기도했다.

며칠이 지났을까… 케이트는 개 짖는 소리에 거리로 뛰어나갔다. 아이들이 팽이를 돌리고 있었다. 케이트는 아이들을 불러 빵을 구웠다. 아이들은 빵을 뜯어 먹으며 케이트에게 의성어와 의태어를 가르쳐 주었다. 아이들만큼 의성어와 의태어를 잘 가르치는 어른은 없었다. 거리에 아이들의 웃음소리가 다시 들리기 시작했다.

아이들은 케이트가 장에 간 사이 케이트 집 마당에 모여 제기를 차고 팽이를 돌리면서 언더우드와 놀고 있었다. 케이트가 집으로 들어서자 아이들이 언더우드를 버리고 케이트에게 달려갔다. 케이트를 따라 임진수가 마당으로 들어서고 있었다. 케이트는 장터에서 승용에게 선교사를 찾는다는 말을 듣고 무작정 임진수를 집에 데려오는 길이었다.

"조선을 돕는 일이라면 무엇이든 할 수 있지만 무슨 일인지도 모르고 할 수는 없습니다."

왕에게 서신을 전하고 싶다는 임진수 말에 언더우드는 서신의 내용을 물었다. 임진수는 일이 진행되면 자연스럽게 알게 될 거라 말했다.

"그래도 무슨 일인지 모르고 할 수는 없습니다. 저희는 언제든 도울 준비가 되어 있으니 저희에게 믿음이 생기면 그때 찾아오세요."

임진수의 간청에도 언더우드는 단호했다. 케이트가 임진수를 배웅하며 내일 다시 오라고 했다. 케이트는 해가 서쪽으로 넘어가는 것을 보며 부엌으로 들어갔다. 언더우드의 부모님은 네덜란드에서 미국으로 이주했는데 가족의 기념일에는 언제나 도넛을 만들어 고국에 대한 그리움을 달랬다. 언더우드의 부모님에게 도넛은 고국에 대한 그리움이었다.

접접시꽃처럼 동그랗게 부풀어 오른 도넛을 보며 언더우드가 환하게 웃었다.

"조금 전 다녀간 남자에 대해 하고 싶은 말이 있는 거지, 케이트?"

"언더우드, 우리가 조선을 위해 할 일은 서신을 전달하는 거지 서신의 내용을 알아내는 게 아니에요."

"이건 개인의 문제가 아니야. 나라 간의 이해가 얽혀 있는 일이라고. 무슨 일인지도 모르고 위험을 감수하는 건 바보 같은 짓이야."

"우린 정치를 하러 이 먼 곳까지 온 게 아니에요. 당신이 한 말 잊었어요?"

"…."

"우린 하나님의 자식을 돌보기 위해서 조선에 가는 거라고 당신이 내게 말했잖아요."

언더우드는 조선에 가지 않겠다는 케이트를 어렵게 설득해 조선에 올 수 있었다. 조선에 도착한 뒤에도 적응하지 못하면 어쩌나 했는데, 케이트는 언더우드보다 빠르게 조선이란 나라에 적응해 갔다.

"저는 왕비를 잃은 백성들의 슬픔과 공포를 모른 척할 수 없어요. 당신이 도울 수 없다면 저 혼자라도 돕겠어요."

"케이트!"

이튿날 케이트는 언더우드와 나란히 궁으로 향했다.

사정전에서 보초를 서던 일본군이 케이트가 들고 있는 3단 도시락을 힐끔거리다, 언더우드와 눈이 마주치자 딴청을 피웠다. 나인 하나가 종종걸음으로 다가와 도시락을 챙기겠다고 손을 내밀었다. 케이트와 언더우드가 나인을 못 본 척 지나치자, 나인이 무안해진 손을 비비며 케이트와 언더우드를 돌아보았다. 케이트가 엄 상궁에게 다가가 도시락을 건네고 있었다.

"서신이 들어 있습니다."

케이트가 어깨를 낮춰 엄 상궁에게 귓속말을 했다.


미치지 않았지만 미친년이라 불리던 여자는 땅에 떨어진 왕실 출입증을 주운 이유로 의금부에 끌려가 차마 인간이 인간으로서 겪을 수 없는 고문을 당해야 했다. 보통 사람은 하루도 버티기 힘든 고문을 여자는 이틀을 가까스로 버티다 삼 일째 되는 날 의식을 잃고 쓰러졌다. 의식을 잃기 전 여자는 왕실 출입증을 주운 날 밤 여자 둘이 문둥촌으로 가는 길을 물었다고 말했다.

### 살아 있는 불씨

문둥촌으로 향하는 우영선의 얼굴이 횃불 너머에서 붉으락푸르락 일그러졌다. 김태평과 허 씨가 우영선의 옆에 있었고, 훈련대원 30여 명이 뒤따르고 있었다.

문둥촌의 정문은 굳게 닫혀 있었다. 성곽처럼 쌓아 올린 외벽은 사다리로도 넘을 수 없는 높이여서 정문을 부숴야 마을로 들어갈 수 있었다. 대원 몇 명으로는 꿈쩍도 않던 문이 대원 30여 명이 힘을 합치고 나서야 덜커덩 소리를 내며 움직였다. 철옹성 같은 문에 매달려 있던 쇳덩이가 도르래를 타고 구르다 지렛대 위에 안착하자 종소리가 밤하늘에 울려 퍼졌다.

칠 년 전 마을에 큰 화재가 있었다. 그믐밤 소리도 없이 발화된 불은 삽시간에 마을 전체로 번졌고, 잠을 자다 뛰쳐나온 사람들이 마을을 빠져나가기 위해 정문으로 달려갔다. 마을 밖에서 작정하고 잠근 문은 열리지 않았다. 마을 중심부에 떨어진 불씨는 불바다를 이루며 마을로 번져 나갔고, 마을 사람들은 인간 사다리를 만들어 아이들과 노인들을 먼저 대피시켰다. 지금처럼 외벽이 높지 않을 때였다. 문둥촌과 도축촌 사람들은 마을을 빠져나갈 수 있었지만, 앞을 보지 못하는 맹인촌의 절반 이상은 화재로 목숨을 잃어야 했다.

마을이 전소되고 인명 피해가 컸지만 문둥촌의 방화 사건에 관심을 두는 사람은 없었다. 마을 밖에선 이참에 문둥촌을 사대문 밖으로 내쫓자는 이야기가 나왔다. 문둥촌이 언제 어떻게 그들의 땅이 되었는지에 대해서는 뒤에 다시 이야기하겠지만 그곳은 관에 등록되어 있는 엄연한 그들의 땅이었다. 그들이 떠나지 않는 이상 내쫓을 방법은 없었다.

각고의 노력 끝에 마을 재건이 시작되었다. 관에서는 반발하는 여론을 달래기 위해 높고 견고한 성벽으로 그들을 보호, 분리하라고 지시했다. 그러자 이번에는 문둥촌에서 외부와 격리하는 것에 반발했다. 관에서는 못 이기는 척 비상시 외부로 나가는 길을 만들 수 있게 비밀리에 허락했다. 그리고 마을 입구에 종을 설치해 외부로부터의 공격을 감지할 수 있게 해 주었는데… 칠 년의 공백을 깨우듯 웅장한 종소리가 밤하늘로 울려 퍼졌다.

문둥촌의 칠룡이 종소리에 눈을 떴다. 밖으로 뛰쳐나가자 남자아이가 마을 정문을 향해 달려가는 것이 보였다. 며칠 전 마을 밖에서 돌멩이에 맞아 이마에 생채기가 생긴 도축촌 아이였다. 아이는 우영선을 지나쳐 공중으로 날아오르며 하늘을 향해 두 팔을 번쩍 들어 올렸다. 그러고는 종에 매달린 밧줄에 몸을 싣고 하늘 높이 솟아올랐다, 커다란 원을 그리며 내려오기를 반복했다.

종소리를 듣고 나온 문둥촌 사내들이 우영선의 길을 가로막았다. 사내들은 붕대로 얼굴을 칭칭 감고 있었는데 피부에서 흘러나온 진물과 피가 붕대에 들러붙어 흉물스러웠다. 우영선이 저도 모르게 인상을 찡그렸다. 사내들의 손엔 쟁기와 낫, 칼이 들려 있었다. 사내들 중 유일하게 붕대를 감지 않은 칠룡이 입을 열었다.

"이 시간에 관에서 무슨 일이십니까?"

"마을을 검문할 일이 있어 왔다. 비켜라."

"잠자는 시간입니다. 날이 밝으면 그때 오십시오."

칠룡의 말에 김태평이 어처구니없는 표정을 보이며 창을 치켜들었다. 문둥촌 사내들이 연장을 들고 온몸으로 막아 보았지만 수적으로 열세였다. 아낙과 노인들이 뛰쳐나왔다. 문둥병은 전염되는 것이 아니었는데도 문둥이들이 어린아이 간을 빼먹는다는 괴담이 돌았다. 문둥촌이 마을 입구에 위치한 이유였다. 아이들까지 뛰쳐나와 대원들에게 달라붙자 대원들은 진저리를 치며 창을 휘둘렀다. 노인과 아낙, 아이들이 사정없이 땅에 패대기쳐졌다. 30명의 대원으로 문둥촌을 뚫는 것이 만만치 않았다.

앞문에서 호랑이를 막으니 뒷문으로 늑대가 들어온다고, 문둥촌을 간신히 빠져나온 우영선을 도축촌 사내들이 기다리고 있었다. 붕대로 얼굴을 칭칭 감은 문둥촌 사내들과 다르게 도축촌 사내들은 살집이 없는 다부진 체격을 드러내놓고 있었다. 눈매가 예사롭지 않은 사내가 물었다.

"야심한 시간에 무슨 일이십니까?"

마을 대표 용석목이었다.

도끼를 들고 있는 용석목의 잘린 손가락이 우영선의 눈에 들어왔다. 나란히 서 있는 사내들 역시 손가락이 온전치 못했다. 김태평이 나서려는 것을 우영선이 막았다.

"사람을 찾으러 왔다, 협조해라."

우영선이 사람 좋은 척 말했다.

"거기가 어딥니까? 문둥촌입니까, 도축촌입니까. 아니면 맹인촌입니까?"

"우리가 찾을 테니 너희는 신경 쓰지 마라."

"우리 마을인데 신경을 끄라니요."

분연히 일어나는 목소리에 누가 먼저랄 것도 없이 창과 도끼가 허공에서 뒤엉켰다. 대원들이 수적으로 우세했지만 도축할 때 쓰는 도끼와 톱, 칼 앞에서 대원들은 위축됐다. 우영선과 허 씨는 도망치듯 도축촌을 빠져나와 맹인촌으로 들어갔다. 미친년의 말대로 왕실 출입증을 떨어뜨린 여자가 마을로 들어왔다면 문둥촌이나 도축촌보다는 보는 눈이 없는 맹인촌에 숨어 있을 가능성이 컸다.

맹인촌 입구는 조용했다. 맹인촌 사람들은 집 마당에 둘러서서 문둥촌과 도축촌에서 들려오는 불길한 소리에 귀를 기울이고 있었다. 달빛 아래서 손을 맞잡고 눈을 치뜬 모습이 주술의식을 치르며 구조신호를 기다리는 것처럼 기묘했다. 우영선과 심복이 집안을 뒤지는 동안에도 그들은 마당에 서서 잡은 손을 놓지 않았다.

우영선은 마을 끝에 위치한 초가집으로 들어갔다. 다른 집과 다르게 마당이 텅 비어 있었다. 우영선은 집 안을 뒤지기 시작했다. 집 안에 사람은 없었지만 이불이 개어 있는 방의 구들장에서 온기가 올라오고 있었다. 우영선은 부엌으로 달려가 아궁이 속의 재를 부지깽이로 끌어당겼다. 살아 있는 불씨가 덩어리째로 딸려 나왔다. 우영선은 아궁이 앞에서 한동안 움직이지 못했다. 왕비는 정말 살아 있는 걸까….

침방 문이 열리면서 내관이 달려 나왔다. 자정이 넘은 시간이었다. 엄 상궁과 내금위장이 다급한 표정으로 내관을 따라 침방으로 들어갔다. 얼마 안 되어 내의원 어의가 장안당으로 들어왔다. 보초를 서는 일본군이 심상치 않은 분위기를 직감하고 침방 문을 예의주시했다.

"저녁에 뭘 드셨습니까?"

"… 한 시간 전쯤 타락죽을 드셨습니다."

"타락죽만 드셨습니까?"

"… 죽을 드신 후 목이 마른다고 하셔서 목련차를 끓여 올렸습니다."

"목련차요? 목련차는 독성이 있는데 어찌하여 목련차를 올리셨습니까?"

"전하께서 근래 치주염으로 고생을 하셔서… 직접 부탁을 하셨습니다. 목련차를 드시면 한결 나아지신다고요."

"목련차는 독성을 제거한다고 해도 가루가 남아 있을 수 있고…."

어의는 자신이 목련차를 올린 듯 안절부절 어찌할 바를 몰라 했다.

"지금 그런 걸 따질 때가 아닙니다. 어떻게 해야 합니까?"

"일단 침을 놔서 혈행을 풀어줘야 할 거 같습니다."

"그럼 침을 놓으십시오!"

엄 상궁이 재촉했다.

"그게… 전하의 담당 어의께서 지금 외출 중이십니다. 저는 아직 왕의 침 자리를 알지 못해 자신이 없습니다."

어의가 죽을상이 되어 말했다.

"당장 외출한 어의를 모셔 오지 않고 뭐 하십니까?"

엄 상궁의 말에 내금위장이 급히 침소를 빠져나갔다. 왕을 감시하는 일본군이 내금위장을 따라 나갔지만, 궁 앞에서 내금위장을 놓쳤다.


자정이 넘은 시간, 일본 공관에 불이 켜졌다.

미우라가 잠옷 차림으로 방에서 나왔다.

"이 시간에 무슨 일인가?"

"왕이 위급하다고 합니다."

궁에서 왕을 집중적으로 감시하는 장교였다.

"… 이유는?"

"밤에 먹은 음식에 문제가 생긴 거 같습니다."

"외인들이 배달한 도시락만 먹는다 하지 않았나?"

"엄 상궁이 직접 만들었다고 합니다."

자리 보존만 하면 되거늘 조선의 왕은 그것조차 못 하고 있었다.

미우라의 심리적 부담은 나날이 커져 갔다. 미우라는 전쟁을 승리로 이끈 다수의 경험으로 조선에 부임했지만, 정치와 전쟁의 행동 양식은 달랐다. 왕비 시해 사건으로 곧 국제 재판이 열릴 예정이었다. 왕에게 변고가 생긴다면 일본에 대한 국제여론이 나빠지는 것은 물론 미우라의 신상에도 좋지 않았다. 왕비 시해 때의 전투력으로 왕을 지켜야 했다.


주치의를 데리러 간 내금위장이 어둠 속에서 말을 타고 나타났다. 궁 앞에서 내금위장을 놓친 일본군이 길을 가로막았다.

"어의는 외출증을 반납하고 들어가라."

"자다 일어나 옷도 제대로 못 갖춘 거 안 보이십니까."

통역사가 중간에서 내금위장의 말을 전했다.

"외출증을 반납하지 않으면 들어갈 수 없다고 전해라."

"전하께서 의식을 잃고 쓰러져 계시는데 만에 하나 신변에 문제가 생긴다면 책임을 물을 것이라고 전해라."

왕이 의식을 잃었다는 말에 조선인 수문장들이 웅성거렸다. 수문청을 관리하는 일본군이 통역사에게 무슨 일이냐고 물었다. 통역사의 말을 들은 일본군은 내금위장의 길을 막고 있는 일본군에게 다가갔다.

"왕비가 죽어 밖이 시끄러운데 왕까지 문제가 생긴다면 일본이 곤란해지는 거 아닙니까? 오늘은 모른 척 길을 터주는 게 상책인 거 같습니다."

때마침 나서기 좋아하는 조선인 수문장이 젊은 병사를 끌고 일본군 앞으로 갔다.

"이 자가 오늘 아침 외출하는 어의에게 외출증을 주었다 합니다."

통역사가 눈치 없는 조선인 수문장을 못마땅한 눈으로 흘겼다.

"잘됐구나, 가서 얼굴을 확인해라."

조선인 수문장이 젊은 병사의 등을 내금위장 앞으로 떠밀었다. 젊은 병사는 쭈뼛거리며 내금위장 앞으로 갔다. 어의는 젊은 병사를 등지고 있어 얼굴이 보이지 않았다.

"의원님, 얼굴을 확인시켜 주십시오."

조선인 수문장의 말에 어의가 젊은 병사를 돌아보았다.

임진수였다.

왕의 주치의 심부영은 이틀 전 부친이 위독하다는 전갈을 받고 출궁 신청서를 올렸다. 이틀이 지나도 외출 허가증은 나오지 않았고 심부영은 부친의 장례를 마음으로 준비하고 있었다. 그런데 새벽에 출궁 허가서가 나왔다. 새벽 출궁은 흔한 일이 아니어서 젊은 병사는 심부영의 얼굴과 이름을 기억하고 있었다.

임진수를 보는 젊은 병사의 동공이 맥없이 흔들렸다. 임진수는 눈빛으로 병사를 채근했고, 임진수의 눈에 힘이 들어가자 병사는 사시나무처럼 떨었다. 조선인 수문장이 다가와 젊은 병사의 옆구리를 찔렀다. 병사는 화들짝 놀라 목이 망가진 관절 인형처럼 고개를 끄덕였다. 내금위장을 태운 말은 꼬리에 불이 붙은 듯 궐 안으로 뛰어 들어갔다.

미우라는 담배 생각에 책상 서랍을 열었다. 서랍 안쪽에서 봉투 하나가 딸려 나왔다. 미우라는 봉투를 열어 보았다.

궁에 거주하는 여성은 누구나 미래의
왕비가 될 잠재적 자격을 갖춘 자들이다.
하여,
왕비를 찾지 못할 경우 건청궁에 거주하는 여성은
누구든 왕비가 될 수 있다.

방문 두드리는 소리에 미우라는 고개를 들었다. 장교가 방으로 들어왔다.

"외출한 어의가 돌아왔습니다. 어의 말이 곧 호전될 거라고 합니다."

흔들리던 미우라의 눈동자가 안정을 찾아가고 있었다.

## 변화의 시작

지난 일 년간 조선 땅에서 청과 일이 지리멸렬한 전쟁을 이어가는 동안 왕과 왕비는 일본이 승리할 경우의 수를 여러 각도로 예측했다. 일본이 승리를 거두자 왕실은 마치 적의 공격을 기다리는 사람들처럼 왕실에 몰래 숨어 살아남을 묘책을 궁리했다. 사건이 있던 날 새벽, 왕비가 궁을 빠져나간 것은 확인됐지만 수일이 지나도 연락이 닿질 않자 왕은 왕비가 누구의 도움도 받을 수 없다는 것을 짐작할 수 있었다. 왕은 왕대로 왕비를 구출한 계획을 도모하고 있었다.

"말씀해 주십시오. 마마를 안전하게 모시겠습니다."

임진수가 말했다.

"그날 궁에 침입한 자들이 곧 국제 재판을 받을 거라 들었다. 일본은 국제여론을 의식해서라도 나를 보호해야 할 거야. 나를 이용해 중전을 피신시키는 것이 가장 안전할 거다. 일본은 궁에 갇혀 두려움에 떨고 있는 나를 보며 내심 즐기고 있을 거야. 그런 내가 궁을 탈출한다 해도 이상할 게 없지."

실제로 민가에서는 왕비 시해 후 암살 위협을 느낀 왕이 먹지도 자지도 못하고 신경쇠약에 시달린다는 이야기가 퍼져 있었다. 왕이 의도한 불안과 두려움은 고스란히 백성들에게 전염되어 백성들을 불안하게 했다. 왕의 제안은 개인이 선택할 수 있는 최선의 방법이 될 수는 있어도 국가를 대표하는 군주가 전략적으로 선택해서는 안 되는 방법이었다.

"그건 안 됩니다. 백성과 궁을 버리고 도망치려 한 무능한 왕이 되시는 겁니다. 그로 인한 공포와 고통은 백성들의 몫이 된다는 걸 알아 주십시오."

"중전이 죽지 않고 살아 있다는 것이 증명된다면 백성들에게 힘이 될 것이다."

왕비가 살아 있는 것을 증명하기 위해서는 왕이 힘이 있어야 했는데, 왕은 명예로우며 양심적인 사람일지는 몰라도 죽었다는 왕비를 살릴 수 있는 힘은 없어 보였다.

왕이 말을 이어갔다.

"작전 당일, 왕이 궁 밖으로 피신한다는 정보를 일본 공관에 흘리고 사람들을 궁 주변으로 불러 모아라. 그날 내 모습이 평소와 다르다는 것을 일본군이 인지한다면, 일본은 별 의심 없이 왕의 피신을 믿을 것이다. 일본의 시선이 궁으로 쏠리는 시간 왕비를 아라사 공관으로 피신시켜라. 최대한 많은 사람을 불러 모아야 일본이 동요할 거야."

"외세에 죽임을 당하고 외세에 도움을 받는 것은 옳은 일이 아닌 줄로 압니다."

"한성을 떠나는 것이 안전하다는 걸 왜 모르겠느냐. 궁에 배치된 일본군이 오늘 아침 도성으로 이동했다고 들었다. 도성에서 3~40대 여성의 출입을 막는 걸 보면 저들도 중전의 생존을 의심하고 있는지 모른다. 지금은 안전한 곳으로 이동하는 게 우선이다."

도성을 나갈 수 없다면 다른 선택지는 없었다. 문둥촌보다 외국공관이 안전한 피신처임은 분명했다. 아라사 공관에 배치된 일본군을 궁으로 유인할 수 있다면, 왕비를 아라사 공관으로 피신시키는 것은 어려운 일이 아니었다. 하지만 아라사 공관에 배치된 일본군을 궁으로 유인하는 것은 왕의 말처럼 쉬운 일이 아니었다.


왕을 만난 다음 날 임진수는 문둥촌으로 향했다. 마을은 태풍이 휩쓸고 간 듯 난장판이 되어 있었다. 문둥촌에서는 붕대로 얼굴을 감싼 수십 개의 눈이 임진수를 보고 있었다. 임진수는 자신을 쫓는 수십 개의 눈을 뒤로하고 마을로 들어갔다. 도축촌에서는 머리가 깨지고 팔이 부러진 사내들이 퍼렇게 멍든 눈으로 임진수를 보고 있었다. 임진수는 싸한 느낌을 감지하며 맹인촌을 향해 달리기 시작했다.

왕비를 만난 지 이틀 만에 왕비는 사라지고 없었다.

종달새가 감나무로 날아와 앉았다. 종달새는 나뭇가지 위에 앉아 낮은 음조로 '뵤뵤 뷰우- 뵤- 뷰--' 울었다. 이틀 전, 왕비를 만나고 나오는 길에 월선은 임진수에게 제3의 장소를 알려 달라고 했다. 마을사람들이 왕비의 거주 사실을 모르는 데다 외부인의 출입을 불편해한다고 했다. 임진수는 월선에게 승용의 골동품 가게를 알려 주었다. 이제 임진수가 할 수 있는 일은 왕비의 연락을 기다리는 것 말고는 없었다. 왕비에게 연락이 오기 전, 피신 작전을 끝내야 했다. 마을을 떠나기 위해 툇마루에서 일어나는 순간 임진수의 머리 위로 둔탁한 것이 떨어졌다. 임진수는 그 자리에서 의식을 잃고 쓰러졌다.

아득히 먼 곳에서 아이들의 키득거리는 소리가 들려왔다. 임진수는 아이들의 웃음소리에 정신을 차렸다. 임진수를 내려다보던 아이들이 눈을 뜨는 임진수를 보며 후다닥 등을 보이며 달아났다. 삐걱대는 소리와 함께 곳간 안으로 햇살이 들어왔다. 임진수는 쏟아지는 햇살을 보며 미간을 찡그렸다. 아이들이 햇살 속으로 날아가는 것을 보며 임진수는 자리에서 일어나다, 손발이 묶여 있는 것을 보고 주위를 둘러보았다. 벽면 한쪽에 쌀 포대가 가득 차 있었고 다른 쪽 면에는 육포와 말린 잎채소들이 서까래에 줄줄이 매달려 있었다. 문둥촌의 곳간이었다. 노비들조차 백정을 천하게 여기던 시절이었지만 능력껏 일을 하면 백정은 웬만한 양민들보다 넉넉한 살림을 꾸릴 수 있었다. 오래전, 늙은 백정의 장례에 백정들이 꽃상여를 쓰려고 하자 양민들이 극구 반대하고 나선 일이 있었다. 그러자 백정들은 남은 기금의 두 배를 더 모아 더 좋은 꽃상여로 양민들 기를 납작하게 만든 일화는 지금도 유명했다.

그런 문둥촌이었지만 마을이 화재로 폐허가 됐을 때는 존폐 위기를 맞아야 했다. 문둥촌을 사대문 밖으로 내쫓자는 시위가 궁 앞에서 매일 있었고, 관에서도 그들을 쫓아낼 방법을 고심했지만, 선대에서 인정한 땅을 빼앗을 방법은 없었다.

어떻게든 마을 땅을 사수해야 했는데 빈털터리가 된 그들 앞에 겨울이 기다리고 있었다. 춥고 배고픈 겨울을 견딘다는 것은 땅을 지키는 것만큼이나 힘든 일이었다. 겨울 산에는 산짐승이 뜯어 먹을 나무껍질조차 남아 있지 않았고, 구걸 외에는 식량을 해결할 수 있는 방법이 없었다. 삼 일 동안 아무것도 먹지 못한 아이가 흙을 퍼 먹었고, 옆에 있던 아이들이 따라서 흙을 떠 먹었다. 그날 밤 배를 움켜잡고 우는 아이들의 울음소리가 문둥촌 담을 넘어갔지만 마을 밖에서는 태자귀 울음소리라며 문을 걸어 잠갔다.

아이들의 울음소리가 잦아들자 함박눈이 내리기 시작했다. 소리 없이 내리던 함박눈은 다음날 폭설로 변해 앞이 보이지 않을 정도였다. 눈은 삼 일 동안 그치지 않고 무섭게 내렸다. 죽은 사람도 산 사람도 눈 속에 묻혔다. 온 세상이 하얬다. 그렇게 내린 눈은 겨울이 다 가도록 녹지 않았다. 영영 올 것 같지 않은 봄이 찾아오면서 아이들이 묻힌 자리의 눈이 녹아 새싹이 올라왔다.

새싹이 기지개를 켜던 날, 백발의 노인이 용석목을 찾아왔다.

노인은 삼 년 전부터 사물의 빛을 서서히 잃어 가다 지난겨울 시력을 완전히 잃었다고 했다. 노인은 평생 머슴으로 모은 돈을 용석목에게 건네며 맹인촌에 들어가고 싶다고 했다. 머슴살이로 모은 돈치고는 꽤 큰 돈이었다. 마을 재건이 시급했던 용석목은 맹인촌의 제일가는 집을 주겠다고 약속했고, 마을 사람들은 그를 김 노인이라 불렀다.

용석목은 김 노인에게 받은 입주금으로 암돼지와 수돼지 한 쌍을 샀다. 마을에서는 유순한 돼지 한 쌍을 극진히 대접했다. 경사진 땅을 깎아 토굴을 만들어 돼지 부부의 잠자리를 마련해 주었고, 방앗간에서 구해온 참깨와 들깨 찌꺼기, 술지게미를 끓여 먹였다. 아이들이 시무나무 잎과 오동나무 꽃잎을 따다 후식으로 바쳤다. 사람이 굶는 날은 있어도 돼지가 굶는 날은 없었다.

암퇘지가 새끼를 배던 날 아침이었다. 한성부 판관이 용석목을 찾아왔다. 한성부는 백성들의 치안을 비롯해 논과 밭, 가옥을 둘러싼 법적 다툼을 감시하는 곳이었다. 화재로 마을이 전소됐을 때도 얼굴을 비치지 않던 관에서, 그것도 판관이 직접 마을을 방문한 것이다.

 판관은 문둥촌 자립과 복원을 도울 계획이라며 맹인촌과 연결된 나라 땅 두 필지를 마을로 편입시킬 예정이라고 했다. 그러면서 땅문서를 건넸다. 용석목이 못 미더운 표정을 보이자 판관은 못 믿겠으면 공증을 받아보라고 했다. 그러면서,

 "마을을 정비하려면 마을 밖에 있는 사람들을 설득해야 한다. 해서 마을 외벽을 높이 쌓아 마을을 보호하고, 마을 밖 사람들을 설득할 계획이다."

 "얼마나 높이 쌓아야 저들을 설득할 수 있는 겁니까?"

 판관이 한쪽 팔을 들어 올려 허공을 바라보았다.

 "외부 공격을 막으려면… 성벽 높이는 돼야 하지 않겠느냐."

 "성벽 높이라면… 지난번처럼 화재라도 나 밖에서 문을 잠그면 꼼짝없이 안에 갇히겠네요. 그때는 빠져나가지도 못하고 마을에 갇혀 죽는 수밖에 방법이 없고요?"

 "지난번 화재는 외벽이 낮아 불씨가 밖에서 날아온 거 아니냐. 애초에 그걸 차단하자는 거다."

 "저희는 공격보다 고립에 더 취약합니다."

 "그럼, 사람들을 설득할 다른 방법이라도 있는 거냐. 있으면 말해 보아라. 마을 밖에 있는 사람들을 설득하지 못하면 마을 재건을 도울 수 없다."

 "… 성벽을 꼭 쌓아야 한다면 외부로 통하는 길을 만들게 해 주십시오."

 "그런 방법도 있겠구나. 관과 상의해 보겠다. 그리고 마을의 자립을 위해 소 열 마리와 돼지 스무 마리를 지급할 것이다."

"원하시는 게 뭡니까?"

"그런 건 없다."

"그렇다면 더더욱 받을 수 없습니다. 사람이 죽어 나가도 모른 척하던 분들이 갑자기 나타나 이유도 없이 땅을 주고 소, 돼지를 주겠다니요. 아무리 없이 살아도 세상살이 이치를 모를 정도로 미련하지는 않습니다."

용석목이 그렇게 큰소리칠 수 있었던 건 아침에 전해 들은 암퇘지의 수태 소식 때문이었다. 세 달 뒤면 암퇘지가 새끼를 낳을 거고, 그 새끼들이 자라 새끼를 낳을 거다. 밭농사가 시작되었으니 춘궁기만 넘기면 식량 걱정은 하지 않아도 됐다. 일 년만 고생하면 마을은 정상화될 것이고, 나랏일에 엮여 봐야 좋을 게 없었다.

판관은 주눅 들지 않고 자기 말을 하는 용석목의 지조에 마음이 동하고 있었다.

"나라에서 베푸는 호의가 충분히 의심스러울 수 있다고 생각한다. 나조차도 이게 다 무슨 일인가 싶으니까. 하지만 권력은 너희가 호의를 받든 안 받든 마음만 먹으면 언제든 뜻대로 행동할 수 있다는 것을 안다면… 굳이 마다할 이유가 있나 싶다."

판관은 평소 같으면 하지 않을 말을 용석목을 봐서 했다. 판관은 빠른 시일 내에 답을 달라고 말한 뒤 마을을 떠났다.

열흘 뒤 마을 재건 공사가 시작되었고, 석 달 뒤 암퇘지가 열한 마리의 새끼를 낳았다. 마을에 편입된 두 필지의 땅에서는 파종과 수확이 끊이지 않았다. 문둥촌 사람들은 해가 뜨기 전에 집을 나가 해가 저물면 집으로 돌아왔다. 맹인촌 사람들도 가만히 있지 않았다. 그들은 누구보다 발달된 감각으로 문둥촌에서 나온 채소를 데쳐 말렸고, 도축촌의 고기를 소금에 절여 건조시켰다. 최상의 온도와 바람에 건조된 건나물과 육포는 없어서 못 팔았다. 화재로 인한 마을의 비극은 옛일이 되었고 그 중심에 김 노인이 있다는 것을 눈치채는 사람은 없었다. 있는 듯 없는 듯, 그림자처럼 지내던 김 노인은 관의 습격을 받던 날 밤 사라졌다. 그런데 다음날 임진수가 마을에 나타난 거다.

아이들이 열어 놓은 곳간 문으로 마을 사람들이 햇살을 등에 지고 들어왔다. 사람들이 가지고 온 흙냄새와 햇볕 냄새가 임진수의 코를 간지럽혔다. 용석목이 임진수 앞으로 갔다.

"어젯밤 관에서 나온 이유를 말씀해 주시지요?"

관에서 나왔다는 말에 임진수는 놀랐다. 왕의 말대로 일본은 왕비 생존을 눈치채고 있는 걸까, 그렇다 하더라도 왕비의 피신 장소까지 알 수는 없었다. 임진수의 머릿속은 복잡해졌다.

"물었습니다, 관에서 나온 이유를요?"

고개를 들던 임진수의 눈으로 용석목의 잘린 손가락이 들어왔다. 임진수는 한 달 전 손가락이 잘린 사내를 만난 적이 있다. 요시이에 암살 실패후 일본군에 쫓기고 있을 때, 말을 타고 나타나 임진수에게 손을 내밀던 남자. 임진수는 설마 하면서 용석목에게서 눈을 떼지 못했다.

"왜 말이 없으십니까?"

"사실을 말하면 믿지 않을 테니 무슨 말을 해야 할지 고민 중이다."

"말장난하지 마십시오."

남자에게서 범상치 않은 기운이 느껴졌다.

"내가 활빈당이라는 걸 먼저 밝히겠다."

"활빈당이 한둘이어야 말입니다."

칠룡이 말했다. 칠룡은 용석목과 동갑내기로 용석목과 함께 마을을 이

끌고 있었다.

"중전마마가 시해된 건 알고 있느냐?"

"사대문 안에 살면서 그것도 모를까요? 에두르지 말고 답을 주시지요. 어젯밤 관에서 나온 이유가 뭡니까?"

"전하를 궁에서 피신시킬 계획이다."

임진수의 말에 사람들이 웅성거리기 시작했다.

"전하라면… 궁에 계신 분 말씀이십니까?"

"지금 그 말을 우리 보고 믿으라고요?"

"믿고 말고는 너희들 몫이다. 중전마마 시해 후 전하께서는 궁에 갇힌 신세가 되셨다. 일본이 전하의 눈과 귀를 막고 손발까지 묶어 버렸으니 전하가 궁에서 하실 수 있는 게 없으시다."

"그럼 김 노인 집에 있던 여인이 밀지라도 가지고 왔단 말씀이십니까?"

"그렇다."

웅성거리는 소리와 함께 순서 없는 말들이 쏟아졌다.

"그 위험한 일을 왜 하필 우리 마을에서 한단 말입니까?"

"몰라서 물어요, 돈 주고 와서 살라 해도 못 사는 데 아닙니까, 여기가!"

"전하를 위해서 우리가 할 수 있는 게 뭐 없을까요?"

도축촌의 최고령자 태춘이 말했다.

"영감님은 나가 봐야 도움도 안 돼요, 싸우려면 우리같이 젊은 사람이 나가야지."

"모르는 소리, 싸울 땐 방패가 하나라도 더 있는 쪽이 유리한 법! 살날도 얼마 안 남았는데 왜놈들 눈칫밥 먹다 죽느니 차라리 싸우다 죽는 게 떳떳하지."

"그런 말씀 마세요, 영감님. 살날이 창창한 우리 애들은요? 칠 년 전, 마을이 쑥대밭 돼서 죽다 살아난 거, 그새 잊으셨어요? 이제 겨우 먹고 살 걱정 안 해도 되는 데 괜히 쓸데없이 나섰다 불똥이라도 튀면… 그땐 예전의 지금으로 못 돌아와요."

"맞아요. 아이들을 위해서라도 제발 그런 말은 삼가해 주세요."

"무식한 것들, 아이들을 위해서 하는 소리 아니야!"

태춘이 도끼눈을 떴다.

도축촌의 최고령자 태춘은 마을 대표 용석목의 아버지다. 태춘의 아버지이자 용석목의 할아버지 용칠공은 알아주는 의적단의 수장이었다. 그는 천민의 신분으로 양반과 독대해 유명세를 탔는데, 양반들 앞에서 인간이 인간으로서 누려야 할 기본 권리를 밤새워 설파하며 천민들의 기본 권리를 주장했다. 양반들은 글을 읽지도 쓰지도 못하는 용칠공의 막힘없는 논리에 감복해 지금의 마을 땅을 국가로부터 증여받을 수 있게 도왔다.

용칠공이 세간의 주목을 받으며 유명해지자, 국가의 도움이 필요한 전국 각지의 사람들이 용칠공을 찾아왔다. 그러자 이번엔 어중이떠중이들이 사대문 안으로 들어온다는 외부의 거센 비판에 맞서야 했는데, 지금보다 시절이 좋아 사람들의 마음이 넉넉해서였을까, 양반들은 다시 한번 용칠공의 논리와 설득에 힘을 실어 주었다.

갈 곳 없는 문둥이들이 도축촌 옆에 터를 잡았다. 그때부터 사람들은 도축촌을 문둥촌이라 불렀다. 이듬해 맹인들이 합류하면서 하나의 공동체가 만들어졌다. 이미 오래돼 버린 옛날이야기를 기억하는 사람은 태춘과 그 시절을 함께한 노인들뿐이었다.

"마을을 안과 밖으로 나누기 시작하면 마을 안에서도 편이 갈린다는 거 몰라. 그렇게 되면 이렇게 사는 것도 힘들어져."

"마을을 안과 밖을 나눈 건 저쪽이지요."

"어제는 관에서 조용히 시찰만 하고 갔지만, 김 노인이 궁과 관련된 게 알려지면 우리 모두 떼죽음을 당할지 몰라."

조용히 듣고 있던 맹인촌의 육 노인이 입을 열었다.

"관에선 김 노인을 모릅니다."

용석목이 말했다.

"어느 마을의 누구를 찾아왔냐는 말에 관에서는 답하지 않았습니다. 알았다면 말하지 않을 이유가 없지요. 제보를 가지고 출동했지만 자신들이 찾는 사람의 신원은 모르는 눈치였어요. 알았다면 그렇게 쉽게 물러나지 않았을 겁니다."

"일단 뒤지고 보자, 뭐 그런 건가?"

"그럴 가능성이 커요."

칠룡이 거들었다.

"여러분들 뜻은 알았으니 이만 돌아들 가십시오. 그리고 이분은 풀어 주겠습니다."

"마을에 들어온 걸 누가 보기라도 했으면 어떡하려고 그냥 풀어줘."

"그럼요?"

용석목의 단호한 어투에 육 노인이 꼬리를 내렸다.

"관에서 알기라도 하면 모두가 위험해질 텐데…."

"마을에 있는 게 불안한 분들은 마을을 떠나셔도 좋습니다. 대신 돌아오고 싶을 때 언제든 돌아오십시오. 불안한 사람 몇 때문에 마을 전체가 불안해지는 건 마을에 도움이 되지 않습니다."

"하여간 저놈의 자식은 누굴 닮아서 저렇게 인정머리가 없는지 몰라. 우리가 갈 데가 어디 있다고 그딴 소리를 해."

육 노인이 무안하지 않게 태춘이 용석목을 면박 주었다. 그러자 칠룡이 조용히 있는 자기 아버지를 붙들고 늘어졌다.

"그러니까 아버지! 관에서 또 그딴 식으로 나오면 방에 숨어만 있지 말고, 얼굴에 감은 붕대를 풀어헤치고 거머리처럼 달라붙어서 피 빨아 먹는 시늉이라도 하세요. 우리 문둥촌은 어째… 무기를 몸에 장착하고도 도망갈 생각부터 하는지 몰라. 우리가 초입에서 든든히 지키고 있어야 맹인촌이 마음을 놓을 거 아녜요."

칠룡이 아버지를 붙잡고 신소리를 하자 사람들이 실없이 웃었다. 사람들은 곳간 문을 열고 나가 밖에서 기다리던 햇살을 등에 지고 흙냄새 가득한 밭으로 향했다.

곳간에는 용석목과 칠룡이 남아 있었다.

칠룡이 임진수에게 다가가 손을 묶고 있는 끈을 풀었다.

"너희처럼 손가락이 잘린 사내를 만난 적이 있다."

"도축촌에 온전한 손가락을 가진 자는 몇 없습니다."

"한 달 전쯤… 내 목숨을 구한 자의 손가락도 그렇게 잘려 있었어. 나는 이렇게 살아 있는데…. 그가 살았는지 죽었는지도 아직 모른다."

그날 용석목은 활빈당으로부터 어떤 개입도 허용되지 않는다는 지침을 받았지만 죽기를 각오하고 요시이에게 다가가는 남자를 보며 가슴이 뜨거워졌다. 용석목은 일본군의 총이 남자에게 향하는 것을 보며 본능적으로 손도끼를 꺼냈다. 잘 벼린 손도끼는 임진수의 귓불을 스치며 번개처럼 빠른 속도로 보좌관의 가슴에 날아가 박혔다. 임진수를 도우려다 오히려 임진수를 궁지로 내몬 용석목은 어떻게든 임진수를 구해야 한다고 생각했다.

용석목은 임진수를 구하려다 일본군이 쏜 총에 맞았고 총알은 용석목의 쇄골 아래를 관통했다. 칠룡이 뒤따라가지 않았다면 용석목은 그 자리에서 죽었을지 모른다. 그날 이후 용석목은 두려움 없이 걸어가던 남자의 뒷

모습을 몇 번이고 떠올렸다. 그런 그가 눈앞에 있었다.

허 씨는 밤을 새워 벌겋게 충혈된 눈으로 문둥촌의 정문을 노려보았다. 허 씨는 며칠 전 마을을 급습했을 때 김 노인의 집 구들장에서 끓어오르던 온기와 아궁이의 불씨에 미련을 두고 있었다. 여자가 아직 마을에 숨어 있거나, 그게 아니라면 외부인의 출입으로 여자를 쫓을 생각이었다. 아니나 다를까, 아침 일찍 남자 하나가 마을로 들어갔는데 단발이었다. 얼굴은 보지 못했지만 단발의 머리가, 혹 요시이에 암살 미수범은 아닐까 하는 마음에 허 씨는 남자가 나오기를 기다렸다. 남자는 오후 늦게 마을에서 나왔는데 요시이에 암살 미수범이었다. 마르고 단단한 체격의 도축촌 사내가 따라 나왔다. 반나절 만에 모습을 드러낸 걸 보면 여자가 마을 안에 있을 가능성이 크다고 허 씨는 생각했다.

용석목은 마을 정문에서부터 따라오는 남자의 동태를 살피고 있었다.

"뒤쫓는 자가 있습니다."

용석목에게 인상착의를 들은 임진수는 그가 우영선의 심복이라는 것을 알 수 있었다.

"청계천 장터에 골동품 가게가 하나 있다. 자시쯤 그쪽으로 와라."

"저자는 어떻게 할까요?"

임진수는 잠시 고민하다 보내 주라고 했다. 용석목은 방향을 틀어 허 씨의 길을 방해했다.

허 씨의 보고를 받은 우영선은 급히 일본 공관으로 갔다. 미우라와 겐조는 왕비로 추측되는 여자가 아직 문둥촌에 숨어 있을지 모른다는 말에 일본군을 출동시키려다, 그 과정에서 발생하는 불필요한 잡음의 파장을 고려해, 허 씨를 통해 임진수와 여자를 동시에 잡아들이기로 방향을 전환했다.

# 허 씨의 꿈

조선을 통해 세계로 진출하는 것이 시급했던 일본은 왕비 시해 사건을 빠르게 마무리할 것을 조선에 독촉했다. 그러면서 조선이 왕비 죽음에 침묵한다면, 조선은 그 대가로 일본을 통해 근대국가로 빠르게 편입할 것이며 민생 안정에도 큰 도움이 될 거라고 강조했다.

민영태 집 청지기는 요즘 들어 부쩍 잦아진 손님들에 의아해하며 대문을 열었다. 겐조와 우영선이 문 앞에 서 있었다. 청지기는 겐조와 눈이 마주치자 허리부터 숙였다.

왕비 시해 후 왕비 측근들 대부분이 투옥되거나 한성을 도망치듯 떠났지만 민영태만은 자리를 지키고 있었다. 일본이 민영태를 남겨둔 데는 이유가 있었다.

"대감마님, 한성순보 주필께서 오셨습니다."

겐조가 찻잔을 내려놓으며 민영태의 안색을 살폈다.

"잘 지내셨습니까?"

"잘 지낼 일이 뭐 있겠습니까. 바쁘실 텐데 이리 찾으신 걸 보면 하실 말씀이 있으신가 봅니다."

말이 허비되는 걸 즐기지 않는 민영태의 화법을 겐조는 좋아했다.

"그렇습니다. 대감께서 왕조실록에 관심을 두셨다고 들었습니다."

영문도 모르고 따라와 통역을 하던 우영선의 눈이 커졌다.

민영태가 왕조실록에 관심을 둔 건 사실이지만 십수 년 전의 일이고 사석에서 지나가는 말로 한두 마디 한 것이 전부였다.

"어떻게 아셨습니까?"

민영태는 궁금하지 않을 수 없었다.

"일본에 있을 때 김옥균으로부터 들었습니다."

왕비 시해를 서슴지 않았던 일본이 죽은 김옥균까지 끌어들이는 것을 보며 민영태는 일본이 얼마나 조선을 애달파하는지 알 것 같았다.

"오랫동안 왕실 가까이에 계셨다 들었습니다. 대감께서 실록총재관을 맡아주셨으면 합니다."

남의 나라 실록을 제 나라의 실록처럼 말하는 겐조를 보며 민영태는 조선의 앞날이 돌이킬 수 없는 방향으로 흘러가는 암담함을 느꼈다.

"오늘 답을 주지 않으셔도 됩니다. 천천히 생각해 보시고 연락 주세요. 기다리고 있겠습니다."

겐조가 떠난 뒤 민영태는 앞으로 조선에서 벌어지게 될 지독하게 끔찍할 일을 그리다, 무력감에 빠져들었다.


왕비 시해 후 조선으로 건너오는 일본인 수는 기하급수적으로 늘었다. 그들은 벌목과 금광 외에도 나전칠기, 모시, 인삼, 은 등 섬나라에서 얻기 힘든 질 좋은 토산품에 눈독을 들였다. 일본인이 늘어나면서 그들을 통해 이득을 챙기려는 조선인도 늘어났다. 장터의 길목마다 사람들로 북적였다.

월선이 장옷으로 얼굴을 가리고 장터로 들어서고 있었다. 사람들이 가장 북적이는 시간대에 허 씨는 장터에서 임진수를 찾고 있었다. 장옷을 두른 여자가 허 씨의 어깨를 치며 지나갔다. 여자는 미안하다는 듯 허 씨를 돌아보며 고개를 숙였다. 여자의 장옷 색깔이 허 씨의 눈에 들어왔다. 아라사 공관에서 일본군에 끌려가던 여자의 장옷과 같은 색이었다. 허 씨는 여자를 쫓아갔다. 여자는 푸줏간 앞에서 서성거리다 비단 가게로 들어갔다. 허 씨는 여자를 따라 가게로 들어가다 말고 걸음을 멈췄다. 가게 안에 있던 손님들이 일제히 허 씨를 보고 있었다. 모두 여자였다.

"무슨 일이세요?"

점원이 허 씨에게 물었다.

"… 어머니 누빔 조끼를 볼까 해서요."

"저기 안쪽으로 들어가서 보세요."

가게 안은 제법 컸다. 가게 안에는 감색 장옷을 두른 여자가 네 명이었는데 허 씨는 키와 몸집으로 여자를 알아냈다. 여자는 여우 털 목도리를 들어 올리며 허 씨가 있는 쪽으로 몸을 틀었다. 20대 초반의 젊은 여자였다. 허 씨는 혹시 몰라 감색 장옷 두른 여자들의 얼굴을 일일이 확인하였다. 아라사 공관에서 보았던 여자는 없었다.

"저 가게는 무얼 파는데 일본 손님이 저리 많은 것이냐?"

연두색 화접단 마고자를 들고 있던 손님이 점원에게 물었다.

"골동품 가겐데 가게를 봐주는 여자가 일본말을 아주 잘합니다. 그래선지 요즘 들어 일본 손님들이 부쩍 늘었어요."

"여자가 일본말을 한다고?"

"네. 일본인 뺨칠 정도라니까요. 듣고 있으면 신기해요."

가게 안에 있는 여자들이 우르르 문 앞으로 가서 창밖을 내다보았다.

혜주는 밀려드는 손님을 상대하느라 정신이 없었다. 왕비가 사라진 지 사흘이 지났는데도 월선은 나타나지 않았다. 사월이 가게 난간에 기대앉아 시장을 오가는 사람들을 지켜보았다. 사월은 요시이에 양녀로 2년, 궁에서 3년의 시간을 보내며 감추고 덮으려는 어른들의 서늘한 눈빛을 어렵지 않게 알아챌 수 있었는데, 이를테면 건너편 비단 가게에서 나오는 남자의 눈빛이 그랬다. 사월은 골동품 가게로 걸어오는 허 씨를 보고 있었다.

허 씨는 첩보 일이 적성에 맞았다. 하지만 숨어서 남을 속이고 그 뒤를 밟는 일은 언제든 목숨을 내놓아야 하는 위험이 따랐다. 적성에 맞는다고 오래 할 수 있는 일이 아니었다. 허 씨는 새로운 곳에서 새로운 사람으로 새롭게 시작하는 꿈을 꾸었다. 조선이 아니라면 가능했다. 허 씨는 이번 사건을 끝내고 일본으로 이주할 생각이었다. 일본말을 하는 혜주의 목소리에서 허 씨는 기모노를 입고 빨간 연지를 바른 일본 여자를 생각하다 묘한 흥분을 느꼈다. 물건에는 관심이 없고 혜주에게서 눈을 떼지 못하는 허 씨를 사월이 주시하고 있었다. 사월은 게슴츠레한 눈으로 혜주를 보던 허 씨의 눈빛이 일순 서늘해지자 긴장했다. 허 씨는 일본 말을 하는 여자를 보며 며칠 전 아라사 공관에서 보았던 기모노 입은 여자를 떠올렸지만 기억나는 것이 없었다. 설마 하면서도 허 씨는 혜주에게서 눈을 떼지 못했다.

"뭐, 찾으시는 거 있으세요?"

혜주가 허 씨에게 다가갔다.

"… 아니요."

엊그제 안 씨 부인이 팔고 간 패물함을 들고 있는 손님이 혜주를 불렀다.

"저기요!"

혜주와 허 씨가 동시에 고개를 돌렸다.

"네."

혜주가 손님 앞으로 가자, 허 씨가 혜주를 부른 손님을 곁눈질해 보았다. 여자는 감색 장옷을 두르고 있었다. 허 씨는 자신을 빤히 보는 사월과 눈이 마주치자 가게를 나갔다.

혜주는 패물함을 들고 있는 월선을 보며 반가움을 감추지 못했다.

"이곳도 그리 안전한 곳은 못 돼서요. 아저씨가 집으로 모시라고 했어요."

월선이 고개를 끄덕였다.

"요 앞에 새로 생긴 국밥집이 있어요. 가게 정리하고 후딱 갈게요."

월선이 자리에서 일어났다.

밥때가 지난 국밥집엔 손님이 없었다. 허 씨가 월선을 따라 국밥집으로 들어오고 있었다. 국밥집에는 월선과 허 씨 둘뿐이었다. 월선은 충혈된 눈의 남자와 눈이 마주치자 신경을 곤두세웠다. 허 씨는 월선의 얼굴을 단번에 알아보고 여러모로 운이 좋은 날이라고 생각했다.

혜주가 가게를 정리하고 국밥집에 갔을 때 주인 남자 혼자 가게를 지키고 있었다. 주인 남자는 국밥을 시키고 내뺀 여자와 남자를 욕했다. 혜주는 사월을 국밥집 남자에게 맡기고 가게를 나왔다.

월선의 발이 치맛단 아래서 분주히 움직였다. 허 씨는 사람들 틈으로 기어들어 가 감색 장옷 두른 여자들을 붙잡고 얼굴을 확인했다. 여자들이 놀라서 지르는 소리에, 월선이 놀라 순찰을 도는 일본군에 부딪혀 넘어졌다. 행인들이 월선과 일본군 앞으로 모여들었다. 허 씨가 월선의 앞으로 가 의금부 출입증을 꺼내 일본군에게 보여 주었다. 우영선이 위급할 때 쓰라고 준 것이었다. 하지만 장터 순찰을 도는 일본군이 의금부 출입증을 알 리 없었다. 일본군이 미적지근한 반응을 보이자 허 씨는 초조해지기 시작했다.

"화장실 출입증이에요."

혜주의 목소리가 들려왔다.

"이게 있으면 관에 있는 깨끗한 화장실을 맘껏 드나들 수 있어요. 혹시 모르니 챙겨 두세요."

일본군은 혜주와 몇 마디를 주고받은 뒤 출입증을 챙겨 자리를 떠났다.

혜주가 월선을 부축해 일으키자 사람들이 알아서 길을 터 주었다. 허 씨가 월선을 따라가려 했지만, 사람들은 허 씨의 길을 막으며 허 씨를 옥죄었다. 허 씨는 서 있는 자리에서 한 발짝도 움직일 수 없었다.

의식을 잃은 허 씨는 집 앞에 버려져 있었다. 모친은 그런 아들을 보고도 놀라지 않았다. 모친은 자기보다 곱절은 무거운 아들을 조용히 방으로 옮긴 뒤, 약방에서 구해 온 감초와 흑두를 꺼내 아궁이에 불을 지폈다. 감초와 흑두를 달인 감두탕은 해독에 효험이 있어 왕실에서도 음용한다는 말을 모친은 어디선가 들은 적이 있다. 감두탕의 효험 때문이었는지 모친의 지극정성 때문이었는지 감두탕을 먹은 허 씨는 이튿날 의식을 되찾았다.

## 작전 개시 이틀 전

민가의 굴뚝에서 올라온 연기가 바람을 타고 인왕산으로 날아갔다. 인왕산 초입으로 들어가자 어둠은 빠르게 짙어졌다. 긴 수면에 들어간 겨울 산은 먹물을 풀어놓은 밤바다 같았다. 갑신년 김옥균을 만나러 인천으로 가던 날 밤이 떠올랐다. 임진수는 월선을 따라 끝없이 펼쳐진 넓고 깊은 바닷속 같은 산속을 따라 안으로 들어갔다. 파도 소리가 밀려오듯 하늘에서 폭포수가 쏟아져 내렸다. 월선은 폭포수 쪽으로 걸어갔다. 한낮에도 눈에 띌 것 같지 않은 문이 폭포수 안쪽에 있었다. 문을 열고 들어가자 김 노인이 어둠 속에서 나타났다. 김 노인의 뒤로 폐가가 한 채 보였다.

왕실은 말 한마디, 행동 하나하나가 투명하게 비치는 유리성 같은 곳이어서 왕비는 그곳의 감시에 진저리 칠 때면 이곳에서 휴식을 취하곤 했다.

왕비의 안락한 비밀공간이었던 별장은 거친 태풍을 만나 심해에 가라앉은 난파선 같았다.

왕비는 난파선 안에 없었다. 김 노인은 어둠 속에서 잃은 눈을 되찾기라도 한 듯 임진수를 데리고 폐가 뒤뜰로 갔다. 그러고는 절벽 틈 사이의 계단을 타고 위로 올라갔다.

왕비는 폭포수의 한기가 몰아치는 동굴 안에 있었다. 그곳에서 왕비는 먹지도 자지도 못한 얼굴로, 내일 당장 얼어 죽거나 굶어 죽어도 이상할 것 같지 않은 모습을 하고 있었는데, 눈빛만큼은 이상하리만치 살아 있었다. 죽기 직전 잠깐 빛을 발하는 생명의 신비처럼 말이다.

"한성을 떠날 계획이다."

"일본군이 3~40대 여성의 도성 출입을 막고 있습니다. 어쩌면 마마의 생존을 저들도 눈치채고 있는지 모릅니다. 지금은 아라사 공관으로 피신하는 것이 최선입니다. 그곳에서 다음을 도모하시는 것이 좋을 듯합니다."

"전하와 나는 죽느냐 사느냐 앞에서 옳고 그름에 대한 판단력을 잃었다. 그 대가를 혹독하게 치르면서 아라사 공관에 들어가겠다는 것은 죽음의 길로 다시 들어가겠다는 것과 무엇이 다르겠느냐? 가진 것을 버리지 못하는 나의 나약함이 나를 이 지경에 이르게 했으니…. 익숙한 것 뒤에 숨어 누렸던 안락함을 버리지 못한다면 내가 살 수 있는 길은 어디에도 없다는 것을 깨달았다."

가진 것을 버리겠다는 왕비의 표정은 담담했다.

"살아갈 길이 보이니 죽지 않고 살아 있길 잘했다는 생각이 들어."

임진수는 말이 없었다.

"내 말을 믿지 않는구나."

"힘 있고 가진 자들이 진심으로 제 잘못을 뉘우치고 고쳐 나가는 것을 저는 본 적이 없습니다."

왕비는 쓸쓸한 미소를 보이며 오촌 당숙을 떠올렸다.

"그런 자들은 대개 모습을 감추는 것으로 자신을 보호하기 때문에 눈에 띄지 않는 법. 네가 만나지 못했을 뿐 존재하지 않는 것은 아닐 거다."

임진수는 와카나이 술집에서 자신의 과오에 몸서리치던 김옥균의 얼굴이 떠올랐다.

"아라사 공관에서 네가 내게 한 말을 기억하느냐. 새로 부임하는 일본 대사가 군인 출신의 칼잡이니 각별히 몸조심해야 한다고 했지. 무슨 의미로 그런 말을 했는지는 몰라도 너의 그 말 때문에 내가 살았는지 모른다."

"다시 만나는 날엔 제 손으로 마마를 죽이겠다고도 했습니다."

"네 손에 죽지 않아 이렇게 살 수 있었던 거 아니냐."

"…."

"인간의 가장 큰 번뇌는 좋은 기억력 때문이라는 말을 들은 적이 있다. 그날의 기억을 모두 잊을 수 있다면 새롭게 시작할 수 있겠지만…. 나는 그날의 기억에 끈질기게 의지해 내 남은 생을 그들이 생각하는 대로 방치하지 않을 거야."

"…."

"그러기 위해선 도성을 떠나야 한다. 너의 도움이 필요해."

왕비의 표정은 결연했다.


임진수는 산에서 내려와 케이트를 찾아갔다.

케이트는 다음 날 도시락을 만들어 언더우드와 궁으로 향했다. 언더우드가 돌아간 뒤 왕은 임진수가 보낸 서신을 펼쳤다.

이틀 뒤,

유시(저녁 6시) 작전 실행.

피신 장소가 바뀌었지만 작전 방식은 그대로 진행.

다음 서신까지는 긴 시간이 소요될 것으로 예상.


왕에게 최후의 서신을 보낸 임진수는 바빴다.

삼총사가 놀란 눈을 깜박이며 임진수를 보고 있었다.

"우… 우… 우리가 전하를 피신시킨다고요?"

"전하는 친위대가 호위할 거다. 너희가 할 일은 따로 있어."

"그게 뭡니까?"

"작전 당일, 작전이 시작됐다는 신호를 궁에 보내야 한다. 유시에 인왕
산 동쪽에서 신호탄을 피워 올려야 하는데, 할 수 있겠느냐?"

"어휴, 난 또 뭐라고. 그깟 거, 일도 아니죠. 탄약 구하는 거서부터 우리
가 다 알아서 할 테니까 선생님은 신경 쓰지 마세요."

임진수는 일본군을 최대한 궁으로 유인하기 위해서는 일본을 압박해야
한다고 생각했다. 그러기 위해 미국 공관을 끌어들이기로 했다.

작전 당일 사람들이 거리로 쏟아져 나오고, 외국 공관의 심상치 않은 분
위기가 포착된다면, 일본은 도성에 배치된 군을 다시 궁으로 불러들일 거
다. 그렇게 된다면 도성을 나가는 것은 생각만큼 어렵지 않을 수 있다. 계
획대로 될지가 관건이었다.

임진수는 미국 공관으로 갔다.

미국 공사 알렌은 왕의 파천 소식을 들으며 파천 장소가 미국 공관이라
는 말에 기쁨을 감추지 못했다. 청이 물러난 조선의 작은 땅에서 아라사는
독일과 프랑스를 불러들여 세를 확장해 나갔고, 일본은 왕비 시해라는 자

충수를 두며 무섭게 진격해 갔다. 전쟁에서는 피를 보지 않고 이득을 취하는 것이 최선이라고 생각하는 알렌은 조용히 아라사와 일본의 신경전을 지켜보고 있었다.

"왕을 모실 수 있어 영광입니다. 불편함이 없도록 최선을 다해 준비하겠습니다."

임진수가 떠난 뒤 알렌은 서재로 들어가 고국에 보낼 전문을 써내려 갔다.

허 씨는 이틀째 소식이 없었다. 소식이 없다는 건 중요한 일을 처리 중이라는 신호였다. 반면 미우라와 겐조는 하루가 멀다 하고 우영선을 불러들였다.

우영선은 김태평을 허 씨 집으로 보냈다. 모친은 죽다 살아난 아들이 어제 오후 집을 나가 돌아오지 않는다고 걱정했다.

감두탕을 먹고 정신을 차린 허 씨는 장터의 골동품 가게로 갔다. 가게는 하룻밤 사이 물건이 모두 빠져 텅 비어 있었다. 허 씨는 문둥촌으로 가 문둥촌 앞에서 밤을 새웠다.

"일일보고가 원칙인 거 몰라? 삼 일씩이나 연락이 없으면 어떡해?"

김태평의 말 따위는 안중에 없는 듯, 허 씨는 문둥촌 입구에서 눈을 떼지 않았다.

"내 말 못 들었어?"

허 씨가 갑자기 자리에서 벌떡 일어났다. 김태평이 무슨 일인가 싶어 허 씨의 시선을 따라갔다. 문둥촌 입구로 들어가는 남자의 뒷모습이 보였다. 산만 한 덩치의 사내는 처음 보는 인물이었다.

"오늘 밤에 찾아뵙는다고 전해 주십시오."

허 씨가 말했다.

승용은 용석목과 칠룡을 따라 곳간으로 들어갔다.

"안 그래도 연락이 늦어져 기다리던 참이었습니다."

"중간에 문제가 좀 있었습니다."

"문제는 해결됐습니까?"

"네. 작전일이 정해졌습니다."

"언젭니까?"

"내일입니다. 괜찮겠습니까?"

용석목과 칠룡이 고개를 끄덕였다.

"사당패는 도성 안에 들어와 있습니다. 내일 아침 활빈당과 함께 불꽃놀이 축제 대자보를 붙이고 홍보를 시작하겠습니다. 불꽃놀이를 한다고 하면 사대문 밖에 있는 사람들이 도성 안으로 몰릴 겁니다. 군중 수는 걱정하지 않으셔도 됩니다."

용석목의 음성이 곳간 안에 나직이 울렸다.

"수고하셨습니다. 그리고 내일 작전이 시작되면 두 분은 도축촌 사내들과 함께 저희 집으로 와 주십시오."

"춘생문이 아니고요?"

"네. 자세한 건 도련님께서 말씀하실 겁니다."

"알겠습니다."

승용이 마을에서 나오자 허 씨는 상수리나무 뒤로 가 숨었다.


아라사 공관에서는 한 달에 한 번 밀가루와 쌀가루를 장터 방앗간에서 납품받아 갔다. 방앗간으로 아라사 공관의 식모가 들어서고 있었다.

"어쩐 일이래? 물건 들어갈 날이 한참 남았는데."

"밀가루가 떨어져서요."

"벌써?"

"지난달에 그 일 있고 나서는 직원들이 외출을 안 하니까… 다음 달부터는 양을 좀 늘려얄 거 같아요."

"밀가루는 없어. 며칠 있어야 들어와. 그나저나 직원들이 그러고 안에만 있으면 일이 배로 많겠네."

"삼시 세끼 차리는 건 똑같죠, 뭐. 쌀가루는 있지요?"

"그럼, 쌀가루는 있지."

"쌀가루 서 말 먼저 보내 주시고요. 밀가루는 들어오는 대로 보내 주세요."

"그래."

식모는 아라사 공관을 자유롭게 드나들 수 있는 유일한 조선인이었다. 방앗간에서 나오는 식모를 임진수와 혜주가 건너편에서 지켜보고 있었다.

"붙임성도 있고 성격도 좋아 주변 사람들하고 잘 어울리나 봐요. 근데 또 보기랑 다르게 자기 실속 챙길 일이 있으면 창자도 빼 묵을 것처럼 구는 게 흠이라면 흠이라는데… 홀몸으로 애 셋 키우는 게 쉬운 일은 아니니까요."

"돈을 좋아한다면 오히려 상대하기 수월하겠구나. 퇴근 시간에 맞춰 공관 앞에서 기다리다 만나거라."

"네."

식모는 해가 지기 전에 저녁 준비를 끝내고 공관을 나왔다. 식모의 집이 있는 마을로 가기 위해서는 공관 건물을 돌아 빨래터 다리를 건너야 했다. 급한 볼일이 있는 사람처럼 바쁘게 빨래터 다리를 건너던 식모가 갑자기 걸음을 멈췄다. 뒤따라가던 혜주가 따라서 걸음을 멈췄다. 식모가 빨래터 다리 중간에서 걸음을 멈춘 건 그곳서부터는 공관 건물이 보이지 않았기 때문이다.

해가 지는 빨래터 다리는 주단을 깔아 놓은 듯 붉게 물들고 있었다. 혜주와 식모는 풍경화 속 여인들처럼 다리 위에서 한참을 말없이 서 있었다. 식모는 혜주를 데리고 빨래터 다리 밑으로 내려갔다.

"못 해요."

"부탁을 할 수 있는 분이 아주머니밖에 없어요."

"그래서 못 하겠다는 거예요."

식모의 눈빛은 장터에서와 달리 차고 매서웠다.

"안 그래도 지난달에 공관에 숨어든 조선 남자 때문에 왜놈들한테 잡혀가 얼마나 고초를 당했는지 알아요? 웨베르가 아니었으면…."

여자는 길게 말하고 싶지 않다면서 자리에서 일어났다. 혜주가 식모의 팔목을 잡았다.

"어렵거나 위험한 일이 아니에요. 서신만 전해 주시면 돼요."

혜주가 식모의 손에 돈 꾸러미를 쥐여 주었다. 식모는 손안에 있는 돈을 한참을 내려다보다, 혜주의 가슴팍에 돈 꾸러미를 매몰차게 내던졌다.

"사람을 뭘로 보고. 아무리 돈을 좋아해도 돈하고 목숨하고 바꿀 정도로 미련하지 않아요. 지금 집에 가면 애들 셋이 내가 오기만 기다리고 있어요. 그 애들을 위해서라도 가늘고 길게 살아야 하는 게 내가 이 세상에 온 이유예요. 그러니까 다시 한번 내 눈앞에 나타나면… 그땐 집으로 안 가요, 관으로 가지! 알아들어요?"

혜주는 더 이상 식모를 잡을 수 없었다.


임진수는 승용에게 문둥촌에서 뒤를 밟는 자가 있다면 우영선의 심복일 거라고 언질을 주었다. 용석목을 만나고 문둥촌에서 나온 승용은 뒤쫓는 허 씨를 산으로 유인했다. 어제 내린 눈이 산중을 새하얗게 덮고 있었다.

승용은 허 씨의 위치를 눈 밟는 소리로 찾으려 했다. 하지만 허 씨는 능력을 인정받은 심복답게 눈 내린 산을 발이 없는 짐승처럼 소리 없이 따라갔다. 산에 들어서고부터 심복의 기척이 느껴지지 않자 승용은 뒤를 돌아보았다. 눈이 내린 산길에는 자신의 발자국만 찍혀 있었다. 어떻게 된 걸까… 보름달이 비추고 있는 산중은 대낮처럼 환했다. 사람의 그림자는커녕 산짐승의 그림자도 보이지 않았다. 심복은 돌아간 걸까… 등 뒤로 눈 밟는 소리가 들려왔고 승용이 뒤를 돌아보는 순간, 나무에 매달려 있던 박쥐 그림자가 날개를 펼치며 승용을 덮쳤다. 심복 허 씨였다.

승용과 허 씨는 눈밭 위에서 한동안 엎치락뒤치락하다 자리에서 일어나 본격적으로 격돌했다. 두 남자의 몸뚱이가 부딪힐 때마다 적막하던 산이 움찔거렸다. 승용이 허 씨의 주먹을 피하면서 발을 헛디뎠다. 인왕산은 돌산이어서 발을 헛디디기라도 하면 살아서 산을 나가는 것은 힘들었다. 승용은 필사적으로 허 씨의 소맷자락을 붙잡았고, 허 씨가 승용을 따라 산 아래로 굴러떨어졌다.

두 사람은 죽지 않으려고, 살기 위해 서로를 부둥켜안았다. 가파른 산세에서 두 사람은 한 몸이 되어 굴러떨어졌다. 두 사람은 눈을 뒤집어쓰며 눈 속에 갇혀 갔다. 승용과 허 씨를 순식간에 삼켜 버린 눈덩이는 계속해서 덩치를 키워 갔고, 두 사람은 눈 속에 갇혀 꼼짝없이 죽음을 맞아야 하는 것처럼 보였는데 낭떠러지가 나타났다.

낭떠러지 아래에는 촛대바위가 있었다. 움직이는 것조차 힘들 정도로 비대해진 눈덩이는 낭떠러지 아래로 떨어졌다. 비대한 눈덩이는 거대한 산이 두 쪽으로 갈라지는 소리를 내며 반으로 갈라졌다. 승용과 허 씨가 눈덩이에서 튀어나와 눈밭 위로 굴러떨어졌다.

눈밭에서 죽은 듯 쓰러져 있던 승용과 허 씨가 비틀거리면서 자리에서 일어났다. 두 사람은 혼이 나간 사람처럼 초점 없는 눈으로 서로를 관망하다 몸속으로 뜨거운 피가 돌기 시작하자 맹수로 돌변했다. 두 사람의 팔다리가 허공을 가를 때마다 땅 위로 내려앉은 눈송이들이 회오리를 그리며 허공으로 솟구쳤다.

그런 승용과 허 씨의 혈투를 수사슴이 절벽 위에서 지켜보고 있었다. 수사슴은 죽은 사슴의 잘린 머리를 뿔에 이고 있었다. 그 모습이 무척 괴이했다. 수사슴은 지난가을 자신의 거대한 뿔을 앞세워 경쟁상대와 치열하게 싸워 이겼지만, 상대의 뿔이 엉키면서 잘린 머리를 자신의 머리에 달고 살아야 했다.

눈가루를 뒤집어쓴 승용과 허 씨는 누가 누군지 구분되지 않았다. 지칠 줄 모르고 싸우던 두 사람은 서로를 끌어안으며 싸움을 멈췄다. 잠시 후, 한 명이 무릎을 꿇으며 주저앉았다. 싸움은 그렇게 끝이 났다.


초겨울 한파가 매서웠다. 식모는 아이들이 먹을 겉보리 죽을 끓이고 출근 준비를 했다. 광목천으로 목을 감싸며 집을 나서던 식모는 문 앞에 서 있는 남자와 마주했다. 그는 한 달 전 아라사 공관에 피신해 있던 조선인 남자였다.

그날 식모는 일찍 퇴근했다. 식모가 그날을 기억하는 이유는 일찍 퇴근해서가 아니라 다음날 영문도 모른 채 일본군에 끌려갔기 때문이다. 일본군은 다짜고짜 알지도 못하는 조선 남자에 대해 물었고, 그제야 전날 일찍 퇴근한 이유에 답이 있다는 것을 알았다. 식모는 일찍 퇴근해서 아는 것이 없다고 이실직고했지만 추궁은 점점 거세졌고, 식모의 정신은 혼미해졌다.

심문하던 일본군이 자리를 비운 사이 조선인 통역사가 식모에게 다가왔다.

그곳의 통역사는 통역 외에도 상황을 조작해 피해자의 정신을 교란시키는 일을 추가로 했는데, 통역사는 식모에게 그렇게 버티다가는 살아서 나가기 힘들다고 했다. 그러면서 공관에 드나드는 조정 대신 아무나 대라고 부추겼다. 정신없이 말을 걸어오는 통역사 때문에 식모의 판단력은 흐려지고 있었다. 일본군이 방으로 들어와 통역사에게 알아들을 수 없는 말을 하고 다시 밖으로 나갔다. 통역사는 모호한 표정으로 식모를 보았다.

"풀어 주랍니다."

웨베르는 2년 동안 지각 한 번 한 적 없는 식모가 점심시간이 지나도 출근하지 않자 안나를 일본 공관으로 보냈다. 다음날 아라사 공관으로 출근한 식모는 자신을 궁지로 몰고 넣은 남자를 만날 수 있었다. 그리고 며칠 뒤 장터 담벼락에 붙은 수배 전단지를 통해 남자의 정체를 알아낼 수 있었다.

남자 때문에 고초를 당하긴 했어도 나라를 위해 목숨을 거는 사람을 가까이에서 볼 수 있다는 것이 좋았다. 식모는 남자가 공관에 있는 동안 남자를 살뜰히 챙겼다. 남자가 공관을 떠나는 날 식모는 처음으로 남자에게 말을 걸었다.

"어디서든 몸조심하세요. 멀리서 응원할게요."

임진수는 공관을 떠나는 날 식모가 했던 말을 가슴에 담아두고 있었다.

"마음에 있는 소리 하는 것보다 마음에 없는 소리 하는 게 더 쉬운 세상이에요. 다시 또 찾아오면 관에 신고하겠다고 했는데… 못 들으셨어요?"

"네. 못 들었습니다."

"그럼 지금 들으세요. 계속 이렇게 찾아와 말도 안 되는 부탁을 자꾸 하면 저도 관에 신고하는 수밖에 없어요."

"저 때문에 한 번도 아니고 두 번씩이나 곤란하게 해 드리는 거 같아 면목 없습니다. 그런데 부탁을 할 수 있는 분이 아주머니밖에 없어요."

"그래서 못 하겠다고요. 일이 잘못되면 저를 의심할 게 뻔한데… 그걸 알면서 하라고요?"

"잘못될 일은 없어요."

"그걸 어떻게 알아요?"

식모가 임진수에게 따져 물었다.

"훌륭한 일도 한두 번이면 족해요. 선생님도 집에 있는 가족들 생각을 하셔야죠. 그러다 잘못되기라도 하면 그게 다 무슨 소용이에요. 나라님도 못 구한 나라를 어떻게 구하겠다고…."

"이 나라의 주인이 임금이 아닌데 어찌 임금에게만 책임을 물을 수 있겠어요. 임금이 지키지 못한다고 나라를 도둑맞게 내버려둘 수는 없잖아요. 아주머니의 자식들이 살아갈 나라예요."

식모의 딸이 눈을 비비며 방에서 나왔다. 아이는 졸린 눈을 비비며 임진수와 식모를 보았다. 임진수는 아기 손바닥만 한 복주머니를 식모의 무릎 위에 올려놓았다.

"폭탄도 독약도 아니에요. 서신이 들어있는데 암호로 되어 있어 아라사인이 아니면 해독이 어렵습니다."

복주머니는 부피도 무게도 느껴지지 않았다. 식모의 딸아이가 복주머니에서 눈을 떼지 않았다.

"아이에게 오늘 일을 당장 말할 수는 없겠지만 언젠가 말할 날이 오겠지요. 그때가 오면 자랑스럽게 얘기하세요. 아이는 오늘 일을 평생 잊지 않을 겁니다."

식모는 딸아이와 눈이 마주치자 가슴이 뜨거워지는 걸 느꼈다.

날이 추워지면서 공관 거리는 한산했다.

공관이 가까워 오자 식모의 가슴은 요동치기 시작했다. 중앙 검문소에서는 장교를 대신해 일본군이 장바구니를 수색했다. 할 일 없는 군인들이 다가와 장바구니와 식모의 얼굴을 번갈아 보며 실실거렸다. 식모는 기분이 상한 듯 장바구니를 낚아챘다. 그러자 일본군이 버릇을 잡겠다는 듯 식모의 팔목을 가로챘다. 식모가 일본군 손을 세게 뿌리쳤다. 그 바람에 장바구니에 있는 식재료가 허공으로 날아가 일본군 얼굴 위로 떨어졌다. 일본군 얼굴 위에서 숭어가 뛰니까 망둥이가 따라서 파드닥거렸다. 아라사 보초병이 참지 못하고 웃음을 터뜨렸다.

"다른 날 같으면 니 새끼 얼굴에 침이라도 뱉을 텐데… 오늘은 나도 중요한 날이라 이쯤에서 끝내는 줄 알아."

식모는 무슨 배짱으로 큰소리를 쳤는지 몰라도, 땅에 떨어진 식재료를 장바구니에 담아 정문으로 들어갔다. 정원을 가로지르는 길은 오늘따라 아득하기만 했다. 식모는 뛰는 걸음으로 달려가 현관문 손잡이를 잡아당겼다. 식모는 현관문에 기대서서 뛰는 가슴을 쓸어내렸다.

"무슨 일 있어?"

안나가 다가와 물었다.

식모는 아무 일 아니라는 듯 손을 저으며 주방으로 들어갔다.

피그로와 커피 냄새가 공관 안으로 퍼지자 직원들이 주방으로 들어왔다. 직원들이 아침을 먹는 동안 식모는 공관의 구석구석을 쓸고 닦았다. 아침을 먹고 나오는 직원들을 보며 식모는 다시 주방으로 들어가 점심 준비를 했다. 식모의 손엔 물 마를 날이 없었다.


인왕산 초입으로 향하는 우영선의 표정이 심상치 않았다.

190

초입에는 많은 사람이 모여 있었는데 사람들은 못 볼 것을 본 것처럼 인상을 찌푸리며 자리를 떠났다. 우영선은 헛구역질하며 다가오는 남자를 거칠게 밀어내며 안으로 들어갔다. 바닥에 엎드려 있는 남자의 몸통이 먼저 눈에 들어왔다. 남자는 목 관절이 부러졌는지 가슴을 바닥에 붙이고 얼굴은 하늘을 보고 있었다. 허 씨였다. 살아생전 땅만 보고 다니던 허 씨는 독을 머금은 듯 납빛이 된 얼굴로 시리도록 파란 겨울 하늘을 올려다보고 있었다. 우영선이 지르는 괴성에 사람들이 진저리를 치며 자리를 떠났다.

같은 시간, 임진수가 의금부에서 나오고 있었다.

임진수가 다녀간 지 얼마 되지 않아 우영선이 의금부로 들어갔다. 직원이 달려 나왔다.

"오늘 밤 춘생문을 통해 왕을 피신시킨다는 제보가 들어왔습니다."

심복을 잃은 슬픔도 잠시, 믿었던 끈이 떨어지자 우영선은 자신을 보호하고 있는 둑이 무너지는 두려움을 느꼈다.

"믿을 만한 제보냐?"

"앞뒤의 정황이 사실로 보입니다. 시간을 지체하면 낭패를 볼 수 있으니 빨리 조처하시는 것이 좋을 듯합니다."

우영선은 일본 공관으로 갔다.

미우라와 겐조는 독살될지도 모른다는 불안감에 시달려 동틀 때까지 잠들지 못한다는 왕의 파천 계획을 의심 없이 받아들였다.

"목적지는?"

"목적지에 대한 이야기는 없었다고 합니다."

일본의 감시로부터 자유로운 곳은 외국 공관밖에 없었다.

검문이 삼엄한 아라사를 피신 장소로 택할 가능성은 작았다. 아라사와 밀착 관계에 있는 독일과 프랑스도 일본이 감시하고 있었다. 그렇다면 영국과 미국이 남는다. 아라사와의 친분을 고려한다면, 아라사와 세계 패권을 다투는 영국을 선택할 가능성은 작았고…. 그렇다면 한곳이 남는다. 미국 공관! 그런데 아침 일찍 미국 공관에 침구가 배달되었다는 정보가 들어왔다.

"그리고 제보자의 말이 왕의 파천을 돕기 위해 궁 주변으로 군중들이 모일 거라 합니다. 최대한 병력을 확보해 두는 것이 좋을 것 같습니다."

미우라는 아라사 공관에 배치된 군 일부를 미국 공관으로 이동시키고, 도성으로 보낸 병력을 다시 궁으로 불러들이라고 했다. 그리고 비상시 조선군을 출동시킬 준비를 하라고 지시했다.


식모는 퇴근을 미루고 주방 식탁에 앉아 창 너머로 지는 노을을 보고 있었다. 독일 공사 크레인의 방문으로 웨베르는 점심도 거른 채 집무실에서 나오지 않았다.

"퇴근 안 해?"

주방으로 들어오는 안나를 식모가 돌아보았다.

"일 끝나면 집에 가느라 바빠 하늘이 저렇게 예쁜 줄도 몰랐네. 안나도 여기 앉아서 하늘 좀 봐. 너무 예뻐."

자국의 언어로 소통하는 식모와 안나를 공관 직원들은 신기해했다. 두 사람은 나란히 앉아 주홍색 물감을 풀어놓은 것 같은 하늘을 올려다보며 서로 자기 할 말을 했다.

등 뒤로 인기척이 났다. 크레인이 복도를 가로지르고 있었다.

안나가 자리에서 일어나 복도로 나갔다. 식모도 급히 뒤뜰로 나갔다. 식모는 가을에 심어 둔 배추를 뽑아다 찹쌀가루를 입혀 배추전을 부쳤다. 배추전은 웨베르가 좋아하는 겨울 간식이었다.

웨베르의 집무실은 청소할 때를 제외하고는 들어갈 수 없었는데 식모가 허락도 없이 집무실로 들어오자 웨베르는 의아한 표정으로 식모를 지켜보았다.

"스바시바."

배추전을 내려다보며 웨베르가 말했다. 식모는 말을 잃은 사람처럼 멍하니 서 있었다. 웨베르가 식모를 보며 눈썹을 치켜세우자 식모는 정신이 돌아온 듯 소매 섶에서 복주머니를 꺼내 웨베르 앞에 내려놓았다. 안 그래도 큰 눈의 웨베르 눈이 더 커졌다. 식모가 복주머니를 열어보라는 시늉을 해 보이자 웨베르가 복주머니를 열어 밀지를 꺼냈다. 기호와 숫자가 혼합된 암호가 적혀 있었다.

오늘 밤, 아라사 공관으로 왕비 피신.

도움 요망.

왕비는 한성을 떠나기 전 자신의 생존 소식을 아라사에 알려야 한다고 했다. 일본의 작전이 실패했다는 것을 각인시키고, 조선에 대한 아라사의 기존 입장을 유지하게 만들어야 한다는 것이 이유였다. 왕비가 살아 있다는 말에 웨베르는 흥분을 감추지 못했다. 웨베르는 공관 외부로 연결되는 통로가 있는 별채를 왕비 공간으로 만들라고 직원들에게 지시했다. 그날 밤, 웨베르는 고국으로 보낼 전보를 작성했다.

조선의 왕비는 아직 살아 있으며

익명의 조선인으로부터 공관으로의 피신을 요청받았다.

## 수호자들

오후 들어서면서 불꽃놀이를 보기 위해 도성 안으로 사람들이 몰리기 시작했다. 일본군이 3~40대 여성의 도성 출입을 막자 아낙들이 반발했다. 조선군은 일본군이 곧 도성을 떠날 거라고 귀띔해 주었다.

문둥촌 사람들이 마을 밖으로 외출하는 일은 극히 드물었다. 생활에 필요한 것이 마을 안에서 해결되었고, 마을 밖 사람들의 아니꼬운 시선이 아니꼬왔기 때문이다. 어른들은 그랬는지 몰라도 아이들은 그렇지 않았다. 마을 밖으로 나가면 깨지고 부서지는 걸 알면서도 아이들은 마을 밖으로 나가고 싶어 했다. 겁이 많아 마을 안에만 있던 아이들이 불꽃놀이를 보러 가자고 떼를 썼다. 부모들은 아이들 성화에 못 이겨 외출 준비를 했다. 맹인촌 사람들이 남아 마을을 지키기로 했다.

무악재로 들어서자 거리는 사람들로 넘쳐났다. 갓을 쓰고 도포를 걸친 선비들이 거지들과 한데 섞여 거리를 행진했다. 문둥촌 아이들이 화장을 곱게 한 기생에게서 눈을 떼지 못했다.

용석목은 도축촌 사내들과 승용의 집으로 갔다.

"길이 막혀 조금 늦었습니다."

"자세한 얘기는 가면서 하고, 일단 출발하자고. 늦었어."

마당에 놓인 가마를 보며 용석목이 물었다.

"궁으로 가는 거 아닙니까?"

임진수는 춘생문 작전이 왕의 피신이 아닌 왕비의 피신 작전이라는 것을 아직 말하지 못했다. 왕비를 만나기 직전에 할 생각이었다.

"우리는 다른 곳으로 갈 거야."

"지금 전하의 피신보다 중요한 일이 있습니까?"

"가 보면 알아."

"아니요, 여기서 말씀해 주십시오. 전하의 피신보다 중요한 게 뭡니까?"

용석목의 반문에 지켜보는 사람들 사이로 긴장감이 감돌았다.

"나를 믿고 여기까지 온 거라면, 조금만 더 나를 믿어 주면 안 되겠나."

"아니요, 제가 선생님을 믿지 못하는 게 아니라 선생님이 저를 믿지 못하고 있습니다. 지금 답을 회피하고 계시잖습니까?"

혜주가 이러고 있을 시간이 없다고 두 사람의 말을 잘랐다.

"우리는 중전마마의 피신을 도울 겁니다."

혜주의 말에 용석목은 크게 놀라는 눈치였지만 내색하지 않고 도축촌 사내들에게 합류한다는 신호를 보냈다. 칠룡과 승용이 약속이라도 한 듯 가마 앞뒤에 가 섰다. 혜주가 사월의 손을 잡고 집을 나섰다.


외출복을 입은 왕이 침방에서 나오자 보초를 서던 일본군이 창으로 길을 막았다. 내관이 규장각에 가는 길이라고 설명했지만 일본군은 꿈쩍하지 않았다. 긴장감이 도는 장안당 마당으로 불꽃 터지는 소리가 쏟아져 들어왔다. 사람들이 놀라 고개를 들었다. 밤하늘에서 무지개 색깔의 꽃잎이 폭포수처럼 쏟아져 내리고 있었다.

왕은 인왕산 동쪽으로 시선을 돌렸다. 삼총사가 피워 올린 연기가 인왕산에서 한줄기 빛으로 피어오르고 있었다. 왕은 작전이 시작된 것을 확인하고 침방으로 들어갔다.

미국 공사 알렌은 왕의 집무실이 완성돼 가는 것을 보고 공관 밖으로 나왔다. 일본군이 공관을 포위하고 있었다. 일본도 왕의 파천을 눈치챈 걸까…. 그렇다 하더라도 거리로 나온 사람들이 왕을 보호할 거라 알렌은 굳게 믿었다.

아라사의 웨베르도 공관 밖으로 나왔다. 공관을 포위하고 있던 일본군
은 사라지고 검문소를 지키는 일본군만 눈에 띄었다. 웨베르는 한적한 공
관 거리를 보며 왕비의 피신이 순조롭게 진행되고 있음을 짐작할 수 있었
다.

미우라는 도성에 배치된 병력의 궁 도착 시간을 실시간으로 확인했다.
일본 장교가 공관으로 급히 들어왔다.

"미국 공관 쪽으로 사람들이 몰리고 있습니다. 그 수가 어마어마해 마치
해일이 밀려오는 것 같습니다."

"폭동의 기미는?"

"아직까지는 보이지 않습니다만… 불꽃놀이가 끝나면 어떻게 될지 지켜
봐야 할 거 같습니다."

"왕은?"

"저녁 식사 후 규장각에 가려는 것을 우리 군이 저지해 다시 침방에 들
어갔다고 합니다."

"피신을 왜 이렇게 소란스럽게 하는 걸까요. 어딘가 부자연스럽다는 생
각이 듭니다."

겐조가 탐탁잖은 표정으로 말했다.

"우영선은 어디 갔지?"

"데리고 있던 충복 하나가 아침에 시신으로 발견됐다고 합니다. 오후부
터 연락이 되지 않습니다."

우영선은 허 씨의 넋에 홀리기라도 한 듯 한밤중에 인왕산을 헤매고 있
었다. 허 씨의 시신이 발견된 산 어딘가에 놈들의 근거지가 있지 않을까
생각했다. 밤새 내린 눈이 녹으면서 질퍽해진 땅으로 발이 자꾸 미끄러져

들어갔다. 우영선은 웅덩이에 빠진 발을 빼다가 중심을 잃고 비탈길에 미끄러졌다.

인왕산 초입에 도착한 임진수는 걸음을 멈췄다.

"여기서부터는 혼자 움직일 테니 뒤따라오는 사람들과 기다리고 있어라."

사월이 혜주의 손을 꼭 잡았다.

"괜찮으시겠어요, 혼자?"

"혼자 움직이는 게 빠르다."

혜주가 고개를 끄덕였다.

거리를 두고 따라오던 승용과 용석목이 산으로 들어가는 임진수를 보고 있었다.


우영선은 산짐승이 낙엽을 쌓아놓은 자리 위로 굴러떨어졌다. 추운 줄도 모르고 바닥에 누워 있던 우영선은 한기를 느끼며 자리에서 일어났다. 쌓인 눈이 녹으면서 떨어지는 폭포수 소리가 요란했다. 우영선은 어둠 속에서 창백한 빛으로 새어 나오는 물안개의 몽환적인 장면을 바라보고 있었다. 어른거리는 물안개 속에서 불빛이 반짝거렸다. 반딧불인가? 겨울이었다! 반딧불이 같은 게 있을 리 없었다. 그게 아니라면 도깨비불일까…. 그것도 아니면 헛것을 본 것이구나 생각할 즈음 다시 반짝이는 불빛이 눈에 들어왔다.

빛은 폭포수 안에서 수평으로 움직이고 있었다. 빛을 따라가던 우영선의 시선이 빛을 따라 멈췄다. 불빛을 사이에 두고 서 있는 희미한 형체가 눈에 들어왔다. 사람이었다.

왕비는 임진수를 따라 폭포수 동굴에서 내려왔다. 기다리던 김 노인이 왕비의 인기척을 듣고 밖으로 연결된 문을 열었다. 산길로 들어서던 김 노인이 걸음을 멈췄다.

"왜 그러십니까?"

임진수가 물었다.

김 노인의 눈이 파르르 떨리고 있었다.

"근처에 사람이 있는 거 같습니다. 제 오른쪽 어깨의 미시 방향입니다."

"초입에서 사람들이 기다리고 있습니다. 마마를 모시고 먼저 내려가세요."

임진수가 말했다.

우영선은 왕비를 본 적이 없지만 눈앞에 있는 사람이 왕비라는 것을 어렵지 않게 알 수 있었다. 노인 하나와 여자 둘을 처리하는 것은 어려운 일이 아니었지만, 그전에 요시이에 암살 미수범을 처리해야 했다. 우영선은 임진수를 향해 방아쇠를 당겼다. 총알은 어둠 속에서 임진수를 비껴 나갔다. 미우라를 통해 어렵게 구한 회전식 권총은 총알을 하나씩 장전해야 했다. 우영선이 손에 익지 않은 권총을 만지작거리는데 임진수의 칼날이 날아 들어왔다. 우영선은 권총을 버리고 칼을 꺼냈다. 칼날 부딪히는 소리가 적막한 밤의 폐부를 찔렀다. 쇳소리에 놀란 나무껍질들이 바스러지며 먼지가 되어 날아갔다.

임진수를 비껴간 총알은 김 노인에게 날아갔다. 김 노인은 가쁜 숨을 몰아쉬고 있었다. 왕비는 김 노인 앞에서 움직이지 못하고 있었다.

김 노인은 오촌 당숙의 머슴이었다. 당숙은 어린 아영을 왕비 후보로 추천하면서 간택 동안 가장 믿고 아끼는 머슴에게 아영의 경호를 맡겼다. 삼간택을 거치는 동안 머슴은 아영을 헌신적으로 돌보았다. 아영이 궁에 입궐하면서 둘의 인연은 거기서 끝나는 것 같았는데, 아영이 6년 만에 얻은 아이가 세상을 떠나면서 아영은 오촌 당숙을 찾아갔다. 속세와 절연한 당숙의 거처는 자식들도 몰랐지만 김 노인은 알고 있었다. 뜻하지 않게도 위기의 순간마다 김 노인은 왕비의 옆에서 왕비를 지키고 있었다. 그런 인연 때문이었을까, 김 노인의 눈이 머는 것을 가장 먼저 눈치챈 사람이 왕비였다. 김 노인이 문둥촌에 입주한다는 소식을 들은 왕비는 문둥촌 재건사업을 왕에게 청했다. 남은 삶을 문둥촌에서 조용히 보내고 싶었던 김 노인은 왕비를 위해 세상에 온 사람처럼 생의 마지막 순간 왕비를 대신해 눈을 감았다. 한때 은행나무 기둥처럼 곧고 단단한 등을 가졌던 사내는 굽은 등으로 왕비를 올려다보고 있었다.

"마마, 살아남으셔야 합니다. 그것만이 진실을 밝히는 길입니다."

왕비는 분노 앞에서도 참아왔던 눈물을 김 노인의 죽음 앞에서 주체하지 못했다.

"마마, 울지 말고 약속하십시오. 그래야 제가 편히 갈 수 있습니다."

왕비는 고개를 끄덕였다. 이생에서 편할 날이 없었던 김 노인의 표정은 이생을 떠나면서 비로소 편안해 보였다.

혜주는 어둠 속에서 모습을 드러내는 왕비와 월선을 보고 달려갔다. 임진수와 김 노인이 보이지 않았다. 혜주가 두 사람에 대해 물었고, 왕비와 월선은 말 없이 멍하니 서 있기만 했다. 승용과 용석목은 누가 먼저랄 것도 없이 산속으로 뛰어 들어갔다. 부엉이바위 아래서 임진수가 기진한 몰골로 내려오고 있었다.


밤하늘에서 만개한 불꽃이 후드득 소리를 내며 꽃잎을 떨구자 사람들 입에서 탄성이 새 나왔다. 임진수는 숙정문이 있는 북악산으로 향하고 있었다.

북악산은 사람 냄새를 맡고 출몰하는 산짐승과 험준한 산세 때문에 통행이 금지된 곳이었다. 일본은 폐쇄된 숙정문에도 일본군을 배치했는데 도축촌 사내들이 함께한다면 다른 도성보다 뚫기 수월할 거라 임진수는 생각했다. 북악산으로 가기 위해서는 궁을 지나야 했다.

　춘생문 앞은 불꽃놀이와 사물놀이 공연을 보려는 사람들로 인산인해를 이뤘다. 왕비는 가마 창을 들어 올렸다. 밤하늘에서 터지는 화려한 불꽃을 보며 왕비는 자신을 무너뜨린 것에 대한 강력한 저항을 느끼면서 동시에 무력한 현실을 마주했다.

　"오늘 같은 날 가마를 끌고 나오면 어쩌자는 거요?"

　남자의 성난 목소리에 왕비는 가마 창을 내렸다. 가마는 인파 속에 갇혀 꼼짝하지 못하고 있었다.

　"그러게 말이오. 이런 날은 걷는 게 빠르다는 걸 모르지 않을 텐데. 진상이 따로 없구먼."

　"가마 안에 계신 분은 제 목소리가 들리십니까?"

　말하는 사람은 인파 속에 파묻혀 보이지 않았다.

　"나라가 망해 간다는데 저기 저 불꽃을 보니 이 나라가 진짜로 망할지 아닐지는 두고 봐야 할 거 같습니다. 그러니까… 제 말은… 시비를 거는 게 아니고… 그깟 체면 잠시 내려놓고 불꽃 구경을 하고 가시라 그 말입니다. 안 보면 두고두고 후회할지 모르는 광경입니다."

　왕비는 월선에게 가마를 세우라고 했다. 승용과 칠룡이 사람들 틈에서 간신히 가마를 내려놓자, 신명 나게 울리던 사물놀이 연주가 끝이 났다. 사람들의 시선이 가마에서 내리는 왕비에게 쏠렸다. 왕비는 어디에 시선을 두어야 할지 몰라 하다, 더 이상 시선을 피할 곳이 없다는 것을 깨닫고, 자신을 둘러싼 사람들의 얼굴을 마주하였다. 비로소 왕비는 누구의 눈을 통해서가 아닌 자신의 눈으로 사람들을 보고 있었다. 무심하리만치 무표정한 얼굴에서 그들의 깊은 수심을 읽을 수 있었다. 장벽을 무너트리듯 꽹과리 소리가 거리로 울려 퍼졌다. 거리를 빼곡히 메운 인파는 사물놀이 소리에 맞춰 바람에 일렁이는 보리밭처럼 굽이쳤다. 왕비는 인파에 실려 궁에서 멀어지고 있었다. 왕비는 남편과 아들이 있는 건청궁에서 오랫동안 눈을 떼지 못했다.

왕비는 가마를 버리고 일행들에 둘러싸여 잿골을 지나고 있었다. 눈앞에 있는 삼거리에서 가회동으로 진입하면 멀지 않은 곳에 숙정문이 있었다. 일행들의 보폭에 맞춰 걸음을 옮기던 왕비가 걸음을 멈췄다. 왕비는 미세하게 울리는 땅의 진동을 느끼고 있었다. 왕비를 보던 월선의 눈빛이 흔들렸고, 사월의 얼굴이 하얗게 질리고 있었다. 건청궁에서 울부짖는 나인들의 목소리와 군홧발 소리가 왕비와 월선, 사월을 향해 다가오고 있었다. 혜화문에서 출발한 일본군이 궁으로 이동 중이었다. 임진수는 일본군이 다가오는 것을 보며 용석목을 돌아보았다. 거리를 두고 따라오던 용석목은 도축촌 사내들과 담벼락 아래로 들어갔다. 임진수는 일행들을 길 중앙에서 길 가장자리로 이동시켰다. 왕비가 현기증을 느끼며 비틀거리자 혜주가 왕비를 부축했다. 밀물처럼 밀려오던 일본군 중대는 일행들을 지나쳐 썰물처럼 멀어져 갔다.

사대부와 고위 관직자가 모여 사는 가회동은 일본군의 순찰에서 제외된 곳이었다. 임진수는 일행들과 함께 가회동으로 들어갔다. 골목 끝에 숙정문으로 가는 북악산 초입이 보였다.

"とまれ(멈춰라)."

일행의 등 뒤로 일본말이 들려왔다.

손을 뻗으면 닿을 거리에 있는 북악산 초입은 아득하기만 했다. 임진수는 골목 끄트머리에 매달린 근조 등을 보며 뒤를 돌아보았다. 어깨에 장교 계급장을 단 남자가 깃털처럼 가벼워 보이는 어깨를 흐느적거리며 다가오고 있었다. 장교가 통역사를 대동하는 일은 극히 드물었는데 장교는 통역사를 데리고 다가왔다. 개인이 고용한 통역사일 가능성이 높았다. 장교지만 함부로 영향력을 과시해도 되는 신분일 거라 임진수는 추측했다.

장교는 말에서 내려 깃털처럼 가벼운 어깨를 흐느적거리며 임진수 앞으로 가 섰다. 그는 전쟁 중에도 나 몰라라 풍월이나 읊을 것 같은 장난기인지 호기심인지 알 수 없는 태평한 얼굴로 말을 걸었다.

"따라다니는 시종이 많은 걸 보니 대갓집 여인인가 보구나?"

"그런 듯합니다."

통역사는 혜주의 꼼지락거리는 손을 보며 말했다.

"어디를 그리 급하게 가는지 물어라?"

혜주에게서 눈을 떼지 못하는 통역사를 장교가 불렀다.

"어디를 가는지 물어라."

통역사의 물음에 임진수가 답했다.

"장례식에 가는 길입니다."

장교가 골목 끄트머리를 보았다. 북악산 초입의 고택에 매달린 근조 등이 보였다.

"잘됐구나, 나도 지금 그 댁에 가는 길인데… 같이 가자."

그러면서 혜주 뒤로 가 숨는 사월을 곁눈질했다.

"조선에서는 아이를 데리고 상갓집에 가느냐? 일본에서는 힘없는 아이에게는 악귀가 쉽게 붙는다 하여 장례식에 데리고 가지 않는다."

"그렇습니까."

통역사가 말장단을 맞추었다.

개구진 표정을 보이던 장교가 왕비 앞으로 가 권총을 꺼냈다.

"여인의 옷차림을 보면 장례식에 가는지 아닌지 확인할 수 있겠구나. 상복을 입었는지 확인할 수 있게 장옷을 걷으라고 전해라."

"예의가 아니라고 전해라."

임진수의 말에 통역사가 놀라 물었다.

"일본말을 하시오?"

"갈 길이 바쁘니 기분 나쁘지 않게 전해라. 밤이 늦었다."

존대를 하던 임진수가 하대하자 통역사는 의기소침해져 임진수의 말을 그대로 전했다. 그때 꼼지락거리던 혜주의 손이 통역사의 눈에 다시 들어왔다. 통역사는 혜주의 손에 정신이 팔려 있었고, 장교가 그런 통역사를 못마땅한 듯 돌아보았다.

"とまれ(멈춰라)."

총을 쥔 장교의 손이 혜주를 겨누었다. 승용의 몸이 반사적으로 움직였고, 혜주를 겨누던 총구는 승용을 겨누고 있었다. 장교는 통역사에게 혜주 손에 있는 물건을 가져오라고 했다.

통역사가 혜주 손에 있는 독침 상자를 가지고 돌아서는데 어둠 속에서 둥둥 떠다니는 빛이 눈에 들어왔다. 짐승의 눈빛처럼 살아 움직이는 빛은 괴이하고 섬뜩했다. 통역사는 장교가 부르는 소리도 듣지 못한 채 어둠 속에 둥둥 떠 있는 빛에 정신이 팔려 있었다. 골목 입구에 둥둥 떠 있던 빛이 골목 안으로 들어오자 통역사의 입에서 외마디 비명이 터져 나왔다. 장교가 뒤를 돌아보았다. 어둠을 뚫고 날아온 손도끼가 장교의 흉곽으로 날아가 박혔다. 용석목과 도축촌 사내들이 칠흑 같은 어둠 속에서 나타났다. 말이 놀라서 콧구멍을 벌렁거리다 달아났고, 통역사가 줄행랑을 쳤다.

"이곳은 저희가 정리하겠습니다."

용석목이 임진수에게 말했다.


북악산 초입에 위치한 고택은 사대문에서 알아주는 땅 부자 최흥태의 집이었다. 북악산은 험준한 데다 사람 냄새를 맡고 출몰하는 산짐승 때문에 통행이 금지된 곳이었다.

산 초입에는 입산 금지 표지판이 붙어 있었다. 최흥태의 집을 지나쳐 간다는 것은 입산이 금지된 산에 들어간다는 거였다. 최흥태의 집에서 조문을 마친 일본인 사업가들이 골목까지 걸어 나와 작별 인사를 하고 있었다. 임진수는 최흥태의 집 앞에서 걸음을 멈췄다.

"조문을 왔느냐?"

최흥태가 물었다.

"그렇습니다."

최흥태는 장옷을 두른 왕비와 월선을 보며 청지기를 불렀다.

"안으로 모셔라."

"네."

최흥태는 혜주 손을 잡고 있는 사월을 슬그머니 돌아보았다.

행랑 마당에서 청지기는 임진수에게 사랑채에 들어가 기다리라고 했다. 그러고는 왕비에게 안채로 모시겠다고 말했다. 월선이 왕비를 따라나서자 청지기가 제지했다.

"들어가실 수 없습니다. 사랑채에서 기다리십시오."

"인사만 하고 나올 테니 여기서 기다려라."

왕비가 말했다.

최흥태 부인은 안채로 들어서는 여인을 보며 마당으로 내려왔다. 여성의 문상은 처음인 데다 밤이었다. 왕비는 실례가 되지 않는다면 위패를 먼저 보고 싶다고 했다. 상주를 만나기 전 고인의 이름이나 직위를 알아둬야 했다. 여성은 제사상 앞에 갈 수 없었지만 문 너머에서라면 위패를 볼 수 있었다. 최흥태 부인은 제사상이 있는 방으로 왕비를 안내했다.

왕비는 방문 너머에 있는 위패를 보다가 그만 자리에서 휘청거렸다. 부인이 괜찮은지 물었다. 왕비는 괜찮다고 했다.

위패에 새겨진 이름은 열두 살의 아영에게 꿈을 말하고, 궁으로부터 도망쳐 온 왕비에게 두려움을 말하던 오촌 당숙이었다.

"아버님과는 어떤 인연이신지요?"

일본인 사업가를 배웅하고 온 최흥태가 말을 걸었다.

왕비는 가까스로 정신을 차렸다.

"… 오래전 강원도에서 뵌 적이 있습니다."

왕비의 목소리는 잠겨 있었다.

최흥태는 강원도라는 말에 놀랐다. 아버지는 한성을 떠나면서 어디로 가는지 가족들에게도 말하지 않았다. 혹 원산의 이웃일까, 원산에서 한성은 하루 이틀에 닿을 수 있는 거리가 아니었다. 무엇보다 여인의 기품이 예사롭지 않았다.

"아버님과는 어떤 인연이신지 궁금합니다."

위패에서 눈을 떼지 못하던 왕비가 최흥태를 돌아보았다.

"부탁이 있습니다."

"말씀하시지요."

"스승님의 마지막 길에 경의를 표하고 싶습니다."

여성은 제사상 앞에 설 수 없었지만 최흥태는 허락했다.

왕비는 절을 올린 뒤에도 그 자리에서 한참을 움직이지 못했다. 최흥태가 조심스럽게 말을 걸었다.

"자리를 옮기시지요."

왕비는 방을 나왔다.

"차를 준비시켜 놨습니다."

최흥태 부인이 말했다.

"저는 갈 길이 멀어 이만 떠나야 할 것 같습니다."

"밤길이 무척 춥습니다. 따뜻한 차로 몸이라도 풀고 가세요."

미소를 머금고 있는 최흥태의 얼굴에서 당숙의 얼굴이 보였다.

청지기는 행랑어멈에게 다과를 준비시키라고 말한 뒤 행랑 마당으로 나갔다. 임진수가 청지기 앞으로 갔다.

"마님께서 다과를 준비하라고 하셨습니다. 사랑채에서 국밥 한술 뜨시면 다과 시간과 얼추 맞지 싶습니다."

안 그래도 임진수 일행이 행랑 마당을 차지하고 있는 게 신경 쓰였던 청지기는 오랜 경험에서 나오는 익숙한 동작으로 임진수 일행을 사랑채 마당으로 떠밀었다.

"속이 든든해야 밤길이 춥지 않습니다. 저희 집은 안채와 사랑채로 나가는 식재료가 같습니다. 아침부터 저녁까지 문상객이 끊이지 않은 이유지요. 마님이 자리에서 일어나면 바로 달려오겠습니다. 여기 누가 음식 좀 내와!"

청지기는 임진수가 자리에 앉는 걸 보면서 사랑채를 나왔다.

최흥태 부인은 가을에 덖어 놓은 감잎차를 꺼내 찻물을 내렸다. 왕비는 찻물 떨어지는 소리를 들으며 한성을 떠날 시간이 다가오는 것을 느꼈다.

"아버님은 어떤 분이셨는지요?"

최흥태가 물었다.

"스승님을 뵌 횟수는 손에 꼽을 만큼 적습니다. 워낙 말씀을 아끼시는 분이시라…. 드릴 말씀이 없습니다."

"강원도에서는 어떠셨습니까?"

최흥태가 보채자 왕비의 기억 속 파편들이 하나둘 떠올랐다.

"어떻게든 살고자 애쓰면 막다른 곳에서 새로운 길이 열릴 거라 하셨습니다."

"…?"

"그리고…."

왕비의 귓가로 거친 파도 소리가 들려왔다.

"무척 추웠습니다. 바다에서 불어오는 칼바람이 문틈으로 파고들어 와 자다가도 몇 번을 깨야 했어요. 성난 바다의 파도 소리와 바람 소리가 얼마나 무서웠는지 다시 잠드는 것이 쉽지 않았지요."

"…."

"저는 그랬지만… 스승님은 한성에 계실 때보다 편안해 보였습니다. 하루는 동네 아이들이 찾아와 '최 씨 있는가?' 하고 부르니 스승님이 '왔는가!' 하면서 아이들을 방으로 들였는데…. 아이들이 들어간 방에서 웃고 떠드는 소리가 오랫동안 끊이지 않았어요."

최흥태가 웃으며 말했다.

"아버지는 아이들을 무척 좋아하셨는데 한성에서는 아버지의 기행을 받아 주는 아이들이 없었습니다."

고단하고 비정했던 날들을 견디지 못하고 도망쳤던 날이 그리움이 되어 있었다.

"나으리. 일본인 문상 손님이 오셨습니다."

땅 부자 최흥태에게 줄을 대려는 일본인들이 밤늦게까지 찾아오고 있었다.

"인사만 하고 오겠습니다. 조금만 기다려 주십시오."

최흥태가 방을 나가자 왕비가 찻잔을 내려놓았다.

"잘 마셨습니다. 몸이 한결 따뜻해졌어요. 오늘 일은 잊지 않겠습니다."

최흥태 부인은 왕비가 안채로 들어설 때부터 호감을 가지고 있었다. 집에 들어서자마자 위패가 보고 싶다고 스스럼없이 말하고, 여성에게 금지된 제사 절을 부탁할 때, 오래전 폐기한 자신의 환영이 자신을 떠나지 못하고 부유하는 것을 느꼈다. 떠나는 일이 시급해 보이는 왕비를 부인은 더이상 잡지 않았다.

"근처에 오실 일이 있으면 언제든 들러 주세요."

"그러지요."

"잠시만요."

자리에서 일어나는 왕비를 부인이 잡았다.

부인은 옷장 앞으로 가 최흥태가 사신들과 청에 다녀오면서 사 온 여우털 목도리를 꺼냈다.

"밤길이 무척 춥습니다. 하고 가세요."

"아닙니다."

"바다 건너 세상을 꿈꾸던 시절이 있었습니다. 그 말을 기억하고 있던 남편이 그날이 오기를 바란다면서 선물한 건데…. 아무래도 이번 생에서는 쓸 일이 없을 거 같아요."

"괜찮습니다. 선물을 받을 수는 없지요."

"아니요, 저는 정말 쓸 일이 없을 거 같아요. 가시는 곳까지 춥지 않았으면 해요."

부인은 왕비 손에 목도리를 쥐여 주었다.

왕비는 고맙다고 했다.

최흥태는 문상을 마친 일본인 사업가들과 대청마루로 나왔다.

"사람들이 거리로 많이 쏟아져 나왔다고 들었는데 지금 상황은 어떤지요?"

"불꽃놀이가 끝나고 지금은 파하는 분위깁니다. 일본은 폭동을 예상한 거 같은데 축제였던 거 같습니다."

"다행이네요."

"저희 생각도 그렇습니다."

청지기는 왕비가 방에서 나오는 것을 보며 임진수를 부르러 가다가, 솟을대문으로 들어오는 일본인을 보고 임진수에게 먼저 가야 할지 제복을 입은 일본인에게 먼저 가야 할지 고민했다.

왕비가 방에서 나오는 것을 보며 최흥태가 왕비 앞으로 갔다. 일본인 사업가들의 시선이 자연스럽게 왕비에게 이동했다.

"가시게요?"

"시간이 늦었습니다. 오늘 일은 잊지 않겠습니다."

"언제든지 또 들러 주십시오."

"감사합니다."

최흥태와 부인은 왕비를 배웅하기 위해 마당으로 내려왔다.

대청마루에 있던 일본인들이 웅성거리자 왕비가 문 쪽으로 고개를 돌렸다. 청지기를 따라 일본인 두 명이 안채로 들어오고 있었는데, 한 명은 제복을 입고 한 명은 민간인 복장이었다. 미우라와 겐조였다. 왕비의 시선은 미우라의 제복 견장을 향하고 있었다. 일본 공사라는 것을 알 수 있었다.

왕비는 미우라와 겐조가 다가오는 것을 보며 자신도 모르게 장옷 쥔 손의 힘을 풀었다. 장옷이 어깨 위로 미끄러지면서 왕비의 얼굴이 그대로 드러났다. 미우라와 겐조의 시선이 왕비에게 향했다. 미우라는 처음 보는 여인에게서 자신을 향한 적의를 느끼고 있었다.

안채의 공기가 싸늘해졌다.

눈치 빠른 청지기가 임진수를 부르러 안채를 뛰어나갔다.

왕비가 최흥태를 돌아보았다.

"일본말을 하시지요?"

"그렇습니다."

"이분들에게 제 말을 전하세요."

"말씀하시지요."

미우라의 얼굴을 응시하던 왕비가 입을 열었다.

"고작 왕비 한 명 죽인 것으로 조선을 손에 넣었다 생각하면 큰 오산입니다. 왕비는 쉽게 죽였을지 몰라도 밟히면 밟힐수록 강해지고 단단해지는 사람들이 있는 곳이 조선입니다. 왕실은 쉽게 무너졌을지 몰라도 백성들은 쉽게 무너지지 않을 겁니다."

왕비의 부릅뜬 눈이 안압을 이기지 못하고 눈 안에서 실핏줄이 터졌다. 최흥태는 왕비 눈에 고인 피눈물을 보며 아무 말도 하지 못했다. 최흥태는 어린 시절 왕비가 먼 친척이라는 사실을 어른들의 대화를 통해 알게 되었지만, 얼굴도 모르는 친인척은 혈육이 아니라는 아버지의 신신당부에 왕비가 가문 사람이라는 것을 잊은 지 오래였다. 왕비 시해 소식을 들은 후에도 최흥태가 할 수 있는 일은 애도밖에 없었다.

"전하지 않고 뭐 하십니까?"

왕비가 최흥태를 재촉했다.

청지기가 월선을 데리고 안채로 들어서고 있었다. 월선이 왕비를 부축해 나가려 하자 왕비는 월선의 팔을 뿌리쳤다.

"제 말을 전하세요. 그래야 갈 수 있습니다."

최흥태는 왕비의 말을 더하지도 빼지도 않고 그대로 전했다. 미우라의 손이 허리춤으로 이동하는 것을 보고 임진수가 안채로 들어왔다. 최흥태가 미우라를 향해 목소리를 높였다.

"망자가 계신 곳에서 뭐 하시는 겁니까? 당장 이곳에서 나가십시오."

최흥태의 분연한 목소리에 일본인 사업가들이 급히 안채를 빠져나갔다. 사랑 마당에 있는 사람들이 안채로 들어오는 것을 보며 겐조가 속삭였다.

"총을 거두십시오."

미우라의 손이 미세하게 떨리고 있었다.

용석목은 왕비 일행이 고택에 들어간 지 한참이 지나도 나오지 않자 초조했다. 대문을 나오는 일본인들의 표정이 심상치 않았다. 잠시 후, 임진수가 근조 등 아래로 모습을 드러냈다. 왕비와 일행이 뒤따라 나왔다. 임진수는 용석목에게 무사하다는 신호를 보낸 뒤, 최흥태에게 대문을 막아달라고 부탁했다. 부인이 솟을대문으로 들어가 대문을 닫아걸었다. 왕비는 최흥태에게 감사하다는 말을 한 뒤 일행들과 함께 숙정문이 있는 북악산으로 들어갔다.

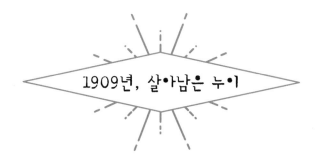

## 1909년, 살•아•남•은 누•이

　청일전쟁과 러일전쟁을 통해 만주는 새로운 도시로 도약 중이었다. 만주와 조선을 연결하는 철도 개통을 앞두고 일자리를 찾는 사람들이 만주로 모여들었다. 윈난에서 이제 막 심양에 도착한 차(茶) 도매상은 대륙의 남단에서 북단을 횡단하느라 많이 지쳐 있었다. 차 도매상이 그 먼 거리를 마다하지 않은 데는 겨울이 긴 북쪽 지방의 차(茶) 시장을 중간상 없이 뚫어 보겠다는 의지에서였다. 그는 심양의 중심가에 있는 제일 큰 잡화상으로 들어갔다.

　차 도매상은 준비해 간 찻잎을 차호에 넣고 뜨거운 물을 부었다. 이십 년 이상 발효시킨 푸얼차의 찻물이 목으로 넘어가는 순간 따뜻한 기운이 폐장 속 깊이 전달되었다. 만주의 길고 혹독한 겨울을 보내기에 좋은 차라고 혜주는 생각했다.

　"차 맛이 좋습니다. 가지고 온 물건을 모두 사겠습니다."

　중국어로 말하는 혜주의 초분절음에서 만주벌판을 달리는 말발굽의 힘이 느껴졌다. 혜주는 차 도매상이 제시한 금액을 에누리 없이 지불하겠다고 했다. 대신 십 년간 동일한 금액으로 차를 독점해야 한다는 조건을 달았다. 차 도매상은 여주인의 배포에 감격해 최고품질의 차를 보내겠다고 약속했다. 혜주는 가게 밖까지 나와 차 도매상을 배웅했다.

"부인."

혜주가 돌아보았다. 승용은 계획도 없이 무일푼으로 입국한 조선인들이 심양역에서 노숙한다는 연락을 받고 나가 그들을 데리고 오는 길이었다. 열차 안에서 제대로 먹지도 자지도 못한 사람들은 기진해서 금방이라도 주저앉을 것처럼 가엾어 보였다. 혜주는 도매상이 가지고 온 발효차를 끓였다. 차를 마신 사람들은 빈속을 채우는 온기를 느끼며, 앞으로 자신들이 살아갈 땅이 떠나온 땅보다 더 가혹할 거라는 것을 힘들게 살아온 날들의 경험을 통해 짐작할 수 있었다.

배달 나갔던 직원이 가게로 뛰어 들어와 혜주를 잡고 호들갑을 떨었다. 숨소리에 뭉개진 말을 알아들을 수 없었다.

"뭐라는 거야. 숨 좀 쉬고 천천히 말해라. 알아들을 수가 없다."

혜주가 직원을 타일렀다.

"오늘 아침…. 하얼빈역에서… 조선인이… 일본 관리를… 총으로 쏴 죽였대."

혜주와 승용은 믿을 수 없는 표정으로 서로를 보았다. 혜주와 승용의 얼굴 위로 가게 문 열리는 소리가 들렸다.

임진수가 문 앞에 서 있었다.

혜주와 승용은 임진수 표정에 서려 있는 흥분을 읽을 수 있었다.

"사실입니까?"

임진수가 고개를 끄덕였다.

"총을 쏜 자가 누굽니까?"

"확인이 안 돼."

임진수가 말했다.

용석목은 을미년에 왕비를 도성까지 호위하기로 되어 있었다. 용석목은 도성 앞에서 임진수에게 왕비의 최종 목적지를 물었다. 정해진 것이 없다는 말에 용석목은 동료들을 마을로 보내고 임진수 일행과 합류했다. 다섯 달 뒤 심양에 도착한 그들은 그곳에서 문둥촌의 이주를 추진했다.

만주로 건너온 문둥촌 사람들은 조선에서 그랬던 것처럼 아무도 돌보지 않는 척박한 땅을 피와 땀으로 일궈 갔다. 흙먼지가 날리던 자갈밭에서 새싹이 올라왔고, 겨울이 길어 논농사가 불가능한 줄 알았던 땅에서 벼가 자라기 시작했다. 소문을 듣고 달려온 관리들이 노랗게 익어가는 벼를 보며 활짝 웃었다.

문둥촌에서 생산된 농산물과 정육은 심양 중심가의 음식점과 정육점에 납품되었다. 갈 곳 없는 조선인들이 문둥촌 주변으로 모여들었고, 혜주는 솜씨 좋은 여자들을 모아 심양 중심에 국밥집과 옷 가게를 차릴 수 있게 도왔다. 그녀들의 솜씨는 일대로 금세 퍼져 나갔다.

한인사회에서 왕비의 정체를 아는 사람은 없었다. 사람들은 송사와 같은 도움이 필요할 때나 한자로 된 문장이 필요할 때 왕비를 찾아갔다. 무료로 도움을 받을 수 있다는 말에 다롄과 하얼빈에서도 사람들이 찾아왔다. 점심시간이 다 되어 젊은 여자가 아이를 업고 문둥촌으로 들어서고 있었다. 여자는 왕비와 마주 앉아 점심을 먹었다.

"어디서 왔는데 아침도 못 먹고 출발했느냐?"

"하얼빈에서 왔습니다."

"천천히 먹어라. 부족하면 말하고."

여자는 이제 막 돌이 지난 딸아이 이름을 지으러 왔다고 했다.

"땅에 아무렇게나 핀 풀도 이름이 있는데, 어째서 세상에 나온 지 일 년이나 된 아이의 이름을 아직도 짓지 못했느냐?"

"팔삭둥이로 태어나 오래 못 살 줄 알았어요. 숨만 겨우 붙어 있었거든요. 이젠 돌 지난 애들만큼 무게도 나가고 방긋방긋 웃기도 잘하고… 여기 오면 좋은 이름을 받아 갈 수 있다고 해서 기찻값을 모으느라 늦었어요."

"좋은 엄마구나."

여자는 앵두같이 작은 입으로 희미하게 웃었다.

"아이가 어떤 사람이 되길 바라느냐?"

"저처럼 고생만 안 하면 그걸로 족해요."

여자는 작은 입으로 음식을 오물오물 씹으며 말했다.

"선생님 말마따나 땅에 아무렇게나 핀 풀이름도 달개비, 개망초, 각시풀, 달맞이… 그렇게 예쁜데."

여자는 자기 이름이 못내 못마땅했는지 작은 입을 삐죽거렸다.

"생각 없이 지은 이름 같은 거 말고요, 사랑이 듬뿍 담겨 있는 그런 이름이었으면 해요, 선생님."

왕비는 투덜거리다 이내 해맑게 웃는 여자를 보며 곧 좋은 일이 찾아온다는 순우리말의 '다온'이라는 이름을 지어 주었다. 여자는 이름이 예뻐서 하루에도 열댓 번은 부를 수 있을 것 같다면서 아이를 잘 키우겠다고 약속했다. 여자는 자리에서 일어나기 전 오늘 아침 하얼빈역에서 발생한 총격 사건에 대해 아는지 물었다. 왕비는 처음 듣는 말이라고 했다.

임진수는 하얼빈 총격 사건에 대한 정보를 얻기 위해 하루 종일 심양 시내를 돌아다녔지만, 알아낸 거라곤 일본 관리가 이토라는 것 외에는 없었다.

임진수는 저녁 늦게 일본인 사업가를 찾아갔다.

"결례인 줄 알지만 염치 불고하고 왔습니다."

"아닙니다. 저희도 지금 백방으로 알아보는 중인데 돌아오는 답이 모두 시원찮습니다. 이토가 하얼빈역에서 병원으로 가는 중에 죽었다는 말이 있고, 죽지 않고 병원에서 치료 중이라는 말이 동시에 돌고 있습니다. 어느 쪽이 확실한지는 저희도 파악이 되지 않습니다."

"살아 있다면 조선에 경고하는 차원에서라도 발표하지 않을 이유가 없을 텐데요?"

"경고는 조선이 일본에 한 거지요. 사건이 있은 지 반나절이 지났는데도 발표가 없는 걸 보면 일본은 지금 이토의 생사와 관계없이 혼란에 빠져 있는 것이 분명합니다. 그렇다면 이토의 생사는 중요하지 않지요. 조선은 오늘 사건으로 커다란 동력을 얻은 겁니다."

임진수는 일본인 사업가의 집을 나와 심양역으로 갔다.

하얼빈에서 출발한 열차가 들어오고 있었다. 임진수는 하얼빈에서 온 조선인으로부터 이토를 저격한 자의 이름을 확인할 수 있었다.

자정이 가까운 시간 왕비 방에는 불이 켜져 있었다. 혜주와 승용, 용석 목, 칠룡이 임진수를 기다리고 있었다.

"안중근이라고 한인사회에서는 꽤 알려진 인물입니다. 작년 봄에는 한인 마을을 돌아다니며 300명에 달하는 의병을 모아 그해 가을 두만강 일대로 출병해 일본군과 싸웠고요."

"그래, 그자는 어찌 되었느냐?"

"아라사 헌병대에 끌려갔다고 합니다."

"일본에 끌려가지 않은 것이 다행이구나. 이토는?"

"생사를 확인하기 어렵습니다."

"아직까지 생사를 확인할 수 없다면 죽었을 가능성이 크겠구나."

"제 생각도 그렇습니다."

이토 저격 사건은 을미년 왕비 시해 사건 때처럼 생사와 관계없이 조선의 앞날에 파란을 예고하고 있었다. 하지만 그때보다 고무적이었다. 왕비 시해 사건이 조선의 허약하고 나약한 모습을 강제적으로 만천하에 드러내야 했다면, 이토 저격 사건은 조선이 결코 허약하거나 나약하지 않다는 것을 자국민이 입증한 것이었다.

다롄항에는 블라디보스토크와 베이징, 만주 일대에서 온 조선인과 외국인들이 조선으로 떠나는 배를 기다리고 있었다.

망망대해에 떠 있던 배는 멀리 인천항을 눈앞에 두고 있었다.

선착장에서 짐꾼들이 접안을 준비하는 뱃머리를 따라서 물고기 떼처럼 무리 지어 이동하고 있었다. 하선이 시작되자 짐꾼들이 승객에게 달려가 가방을 낚아채며 일을 선점했다. 뒤늦게 소년 하나가 임진수 앞으로 다가와 쭈뼛거리고 있었다.

"잘못 왔다. 보다시피 난 짐이 없어."

"전 짐꾼이 아닙니다."

"…?"

"어디서 오셨습니까?"

"만주에서 오는 길이다. 만주를 아느냐?"

"알고 말고요. 하얼빈이 만주에 있지 않습니까?"

"맞다."

"하얼빈에서 오셨습니까?"

"심양에서 왔다."

"하얼빈과 가깝습니까?"

"가깝다고 할 수 있지!"

"그럼 안중근이라는 분을 아십니까?"

소년은 모른다고 하면 크게 실망할 것 같은 눈으로 임진수를 보고 있었다.

"아십니까? 모르십니까?"

"안다고 할 수 있지."

소년의 입가에 미소가 번졌다.

"그분은 어떤 분이십니까?"

"그것 때문에 달려온 것이냐?"

"그렇습니다. 닷새째 기다리고 있는데 안중근을 아는 분은 한 분도 없었습니다."

"내가 지금은 급히 가야 할 곳이 있다. 사흘 뒤에 이곳에 다시 올 수 있겠느냐?"

"네."

임진수는 소년의 머리를 쓰다듬으며 인천항을 빠져나갔다.


임진수는 충청도 아산으로 향했다.

김옥균의 무덤이 있는 영인산 자락에 도착했을 때, 무덤에 얼굴을 묻고 서럽게 우는 백발의 할머니가 보였다. 임진수는 할머니 앞으로 다가갔다.

갑신정변이 있던 해 김옥균의 가족은 역적 집안으로 몰려 인간이 인간으로서 겪어서는 안 될 수치와 고통 속에서 처참하게 죽어 갔다. 가문을 멸하는 과정에선 단 한 명의 예외가 없어 보였는데, 지방으로 출가한 누이 김인선이 살아남았다.

갑신년 김옥균의 누이 김인선은 충청도 아산으로 출가해 살았다. 우정국 화재로 정변이 난 지 엿새쯤 지났을까, 김인선의 남편 송 씨는 관에 들렀다. 김옥균이 역적이 되어 한성에 있는 가족이 몰살되었다는 이야기를 듣고 관을 뛰쳐나와 집으로 갔다. 송 씨는 김인선과 짐을 챙겨 집을 나왔지만 신고로 출동한 관원에 덜미를 잡혔다. 사형 선고를 받은 김인선은 포승의 치욕을 받고 죽느니 자결로써 죽음을 선택하겠다면서 독약을 마셨다.

송 씨는 일 년 뒤 재혼을 하는데, 동네 사람들은 새신부의 얼굴을 보기 위해 송 씨의 집으로 모여들었다. 새신부는 수줍은 듯 사람들 앞에서 연신 고개를 숙였고, 사람들은 예식 내내 고개를 들지 않는 신부의 얼굴을 볼 수 없었다. 이쯤에서 예상하셨겠지만 송 씨의 새 신부는 김인선이었다. 사형 선고를 받고 남편이 가져온 독약을 마시고 쓰러진 김인선은 시신 상태로 옮겨져 장례를 치렀는데 장례 중에 기적적으로 살아났다.

임진수는 김인선의 집에서 하루를 묵고 다음 날 한성으로 떠났다.


동자동에서 출발한 전차는 남대문을 지나 종로로 들어서고 있었다. 전차는 새로 생긴 은행 건물 앞에서 정차했다. 임진수는 사람들 틈에 끼어 전차에서 내렸다. 맞은편에서 또 다른 전차가 들어오고 있었다. 전차를 피하려는 사람들이 뿔뿔이 흩어지면서 종로 한복판은 사람과 전차와 건물이 한데 뒤엉켜 발 디딜 틈이 없었다.

한일합병을 앞두고 일본의 감시와 탄압이 거세지면서 신민회의 주요 인사들은 국외로 흩어져 독립을 꾀하고 있었다.

최흥태는 국내에 남은 회원들과 독립의 실마리를 꾀하고 있었다. 임진수가 온다는 소식을 듣고 이회영과 김구가 최흥태의 집으로 들어서고 있었다. 그들 역시 이토 저격 사건으로 상당히 고무되어 있었다. 이회영은 독립을 위한 새로운 모색이 필요하다고 말하며 무관학교를 설립해 독립군을 양성해야 한다고 제안했다. 그러기 위해서는 일본의 감시가 심한 국내보다는 국외에 터를 잡아야 한다고 했다.

"만주는 어떻습니까?"

임진수가 말했다.

"만주는 지금 봉금령(일정한 지역에 들어가지 못하게 하는 정책)을 해제하고 개척에 필요한 이주민을 적극적으로 받아들이는 중입니다. 조선인이라면 그들도 환영할 겁니다. 조선과 멀지 않고, 이주민들이 자리를 잡고 있으니 정착하는 데도 어려움은 없을 겁니다. 제가 적극적으로 돕겠습니다."

"염두에 두고 있습니다. 이주민의 생활을 보장할 방안이 마련되는 대로 실행에 옮길 생각입니다."

그들은 한 달 뒤 해외에 흩어져 있는 인사들과의 회동을 추진하기로 합의했다. 새벽닭이 울 때 최흥태 부인이 찹쌀을 갈아 만든 타락죽을 가지고 들어왔다. 이회영과 김구는 한 달 뒤 상해에서 만나자는 약속을 하고 집을 나왔다.


아이들이 뛰어노는 소리에 임진수는 눈을 떴다. 최흥태는 국외에 흩어져 있는 회원들에게 보낼 상해 회동 전보를 가지고 집을 나가고 없었다. 임진수는 최흥태 부인이 손수 차린 아침을 먹고 집을 나왔다.

일자로 길게 뻗은 가회동 골목에서 아이들이 조약돌을 손에 쥐고 땅따먹기 놀이를 하고 있었다. 깨끼발로 공중으로 날아오르던 아이가 임진수를 향해 몸을 뒤집으며 북악산을 올려다보았다. 아이의 눈이 동그랗게 커지는 것을 보며 임진수가 뒤를 돌아보았다.

검독수리가 2미터가 넘는 날개를 펼치며 북악산을 가로지르고 있었다. 가회동 골목으로 들어온 검독수리는 임진수를 휘감으며 땅에 내려앉았다. 검독수리는 임진수를 태우러 온 것처럼 임진수 주변을 맴돌았다. 아이들이 함성을 지르며 달려왔다. 놀란 검독수리가 날개를 펼치며 하늘로 날아올라갔다. 임진수와 아이들은 검독수리가 하늘 속으로 사라질 때까지 눈을 떼지 않았다.

광화문에서 정동으로 이어진 길가에는 치우지 않은 낙엽들이 가을바람에 나부끼고 있었다. 길게 늘어선 돌담길을 따라 한참을 걸어가자 수묵화를 얹어 놓은 것 같은 중화전 기와가 눈에 들어왔다. 거리에서 바라본 덕수궁은 침묵을 강요당한 듯 고요했다.

중화전 복도를 다급히 오가는 어수선한 발소리 위로 편전 문 열리는 소리가 들렸다. 내관이 편전을 급히 나와 중화전으로 들어오는 임진수를 버선발로 맞았다. 임진수는 댓돌 위에 신발을 가지런히 올려두고 중화전 복도로 들어갔다. 내관이 편전 문 앞에서 임진수와 눈을 맞춘 뒤 호흡을 가다듬으며 편전 문을 열었다. 왕의 얼굴이 열린 문 사이로 설핏 보였다. 임진수가 방으로 들어간 뒤 내관이 뒤따라 들어가 편전 문을 닫았다.

덕수궁은 침묵을 강요당한 듯 고요했지만 궁을 내려다보는 하늘은 어느 때보다 맑고 높았다.

# 사라진 왕비

**1판 1쇄 발행** 2024년 06월 07일

**저자** 강경화

**교정** 신선미　**편집** 윤혜린　**마케팅·지원** 김혜지

**펴낸곳** (주)하움출판사　**펴낸이** 문현광

**이메일** haum1000@naver.com　**홈페이지** haum.kr
**블로그** blog.naver.com/haum1000　**인스타그램** @haum1007

**ISBN** 979-11-6440-583-1(03810)

좋은 책을 만들겠습니다.
하움출판사는 독자 여러분의 의견에 항상 귀 기울이고 있습니다.
파본은 구입처에서 교환해 드립니다.